COPYRIGHT © 2002, BY PHOEBE GLOECKNER
COPYRIGHT © FARO EDITORIAL, 2015

Todos os direitos reservados.
Nenhuma parte deste livro pode ser reproduzida sob quaisquer meios existentes sem autorização por escrito do editor.

Diretor editorial PEDRO ALMEIDA

Preparação TUCA FARIA

Revisão GABRIELA DE AVILA

Capa e projeto gráfico PHOEBE GLOECKNER E CARL GREENE

Ilustrações PHOEBE GLOECKNER (EXCETO QUANDO INDICADO NAS NOTAS NO FIM DO LIVRO.)

Adaptação de projeto e diagramação OSMANE GARCIA FILHO

Dados Internacionais de Catalogação na Publicação (CIP)
(Câmara Brasileira do Livro, SP, Brasil)

Gloeckner, Phoebe
  Diário de uma garota normal / Phoebe Gloeckner; [tradução de André de Oliveira Lima]. — 1. ed. — São Paulo : Faro Editorial, 2015.

  Título original: The Diary of a Teenage Girl.
  ISBN 978-85-62409-40-0

  1. Ficção norte-americana I. Título.

15-01678   CDD-813

Índice para catálogo sistemático:
1. Ficção : Literatura norte-americana 813

1ª edição brasileira: 2015
Direitos de edição em língua portuguesa, para o Brasil, adquiridos por FARO EDITORIAL

Alameda Madeira, 162 – Sala 1702
Alphaville – Barueri – SP – Brasil
CEP: 06454-010 – Tel.: +55 11 4196-6699
www.faroeditorial.com.br

A infância não pode morrer nunca;
naufrágios passados
flutuam na memória,
até o fim iluminados.
Tantas alegrias,
tantas margaridas,
flutuam nas incessantes asas do tempo,
longe, muito longe.

A infância não pode morrer nunca,
morrer nunca, morrer nunca.
A infância não pode morrer nunca,
não, morrer nunca.

ABBY HUTCHINSON
por volta de 1880

Minnie e Kimmie: melhores amigas.

SUMÁRIO

9 AVISO AO LEITOR

MEU DIÁRIO

11 PRIMAVERA
Minha iniciação ao amor

129 FÉRIAS DE VERÃO
Aventura despreocupada com a mudança à espreita

201 SEGUNDO COLEGIAL
Afundo num estado de desespero, mas em pouco tempo farei amizade com uma garota chamada Tabatha

293 EPÍLOGO
No qual eu derroto por um momento sentimentos que me amarram e percebo que não importa quão perigosamente perto do fim eu possa me sentir, a minha vida, na verdade, apenas começou

302 NOTAS

303 AGRADECIMENTOS

AVISO AO LEITOR

Querido Querido,

    Por favor, nunca leia isto, a não ser que eu já tenha morrido e, mesmo assim, não antes de vinte e cinco anos (ou mais) a partir de agora.

    Este livro contém informações pessoais. Nestas páginas eu revelei os meus sentimentos e minhas ideias do modo como me ocorreram, espontaneamente. Eu não me preocuparia tanto se não tivesse escrito coisas muito relacionadas com a vida de outras pessoas, mas escrevi. E, caso leia isto, você pode se ofender de verdade e ficar perplexo e confuso — pode até mesmo chorar. Então, por favor, não siga em frente.

    Se você continuar a ler, nem pense em me deixar saber ou eu juro por Deus que vou me matar ou fugir ou fazer um monte de coisas autodestrutivas. Eu te peço, por mim e por você, não faça isso, não faça isso, não faça isso.

MINNIE GOETZE,
São Francisco, Califórnia.

Do mesmo jeito que a bala, pronuncia-se "GETZ".

PRIMAVERA
Minha iniciação ao amor

Este livro começou a sério numa noite fria e nevoenta em março de 1976, coincidentemente, a ocasião de uma lua cheia que só podia ser vista desta parte da Terra através de brechas na camada de nevoeiro.

Não me lembro de ter nascido.

NÃO ME LEMBRO de ter nascido. Eu era uma criança muito feia. Minha aparência não melhorou, então suponho que foi um golpe de sorte quando ele se sentiu atraído pela minha juventude.

O meu nome é Minnie Goetze.

O meu corpo é razoavelmente bem-proporcional. Eu estou mais para baixa (cerca de um metro e sessenta e dois), com quadris e ombros largos e pouca cintura. Os meus seios continuam crescendo, mas ainda não são grandes. Tenho uma cara angulosa que combina com o meu corpo; grandes olhos verdes, um nariz bastante grande e arrebitado, uma boca comum, dentes quadrados e sobrancelhas escuras.

Vivo em São Francisco, na Clay Street, em um bairro chamado Laurel Heights, a meia quadra do consulado coreano. É um bairro rico, mas nós não somos ricas: moro em um apartamento, no segundo dos três andares de uma casa vitoriana, com a minha mãe e a minha irmã, Gretel, que tem treze anos.

Eu tenho quinze anos. Estou no primeiro ano do colegial.

Gosto de ficar sozinha. Não sou burra e penso bastante. No geral, eu não falo muito a não ser que eu conheça bem a pessoa, neste caso, simplesmente, não consigo parar de falar, a não ser que eu esteja com vontade de ficar quieta, o que ocorre pelo menos duas vezes por dia quando estou com outras pessoas e a maior parte do tempo quando estou sozinha. Sou uma pessoa muito física. Estou sempre correndo de um lado para o outro e às vezes bato nos outros só de brincadeira. Principalmente no Monroe. Trocamos socos o tempo todo. Tenho ido dormir por volta da meia-noite e acordado às nove e meia. Lavo meu cabelo todos os dias. Ontem à noite, eu o cortei. Ele é castanho e passa um pouco dos ombros.

Desenhar e escrever são as coisas de que mais gosto. Também tenho interesse por ciências e os meus avós querem que eu seja médica, porque a minha avó é e eles acham que, de todos os seus netos, sou a que tem mais tendência a seguir os passos dela, mas eu não quero fazer isso.

Na primeira metade do ano escolar, estudei em um colégio interno de Palo Alto. Eu só voltava para casa um fim de semana sim outro não. Cansei disso e implorei para voltar. E aqui estou eu. Comecei a frequentar uma nova escola em janeiro. A minha irmã e eu quase sempre estudamos em escolas particulares, mas porque meu avô paga as mensalidades. Normalmente, somos as garotas mais pobres da escola.

Temos um bichinho de estimação: um gato chamado Domino.

Faz mais ou menos duas semanas que peguei mania por ovos. Como uns quatro por dia, muitas vezes mais, às vezes menos.

∞

Na verdade, aconteceu assim:

Uma noite, o namorado da minha mãe, Monroe, me deixou provar o seu vinho. Estávamos sentados no sofá da sala. A minha mãe e a minha irmã, Gretel, tinham ido dormir. Eu fiquei bêbada e ele não tirava o braço de cima de mim. "Olha só essa camisolinha de flanela", ele disse. Eu estava usando a camisola com listras brancas e azuis que vovó me deu no Natal. "Assim você fica parecendo uma criança. Mas já tem quinze anos. Meu Deus. Eu não acredito. Parece que foi ontem que eu te conheci. Quantos anos você tinha? Onze ou doze, né? Meu Deus." Ele mais ou menos roçava o meu seio por cima da camisola, mas eu estava tão surpresa com aquilo que, mesmo suspeitando que fosse grosseiro e arrogante da minha parte imaginar algo feito de propósito, eu me afastei porque não queria que ele sentisse como meus seios eram pequenos, nem sequer por acaso. Achei que deveria dar pouca atenção ao incidente, não importando como eu o interpretasse — nós dois estávamos bêbados. E eu também tinha essa estranha sensação tranquilizadora de que, mesmo se ele tivesse tocado as minhas tetas de propósito, provavelmente, estava tudo bem porque ele é um dos nossos melhores amigos e é um bom sujeito e sabe como são as coisas e eu não.

Algumas noites depois, mamãe decidiu que não queria ir a uma casa noturna com o Monroe (do jeito que ela tinha planejado) para ver uns caubóis cantores.

— Por que você não leva a Minnie? — ela disse.

— E então, garota, o que você acha? Quer sair comigo? A sua mãe está me dando o cano!

— Ah, tudo bem... — concordei pouco entusiasmada.

Claro que eu tinha lição de casa, mas e daí? Eu queria ir, então fui e claro que me serviram um drinque ou dois porque eu aparento ser mais velha. E o Monroe sempre parece beber nessas ocasiões. Nós estávamos rindo dos idiotas no palco e a garçonete nos disse que parássemos de fazer aquela droga de barulho, então fomos para o fundo da sala. Ele estava apalpando as minhas tetas, mas eu o interrompi para cambalear em direção ao banheiro feminino. Ele dizia: " Ah, olhe como você está me deixando duro, ah, olhe como vocêtámedeixandoduro." Então colocou a minha mão dentro da calça dele, mas não me pareceu tão duro. Tinha a pele macia. Não sei o que, exatamente, eu esperava, mas suponho que carne nunca pode ser muito dura, como fórmica ou madeira, porque é, afinal de contas, carne.

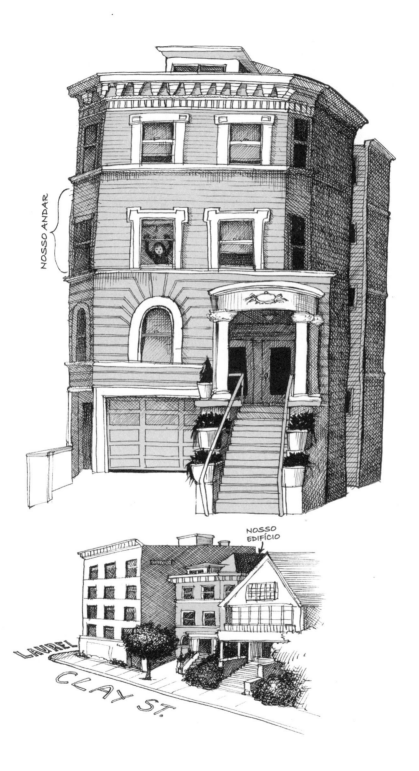

Nosso edifício e nossa rua.

Eu disse que queria transar com ele e ele respondeu: vocêtáloucaahmeudeusolhacomovocêtámedeixandoduro.

Eu disse: estou falando sério, quero muito, muito, transar com você. Eu ria e aquilo parecia ridículo. Eu nem sabia se falava sério, mas era um jogo divertido e eu estava completamente bêbada.

— Pô, Minnie, você parece chapada — Monroe disse. — Vou te levar para casa. Vou te devolver para a droga da sua mãe.

Ele me arrancou da cadeira e as garçonetes, com cara de tacho e sombra azul nos olhos, ficaram nos encarando como sei lá o que estavam pensando.

Entramos no carro e nós dois estávamos muito, mas muito bêbados. Então ele olhou para mim e disse:

— Eu não posso acreditar que você queira transar comigo. Você quer mesmo transar comigo?

— Que se dane, isso não é da sua conta! — Ri.

— Você quer mesmo transar comigo, não é? Eu não acredito.

O Monroe inclina a cabeça e olha com o canto do olho de um jeito engraçado quando está bêbado, e a sua boca fica meio mole e descontrolada.

— Cacete, você quer mesmo transar comigo!

Eu ri de novo, não tinha certeza se queria transar com ele ou com qualquer outra pessoa. Mas eu tinha medo de perder a chance porque talvez nunca tivesse outra. Ele ligou o carro e deu para trás... fomos em direção à minha casa. Depois de um tempo, nenhum de nós disse nada de nada. Um calafrio apertava o meu coração e os meus dentes começaram a bater como se eu estivesse com frio ou assustada.

∞

Outra noite eu bebi tanto que quase me afoguei na banheira. A mamãe ficou acordada com a gente, mas caiu no sono às oito horas. O Monroe me deixou beber o resto do vinho dela e mais do que isso. Depois de um tempo, tive que ir dormir. Eu me sentia muito mal. Ele me acompanhou até o quarto, tropeçando nas roupas sujas, livros e trastes no chão. Foi muito legal e me tranquilizou o jeito como esfregou as minhas costas enquanto eu vomitava ao lado da cama. O Monroe estava bêbado demais para limpar aquilo tudo, mas me fez entrar na banheira para tirar o vômito do meu cabelo. Encheu a banheira e depois saiu, por educação e respeito. Eu comecei a cantar: *aaahhhhhh that's the way ahã ahã I like it ahã ahã that's the way*. Então ele me disse que calasse a boca ou eu acordaria a mamãe e a Gretel. Fechei os olhos e me inclinei para trás na água morna. Minha cabeça parecia girar, exatamente como dizem que acontece quando você está bêbado. Quando saí, o Monroe tinha dormido no sofá.

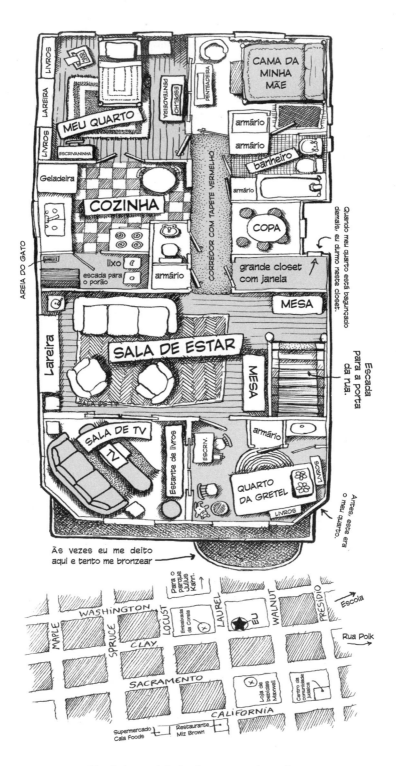

Meu bairro e o interior do nosso apartamento.

De manhã, mamãe começou a berrar porque eu não esvaziei a banheira e deixei uma toalha molhada no chão, mas eu disse que não tinha sido de propósito, que tinha vomitado à noite. Disse que devia estar gripada, então não fui à escola. Eu me sentia mesmo muito mal.

A mamãe também estava em casa na noite seguinte, mas foi se deitar depois de *Mary Hartman, Mary Hartman*. Era muito romântico o modo como a luz azulada da TV em preto e branco envolvia toda a sala. O Monroe enfiou as mãos entre as minhas pernas, inclinou-se sobre mim e me beijou por um longo tempo. (Tinha gosto de vinho, quente, viscoso, o interior de sua boca era muito macio.) Ao longo de uma hora, antes que ele pegasse no sono, tentei mamar nele e tudo o mais. Ele repetia que queria transar comigo, mas que não podíamos fazer isso ali.

∞

Na terça-feira seguinte, não fui à aula. Tínhamos um plano. Saí de casa na hora de sempre com a minha mochila e os meus livros, mas passei direto pela escola e encontrei com ele no cruzamento da Jackson com a Scott, na esquina superior esquerda do Alta Plaza Park, se você estiver olhando em direção à baía. Acho que ele não foi trabalhar, não sei, nunca tinha pensado nisso, até agora.

Atravessamos de carro a ponte e fomos primeiro a Stinson Beach, onde bebemos cerveja, comemos alguns sanduíches e vimos dois cachorros, pretos e molhados, brigando por um graveto na areia. O Monroe adora a água. Então voltamos para São Francisco, para a casa dele em Russian Hill. Doeu e ainda dói, e tenho certeza de que foi o sangue mais vermelho que já saiu de mim. Depois, ficamos deitados lado a lado em silêncio na cama. Nós dois ainda estávamos usando nossas jaquetas, nus só da cintura para baixo. Desenhei um "X" na perna dele com o meu sangue. Ele disse que não podia acreditar que eu fosse virgem.

O Monroe me deixou a poucas quadras de casa para que ninguém nos visse. Assim que eu entrei, mamãe disse:

— Faz as ervilhas congeladas, é quase hora de jantar! Onde você estava?

Fiquei em pé, em frente ao fogão, mexendo as ervilhas, mas senti sangue escorrendo. Corri para o banheiro e tinha sangue em toda parte, pingando na privada. Eu não sabia o que fazer então fiquei ali sentada. Depois de um tempo, a mamãe berrou:

— Meu Deus, as ervilhas queimaram! Minnie, onde você está?

— No banheiro. Não posso sair. Estou me sentindo muito mal. Estou com diarreia! — gritei.

Aí ela me deixou em paz.

PRIMAVERA

Isso foi algumas semanas atrás, no dia 2 de março para ser exata.

Acho que já expliquei o suficiente. Vou continuar este diário com a intenção de escrever todos os dias e escrever com tanta franqueza e sinceridade quanto seja possível para mim.

Vocabulário francês básico.

Monroe Rutherford é o homem mais lindo do mundo.

DOMINGO, 14 de março

MONROE RUTHERFORD é o homem mais lindo do mundo. É loiro, olhos azuis, muito alto e musculoso, tem um par de coxas musculosas, grandes e fortes e um peito largo e peludo. Está aqui o tempo todo, para jantar ou para não fazer nada mesmo. Diz que somos como uma família para ele.

Quando está brincando, ele se declara um homem de verdade, um empresário, mas marinheiro de coração, um espírito livre.

Quanto a mim, bom, eu não sou, particularmente, atraente. Acho que foi a minha juventude ou talvez tenha algo a ver com a minha mãe. Ele transou comigo três vezes já e eu sinto como se estivesse se aproveitando de mim porque sei que ele só gosta dela...

Mas seja qual for a natureza de sua atração, sei que não tem nada a ver com quem realmente eu sou. Não me queixo disso. Também não estou exatamente apaixonada por ele, sabe? Só espero que não tenha, de repente, decidido se sentir culpado pelo que temos feito porque eu não sinto nem um pingo de culpa em relação a nada disso. Eu estava começando a gostar de verdade dessa sensação e, agora, estou tão assanhada... não sei para onde dirigir toda a minha energia sexual.

No sábado, fui ao Golden Gate Park, ao aquário, e fiquei com um carinha muito bonito de dezesseis anos, olhos grandes e azuis, cabelo loiro espesso e ondulado e lábios bem vermelhos... O corpo dele era como o do Monroe, só que mais jovem, sem nadinha de gordura. Eu tinha ficado circulando pela escura galeria em forma de U, forrada de aquários dos dois lados, e estava em pé em frente ao tanque com enormes peixes do Pacífico quando ele chegou por trás e disse "oi".

Tivemos uma conversinha fiada sobre peixes e, depois, quando começamos a andar, ele me abraçou pela cintura, mas não muito forte, como se eu fosse sua namorada. Ele era muito bonito e não precisou me convencer a nada, e eu

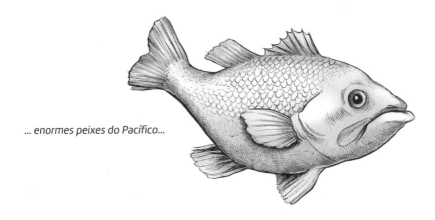

... enormes peixes do Pacífico...

endoideço tentando me lembrar de seu rosto porque sei que nunca mais vou vê-lo. Ele ficou excitado assim que segurei a sua mão, me deu beijos longos e molhados na escuridão do aquário. Eu apertava o seu imenso e latejante pau por cima da grosseira calça de veludo e ele passava as mãos na minha blusa e em todas as partes. Depois de um tempo percebemos um sujeito negro nos observando e nos seguindo, daí tivemos que sair e encontrar um arbusto isolado do lado de fora. O garoto meteu as mãos na minha calça e eu chupei o seu pau. Ele queria transar, mas eu não podia deixar que fizesse isso bem ali, no parque. Então se pôs em cima de mim e fez todos os movimentos do mesmo jeito. Eu podia sentir como estava excitado (grande e duro) e eu queria muito transar, mas, simplesmente, não podia, me sentia exposta demais. Por isso só esfreguei o seu pau até ele gozar na sua camisa verde-garrafa novinha em folha. Era tão educado que até limpou minha bunda quando me levantei. Foi estranho. Tentei apertar a sua mão e ele tentou me beijar, e nós nos despedimos como se fôssemos nos ver de novo.

Acho que se chamava Kirk ou Kurt. Talvez aquilo não fosse a coisa mais sexy do mundo, mas me deixou maluca, pelo menos durante um tempo.

TERÇA-FEIRA, 16 de março

NÃO VOU DESTRUIR este diário. O último eu mergulhei na banheira até que a tinta escorreu e o papel ficou molhado e pastoso. Depois, fiz bolas com as páginas, como as que se fazem com o miolo do pão, e joguei tudo na privada.

Isso foi na sétima série e eu estava apaixonada pela Sarah S. A gente costumava se perseguir pelos corredores da Hamlin School para meninas e medir forças. Lembro que eu tentava esfregar acidentalmente os meus peitos nos dela — usávamos blusas brancas de algodão e nenhuma das duas usava sutiã. Só de roçar seu braço eu ficava arrepiada. Nós duas adorávamos Janis Joplin. Eu me lembro da Sarah olhando nos meus olhos e dizendo: "Me diz algo profundo." Eu queria dizer algo, tudo, mas sempre havia algo mais, algo que eu não podia expressar, eu gostava tanto dela que isso me deixava maluca, muitas vezes queria beijá-la, tanto que me sentia fraca ou à beira de chorar quando olhava qualquer parte de seu corpo: o seu cabelo loiro ondulado e grosso, o joelho ossudo acima das meias azul-marinho do uniforme, os seus olhos azuis encovados e a boca arrogante. Nunca me perguntei se ela era bonita. Nada era mais agradável do que pensar nela. Eu gostava de imaginar que a Sarah sofria um acidente terrível e caía da laje da escola enquanto jogava basquete. Eu descia correndo as escadas de cimento até o patamar onde ela estava estendida sangrando e a abraçava, beijava e dizia que a amava. Daí ela morria, mas não antes de retribuir o meu beijo com um último comentário ofegante:

— Ah, eu também te amo, muito... Eu sempre te amei.

Uma noite sonhei que o meu padrasto encontrava o diário. Acordei assustada, às três da madrugada, e destruí o livrinho. De manhã, eu estava tão triste e arrependida que sentia como se minha alma tivesse escapado do meu corpo e o meu amor pela Sarah tivesse sido roubado.

Tínhamos treze anos, então.

Mais tarde

HOJE RECEBI uma carta do meu padrasto, o Pascal:

Querida Minnie,

Você sabia que a maior parte da água da Terra é água do mar (97%, 97 de cada 100 partes, em outras palavras)? Nós vivemos dos outros três por cento. Daí, também, não sai muita água para beber. As calotas polares correspondem a 2% (gelo que derrete no norte) desses 3% de água não marinha. A quantidade de água que circula a cada ano é uma parte de três mil do total, a maioria da qual volta para o mar. A quantidade de água que flui em todos os rios corresponde a apenas algumas semanas de chuva sobre a terra. Os lagos contêm um suprimento de três anos. A água subterrânea, sobre a qual se sabe muito pouco, é, talvez, comparável em quantidade à armazenada na forma de gelo (no polo Norte e no polo Sul).

Estou te enviando um livro sobre a água.

Com amor, Pascal.

Pascal MacCorkill é editor de publicações e livros científicos e ele quer que eu me interesse por ciência.

Conheço o Pascal desde que eu tinha quatro anos. Ele viveu com a gente na Filadélfia alguns anos antes de se casar com minha mãe. Nós nos mudamos para São Francisco há três ou quatro anos por causa de seu trabalho. Logo depois, ele e mamãe se separaram. Agora, estão quase divorciados. Ele menospreza o Monroe. Acha que quem não sabe nada de matemática nem de ciência é um perfeito idiota. Pascal é escocês e descreve os seus pais como camponeses ignorantes que vivem numa cabana com teto de palha, sem aquecimento ou água encanada. São toscos e mesquinhos. Ele os detesta e diz que aquela ignorância é o que existe de mais

Eu e minha irmã Gretel.

terrível e deve ser evitada a qualquer custo. O meu pai verdadeiro continua vivendo na Filadélfia, mas mesmo quando eu morava lá não o via muito, só uma ou duas vezes por ano. Ele é artista, mas o meu avô o sustenta. Gosta de se divertir, então não trabalha muito.

Um desenho que meu pai fez há muito tempo.

QUARTA-FEIRA, 17 de março

É DIA DE São Patrício. A mamãe e o Monroe saíram com os seus amigos para beber cerveja verde na Abbey Tavern do Geary Boulevard.

A Gretel esquentou uma comida pronta para comer vendo TV — e levou a TV para o seu quarto. Ela está assistindo a reprises de *O homem de seis milhões de dólares*.

Às vezes eu me sinto incapaz de amar. Tenho uma sensação de que estou fazendo algo errado. Não posso olhar para mim mesma com objetividade. Quero que alguém me diga "Minnie, você não deveria fazer isso", embora eu saiba que é assunto meu e que ninguém mais está interessado. Quero que alguém se preocupe o suficiente para dizer mais do que apenas: "O que você faz com a sua vida só depende de você". Não tenho nenhuma opinião e não confio em mim mesma.

QUINTA-FEIRA, 18 de março

QUERIDA EU,

Algumas coisas são complicadas demais para serem colocadas no papel. Você simplesmente não as entenderia mesmo se elas fossem descritas nos mínimos detalhes. É muito difícil vê-las com clareza — mesmo o mais poderoso telescópio ou o mais moderno microscópio eletrônico são inúteis.

Por exemplo, você sabia que seria possível voltar no tempo se pudéssemos viajar mais rápido que a velocidade da luz? Porque, bom, você sabe que as coisas só podem ser vistas porque a luz se reflete nelas... E a luz está em constante movimento... Algumas estrelas, quer dizer, todas as estrelas estão a muitos anos-luz de distância. O que significa que, bom, imagina que uma estrela está a seis anos-luz de distância. Isso quer dizer que a luz que estamos vendo tem seis anos: a estrela está tão longe que a luz leva seis anos para chegar aos nossos olhos. Isso também significa que a estrela poderia desaparecer neste instante e não saberíamos antes de seis anos.

O que estou querendo dizer é: a luz de algum dinossauro, ou seja, a imagem desse dinossauro, está viajando pelo espaço agora mesmo e tem feito isso nos últimos cinquenta milhões de anos. Se pudéssemos viajar mais rápido que a velocidade da luz, que é a velocidade a que vai o dinossauro, acabaríamos por alcançá-lo e voltaríamos, literalmente, no tempo.

Do mesmo modo que vemos essa estrela hipotética como ela era seis anos atrás, seres em um planeta hipotético, que, digamos, também esteja a seis anos-luz de distância, estão nos vendo, o planeta Terra, como ele era seis anos atrás. Isso significa que, se eles, de alguma maneira, possuíssem um telescópio superpotente que pudesse ver os detalhes em um planeta tão distante quanto a Terra, veriam minha mãe com apenas vinte e seis anos vivendo com Pascal MacCorkill, e veriam o Nixon como presidente e o tio Terry vivo... Bom, você não está entendendo o que quero dizer? Acho tudo isso bem claro.

(A luz viaja à velocidade de trezentos mil quilômetros por segundo.)

Adeus e boa noite,

Minniezinha.

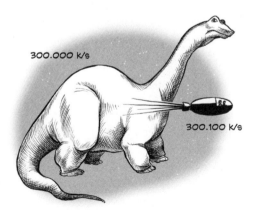

... a imagem desse dinossauro está viajando pelo espaço agora mesmo...

SEXTA-FEIRA, 19 de março
Manhã

A JANELA FICOU aberta a noite toda. Ventava muito. Todas as nuvens baixaram do céu, tragadas pela minha janela. Algumas nuvens se dissolveram e estou coberta de orvalho. Tufos de neblina se embaraçam no lustre. *Bows and flows of angel hair...* Os caracóis de cabelos de anjo são espessos e sufocantes.

Mais tarde

ADORO IGREJAS. Adoro sentar num banco da parte de trás, ler o livro de hinos e preencher nomes falsos nos envelopes de donativos com a ladainha do sermão como música de fundo.

A religião era algo habitual no início da minha vida na Filadélfia, antes de nos mudarmos para São Francisco. A fé das outras pessoas era um enigma para mim nos locais de reunião Quaker e nas igrejas presbiterianas da minha infância.

Às vezes vou aos cultos do meio-dia de diferentes igrejas em lugar de ir à escola. Fazer isso me dá a sensação de estar acima de qualquer repreensão e perto da santidade. Mesmo assim, não acredito em nada. Mas gostaria de acreditar.

Hoje fui à igreja russa com as suas grandes cúpulas douradas em forma de cebola no Geary Boulevard. Eles têm um culto ao meio-dia. Aguentei até o fim com a cabeça baixa a maior parte do tempo. Havia só umas dez pessoas ali. Homens e mulheres idosos. Imitei o que eles faziam: fiz uma reverência e o sinal da cruz antes de ir sentar, ajoelhei quando se ajoelharam, me levantei quando se levantaram. Recebi a comunhão pela primeira vez. Sei que os católicos estudam durante anos antes de fazer isso. Eu sou uma pessoa ruim? Ainda que eu tenha sido abençoada de maneira injusta, me senti abençoada do mesmo jeito.

QUARTA-FEIRA, 24 de março

ESTOU AQUI SENTADA com o rádio, comendo um cachorro-quente com mostarda e salada de batata, esperando ganhar dois ingressos para ver o Peter Frampton. Querido Jesus, aí do seu trono nas alturas, olha aqui para baixo, para mim, me faz ganhar, por favor, me faz ganhar, já é quase Páscoa, vou rezar por você, sei que pode ser muito traumática uma morte como a sua.

"Well I'm a-runnin' down the road tryin' to loosen my load..."
Isso não é Peter Frampton.
Acabo de me dar conta de que tenho peitos faz três anos.

SÁBADO, 27 de março

KIMMIE MINTER é a minha melhor amiga, acho. Éramos internas na Castilleja School, mas desde que nós duas voltamos para as nossas casas frequentamos escolas diferentes. Ela mora em South City, então, eu não a vejo muito. Mas nos falamos o tempo todo por telefone. Atualmente, ela é a minha única amiga, no entanto, nós não temos nada, nada em comum. Na realidade, eu nunca sei se está dizendo a verdade ou não. Na semana passada, ela me contou que a sua mãe não era a sua verdadeira mãe e que era adotada. Daí me disse que havia acabado de descobrir que tinha uma irmã gêmea que ainda vive com a sua mãe verdadeira. A razão por que eu não sei se acredito nela ou não é que sempre me conta coisas que parecem tão importantes como quem não quer nada, como se estivesse contando que amanhã tem uma prova de gramática ou algo assim. "Ah, o meu cachorro morreu ontem. Você está comendo algo? O que você está comendo?"

A Kimmie é mais baixa que eu e mais cheinha. Não está gorda, mas é como se seu corpo inteiro tivesse um fino estofamento, macio e morno. Parece um violão, com quadris largos e peitos pequenos, mas os garotos a acham irresistível. Tem um cabelo castanho-claro, que ela tinge de loiro, e um rosto que quase sempre aparenta uma sonolenta felicidade; os seus olhos têm pálpebras pesadas e inclinadas para baixo, e as pontas de seus lábios carnudos sempre parecem se curvar para cima em um leve sorriso. Carrega uma bolsa de couro trabalhado que leva o seu nome, "Kimmie", na frente.

Ah, e tem unhas compridíssimas, que sempre estão pintadas, e usa plataformas de doze centímetros para ficar mais alta. Diz que tenta se masturbar, mas as suas unhas longas demais e dói... Ai!

... um rosto que quase sempre aparenta uma sonolenta felicidade...

DOMINGO, 28 de março

A KIMMIE ACHA que é uma burrice eu ir para a cama com o Monroe. Acha que ele está se aproveitando de mim porque eu sou muito mais jovem. Diz que ele é um doente porque continua dormindo com a minha mãe (precisa fazer isso, do contrário, ela desconfiaria de algo). Mas quer saber *se ele é bem-dotado*. Ela sai com um cara chamado Roger Farentino (só o vi em fotografias). Ele dirige um Camaro e parece um materialista estúpido cheio de brilhantina no cabelo, mas a Kimmie diz que tem um pau enorme e sempre dói quando transa com ele.

Ela perdeu a virgindade quando tinha só treze anos. Bom, assim são as coisas no sul de São Francisco.

TERÇA-FEIRA, 30 de março

NOSSA, NOSSA, nossa, adivinha!

Domingo eu estava na lanchonete debaixo do aquário do Golden Gate Park comendo batatas fritas com a Kimmie. Fica parecendo que é o único lugar aonde vou. Andei feito uma pata-choca, com minha bunda gorda, até o balcão de condimentos, e estava a ponto de colocar ketchup nas batatas fritas quando um homem começou a me encarar, então, eu sorri, exibindo os meus dentes brancos e perfeitos. Pensei que fosse algum tipo de pervertido e o ignorei completamente enquanto voltava para a minha cadeira. Depois de um tempo, ele se aproximou da nossa mesa, mostrou o seu cartão de visita ("C. Jason Driscoll") e murmurou algo sobre contato visual. Enfim, diz que é

... um homem começou a me encarar.

produtor, que produziu quarenta obras e que foi atraído pela minha *chutzpah*, seja lá o que isso signifique. Tive que perguntar como se escrevia. Quer que eu faça um teste para um papel numa obra sobre os assassinatos de Charles Manson.

Nossa, que emocionante! Hoje ele ligou para a mamãe e na próxima semana eu vou até a sua casa para fazer um teste. Ai, e se ele for um desses tipos suspeitos? Poxa, espero que não, isso poderia ser a minha grande chance!

Mais tarde um negro ficou me olhando na lanchonete. Ele estava com a namorada, mas continuava dando olhadas. Era grande e atraente e usava correntes de ouro; os seus braços eram tão grossos e fortes que praticamente estavam arrebentando as costuras da sua camisa preta de náilon. Meu Deus, eu adoro homens negros, eles parecem tão vigorosos e... Você já ficou perto de algum? Sempre têm cheiro de durões...

Ai, estou preciso fazer xixi!

QUINTA-FEIRA, 1º de abril

EU TENHO muita sorte! Enfim, ganhei os ingressos para o show do Peter Frampton! Fui, como por encanto, a décima pessoa a ser chamada depois que tocaram *Show me the Way*. Estou tão contente, no entanto, nem posso dizer que goste mesmo da música dele. Mas é muito emocionante porque a maioria das pessoas gosta muito. Infelizmente, acho, eu estava falando com Chuck Saunders, um garoto da escola, que, por coincidência, adora o Peter Frampton e quase gozou nas calças quando contei sobre os ingressos, então eu perguntei se ele queria ir comigo. Para dizer a

Ele fuma baseados e anda de skate.

PRIMAVERA

verdade, eu ia convidar a Kimmie, mas o Chuck estava tão fascinado que fiquei feliz de escolhê-lo. Agora, porém, estou com medo de que a Kimmie se zangue e que o Chuck pense algo errado, apesar de estar claro para mim que somos apenas amigos. De certo modo, ele é bonitinho, mas não é de jeito nenhum o meu tipo. Ainda assim é uma das poucas pessoas com quem falo na escola. Acho que nós dois nos sentimos um pouco deslocados. Ele fuma baseados e anda de skate.

Eu ia dizer algo importante... o que era mesmo?

SEXTA-FEIRA, 2 de abril

Ler em voz alta para crianças de três anos

Oh, para que eu pudesse expressar
esta profunda alegria interior
Sol e Lua e no meio
folha, folha, folha.
Os tijolos com caminhos
cruzados por porquinhos
amarelos e dourados
como os morrinhos
cheirando como uma quente
estrada em chamas.
Estes porcos, você sabe,
são minúsculos.

SÁBADO, 3 de abril

— **A KIMMIE É** tão suburbana — mamãe disse.

— Não é, não! — respondi.

— Estou falando no bom sentido... sabe, é uma boa garota. Adoro o seu penteado Farah Fawcett, está tão na moda. Quer dizer, acho ótimo que você não use um cabelo assim, mas nela fica bem. Fica melhor usando calças do que saias. Os tornozelos dela não são um pouco grossos? Ela sai com rapazes?

A Kimmie passou a noite aqui em casa e nós telefonamos para a "Conferência Cósmica", "Cosmo" para abreviar. Você disca o número e se conecta com o vácuo. Oito linhas podem chamar ao mesmo tempo. Se você liga e não tem mais ninguém

33

ali, você só escuta silêncio. É preciso dizer "Alô?" para que as pessoas saibam que você está lá... se você quiser isso. Se alguém responde, você fala... Pode haver até oito pessoas falando ao mesmo tempo. Ninguém sabe por que esse número de telefone existe. Não custa nada e dizem que era uma linha de testes para a companhia telefônica e eles esqueceram de desconectá-la.

A Kimmie conheceu alguns caras desse jeito, mas acho que eu teria medo de fazer isso. Quando, ontem à noite, telefonamos para a Cosmo, fingimos ser totalmente diferentes do que somos. Eu disse que o meu nome era Shelley, que algumas pessoas acham que sou alta demais porque meço um metro e setenta e que eu acho que sou gorda porque peso cinquenta e dois quilos, e *odeio* as minhas tetas, são grandes demais, oitenta e dois centímetros, e pareço tão pesada na parte de cima... Disse que tinha cabelos loiros e olhos azuis e que algumas pessoas dizem que sou realmente bonita, mas eu não sei. Todos aqueles caras queriam mesmo falar comigo. A Kimmie estava na extensão e conhecia alguns dos caras que estavam na linha, então ela disfarçou a voz e disse que se chamava Verônica. Ela começou uma briga de mentira comigo e contou para aqueles caras que eu era uma puta de carteirinha e que, provavelmente, estava grávida e tinha gonorreia. "Oh, meu Deus!", choraminguei. "Quem é essa pessoa que está falando essas mentiras e por que quer me magoar?" Eu parecia a ponto de chorar e os caras me defenderam e realmente queriam o meu telefone porque, daí, poderiam me ligar depois, longe da Verônica.

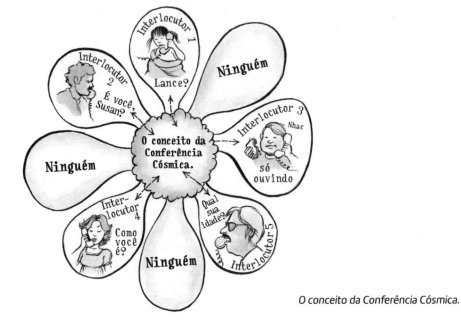

O conceito da Conferência Cósmica.

A Kimmie me disse:

— A sua mãe é linda. Você não tem medo de que ela descubra tudo sobre você e o Monroe? E se eles casarem? É muito nojento.

O Pascal me escreveu de novo. Escreve sem parar e sempre fica irritado comigo porque não escrevo de volta quando me envia uma carta. Eu gosto de receber as suas cartas, mas parece idiota responder já que ele mora tão perto, bem na Filbert Street, perto da Hyde Street. Aqui está a sua última carta:

Querida Minnie,

Você deve estar profundamente envolvida com a lição de casa da Urban. Embora seja uma escola "experimental", é respeitada, e tenho certeza de que vão te oferecer algum tipo de educação. Acho que eu teria escolhido algo mais tradicional, mas, que diabos, estamos em São Francisco.

Você vai me contar na sua próxima carta em que estágio você está e quais cursos, matérias e professores você tem? E, se assim desejar, que impressão os professores te causam. São cultos ou parecem superficiais? Sabe, quais te inspiram, se houver algum, boas qualidades, falhas ou defeitos. É engraçado: estou interessado pelo o que você pensa da escola. Afinal, você está pensando na mudança. Sentir é suficiente, claro, mas no longo prazo conhecer as razões da mudança ajuda. Nunca me entusiasmei muito por autoanálise, mas estou melhorando.

A qualidade da educação, normalmente, se reflete no tipo de alunos que uma escola produz. São capazes de pensar? O que sabem? Têm confiança naquilo que sabem? São originais? Que talentos especiais desenvolveram (dado que o talento é inato)? Têm coragem de fazer afirmações contrárias à "sabedoria convencional"? Têm consciência das responsabilidades sociais, do mundo e das novas ideias?

Depois, há toda a questão dos bons cidadãos, algo que, evidentemente, falta, às vezes, aos nossos líderes. Eu poderia continuar por páginas e páginas.

Ir ao colégio, no entanto, ocupa apenas parte do tempo de uma pessoa. Há o lar e a família (ou algo que se aproxime disso), e a atividade e interação da mente e emoção, dependências e independências a serem observadas, amor e afeto. Talvez até compartilhados. Essas perspectivas "domésticas" de algum modo se integram com as horas que passamos recebendo educação formal. Em resumo, formam o pano de fundo em relação ao qual julgamos a suposta mente educada (não, necessariamente, formal).

Depois, há seus companheiros: meninas (moças) e meninos (moços)... qual é a expressão correta? Você não pode saber quão forte é sem provar suas habilidades e seus talentos com Homo sapiens mais ou menos comparáveis — no seu caso, outros "adolescentes". (Espero não soar complacente.)

Assim, agora que você mudou de escola, deveria pensar em como vai lidar com esses três componentes: a educação em si; seu lar e sua família; e as pessoas que vão interagir com você como iguais. Três coisas. Então... Com amor, Pascal.

Para dizer a verdade, querido diário, nunca gostei muito de escola.

SEGUNDA-FEIRA, 5 de abril
Recesso de primavera

A MINHA MÃE de vez em quando me incomoda com essa história de por que não tenho namorados. Sempre me lembra do mulherão que ela era quando tinha a minha idade. Não acho que queira que eu fique grávida, como aconteceu com ela, mas imagino que ao mesmo tempo se preocupe que exista algo de errado comigo, se eu não fizer as mesmas coisas que ela fazia. Claro que o seu comportamento me deixa furiosa e muito frustrada, porque diz coisas como se estivesse me desafiando a provar que está errada. Obviamente, não posso contar para ela do Monroe, mas nossa!, se eu fizesse isso, pode imaginar a sua reação? Ela não acreditaria. Isso a machucaria tanto. Espero, pelo seu próprio bem, que nunca descubra nada. Talvez eu conte para ela quando nós duas estivermos velhas e com os cabelos grisalhos e o Monroe a sete palmos do chão. Daí, vamos dar uma boa gargalhada.

Mas, se fosse uma situação normal e eles não estivessem juntos, ela poderia me dar conselhos e me contar tudo o que preciso saber, e me dizer o que esperar do Monroe, pois o conhece bem. É como se toda vez que eu realmente precisasse de um bom conselho e uma conversa afetuosa com a minha querida mãe, isso fosse impossível, completamente impossível.

Sabe, eu não tenho ninguém com quem falar sobre esse assunto supercomplicado. Contei tudo para a Kimmie, mas ela nunca esteve na mesma situação, daí, como poderia me ajudar? Ela acha que ele é um pervertido e que eu sou uma tonta, mas ela não consegue entender. Tento falar com o Monroe, mas não entendo os seus joguinhos. Não posso decifrar o que me parece ser um monte de merda que sai de sua boca. Depois de falar com ele, só fico mais confusa e até um pouco magoada. Ele não percebe que estou acostumada aos mais honestos meios de comunicação usados entre as crianças. Ainda sou quase uma criança, sabe? Esta é a primeira vez que estou na posição de me relacionar com um adulto num nível completamente sério. Talvez seja cedo demais... Nunca tive nem namorado antes. Como vou interpretar o seu papo-furado e os códigos de adulto? Claro que estou confusa, mas, com o tempo, acho que vou entender o Monroe...

Talvez fosse melhor não dar bola. Mas eu gosto de sexo. O que eu deveria fazer, não dar bola para o sexo? Preciso de sexo. Queria estar transando agora mesmo — na verdade, a qualquer hora —, o desejo é insaciável. Não sei se fui clara: eu, realmente, gosto de foder. Quem ele é, afinal? Parece que só está interessado em gozar. Mas isso para mim não é o suficiente. Eu poderia passar uma semana inteira transando se as circunstâncias permitissem. Mas ele é como um animal, um macaco: tem a sua meia hora ou algo assim de diversão, depois vira, dorme e espera que eu esteja satisfeita. É um maldito de um grosseiro. De onde ele saiu? Espero que pelo menos esteja satisfeito — não vejo como isso seria possível tendo essa vida sexual. Que pessoa chata na cama. Eu me pergunto se ele é assim com todo mundo. Eu me pergunto se todos os homens são do mesmo jeito. Pelo menos ele tem algo... Ok, existem muitos outros caras dando sopa por aí, mas ele é o mais fácil e seguro. Beija bem, mas às vezes parece tão desajeitado. Talvez eu esteja sendo crítica demais — afinal de contas, não sou uma puta... mas, talvez algum dia...

Quero ser fodida na praia.

Pô, estou falando como um caminhoneiro. É isso o que o Monroe diz.

Ele já foi caminhoneiro. Eu gostaria de ser caminhoneira também.

TERÇA-FEIRA, 6 de abril

EU ODEIO A Urban School, completamente. Entrei na metade do ano, então, não tenho nenhum amigo ali e os professores mal sabem quem eu sou. É uma escola particular "alternativa", uma escola hippie para ricos. Em outras palavras, não faço parte daquilo de jeito nenhum. É bem pequena, só tem cento e cinquenta alunos mais ou menos. Não gosto de sentar no chão em vez de na carteira, não gosto de chamar os professores pelos seus nomes e não gosto que os alunos tenham permissão para sentar na escadaria da entrada e fumar. Pode me chamar de careta, o que quer que eu diga?

Se eu morresse hoje, gostaria de ser enterrada naquele cemitério perto da Limekiln Pike na Filadélfia. Gostaria de estar perto das tumbas mais humildes, perto das pessoas mais humildes e amáveis do mundo quando eu morrer. O meu corpo em decomposição se misturando com a humilde carne em decomposição dessas pessoas sem classe, mas amáveis e atenciosas — sim, é bem isso o que eu quero.

Não tenho medo das facas, nem dos garfos, nem dos revólveres, nem do veneno, nem do fogo, nem do estupro, nem da chantagem, nem do cativeiro, nem da prostituição, nem de ser picada, nem de nada disso. Não tenho medo de ser sequestrada ou torturada ou mesmo hipnotizada. Realmente, não sinto medo de pensar em assassinato ou em extorsão ou genocídio ou qualquer coisa assim.

Uma garota chamada Jill ligou e me convidou para sua festa na piscina.

Bom, espero que o Chuck me ligue esta noite por conta do show do Peter Frampton. Temos que acertar os detalhes. Por exemplo, como vamos até lá e quando ele vem me buscar. A Kimmie não quer mesmo que eu vá. Perguntei por que e ela disse "por nada". Estou tentando tirar isso da cabeça. Sei que ela teria gostado se eu a tivesse convidado. O Chuck quer ir dirigindo, mas talvez não seja uma boa ideia. Para começar, a carteira de motorista dele é falsa, já que ele só tem quinze anos, e depois sempre fala do amigo que foi preso por roubo de carros como se ele também fizesse isso, mas, sei lá, talvez só esteja bancando o adulto. Não parece ser do tipo de pessoa que roubaria.

Talvez todo mundo, secretamente, fique satisfeito na hora da morte.

QUARTA-FEIRA, 7 de abril

UMA GAROTA chamada Jill ligou e me convidou para sua festa na piscina. Foi um pouco estranho, porque eu estava ali em pé com outras pessoas na nossa classe enquanto ela falava de possíveis datas para a festa, então acho que ela se sentiu obrigada a me convidar também. Ela disse que me convidaria e pediu o meu telefone. Não me importei; eu queria mesmo ir. Nunca fui a uma festa na piscina.

Contei para a mamãe sobre a festa e disse que queria uma roupa de banho, mas ela falou que eu não precisava de uma porque nunca vou nadar, então eu podia usar uma das suas. Queria me dar uma realmente velha, um biquíni rosa com flores ridículo, e tive que experimentá-lo no quarto dela porque ali há um espelho atrás da porta. Bem quando eu ia tirar o biquíni porque me deixava gorda e a parte de cima é grande demais, ela bate na porta: "Não, me deixe ver, me deixe ver!"

Ela estava de mau humor. Insistiu em ver como a roupa de banho ficava, disse que não podia acreditar que não me servia e que não ia me comprar uma nova a não ser que realmente houvesse algo de errado com a velha. Então ela entra com seu segundo ou terceiro gim-tônica, me olha como se eu fosse um pedaço de carne e diz: "Bom, pelo menos sei que *eu* ficava bem numa roupa de banho quando tinha quinze anos." Eu a empurrei para fora do quarto. "É o meu quarto!", gritou, mas eu disse sai daqui, sai daqui, tranquei a porta e comecei a chorar como uma idiota. Odeio a minha mãe, odeio, odeio. E eu não vou à droga da festa na piscina.

QUINTA-FEIRA, 8 de abril

ESTOU USANDO uma máquina de escrever elétrica agora. Todos os trechos anteriores foram datilografados em uma máquina Underwood Standard manual.

O Chuck ligou e disse que no domingo vamos em seu carro para ver o Peter Frampton no show do *Day on the Green*. Mesmo que ele venha me buscar em um carro roubado, acho que é melhor do que pegar o trem. O Chuck fala sem parar de carros, música e um monte de outras bobagens que são estranhas pra mim.

O Monroe tinha dito que vinha para jantar e assistir televisão com a nossa família, mas ligou e explicou para a minha mãe que estava tão deprimido por causa do seu emprego chato como corretor de seguros na Kaiser que achou melhor passar uma noite tranquila em casa só com uma garrafa de vodca para lhe fazer companhia. Disse também que tinha que correr os seus onze quilômetros diários para ficar em forma para a maratona anual de São Francisco. O Monroe costuma beber vinho, mas o seu médico disse que só deveria beber coisas que não fossem feitas de frutas ou cereais, e a vodca é feita com batatas, que não são nem frutas nem cereais.

... só com uma garrafa de vodca para lhe fazer companhia.

Eu realmente me sinto estranha em relação ao Monroe. Preciso dizer que sinto como se todas as suas desculpas para não vir aqui fossem desculpas para não me ver e que vai fazer de tudo se isso significar me evitar. Estou contente, portanto, de ter algo para fazer no sábado e no domingo à noite, porque, do contrário, eu ficaria aqui sentada me lamentando por Monroe e por como ele está vergonhosamente se aproveitando de mim.

Ninguém me ama, sabe?

Oi, senhor Bill. Oi, Paul. Oi, Elaine. Oi para todos os meus professores. Não sei se vocês estão lendo isto ou não. Seria loucura deixar alguém ler isto levando em conta a informação tão pessoal que contém. Mas, se eu não deixar vocês lerem o meu diário, não sei como vou conseguir nota em redação porque vocês vão pensar que não tenho escrito nada.

Toda vez que sento aqui para fazer a lição de casa, acabo, em vez disso, escrevendo sobre a minha situação pavorosa. De alguma forma, nada parece tão poético como pareceu duas semanas atrás. Talvez, não exatamente duas semanas, mas é como se fosse há muitos e muitos anos... Posso lembrar, vagamente, do sabor desses meses... parece que tinham gosto de poesia... Eu não era mais feliz do que agora, nem mais triste, mas o tempo parece ter parado naquele momento e tudo passou por mim como água e eu parei também e tudo me parece poesia...

Vai ser bastante constrangedor ir à escola na segunda. Eu deveria estar escrevendo uma redação de dez páginas sobre o recesso de primavera e simplesmente não consigo fazer isso. E cabulei, faltei dois dias na semana antes do recesso.

Só tem um professor ali que sabe que existo. O senhor Bill. Eu não diria que ele gosta de mim, mas pelo menos se lembra do meu nome. E tenta fazer contato visual. Ele parece inseguro e solitário. Nunca se solta, está sempre silenciosamente buscando, implorando, suplicando, "Olhem para mim! Me amem! Vejam além da minha timidez e me notem!". Esse é o senhor Bill... Ajuda no laboratório de biologia e também ensina arte.

A aula de arte não é grande coisa. Basicamente é: "vamos começar com um conceito, pegar nossa tinta, lápis de cera, lantejoula, cola, tesoura e cartolina e fazer arte!".

Biologia é melhor. Quando o senhor Bill estava nos mostrando o esqueleto, disse que as mulheres "correm de um jeito engraçado" porque os seus quadris são mais largos. Essa ideia nunca me ocorreu. Não entendi do que estava falando e me senti ofendida porque corro muito rápido, provavelmente, mais rápido que a maioria dos homens.

Caros professores,

A razão por que não tenho ido ao colégio com regularidade ultimamente é essa coisa aguada, espécie de casinho que venho tendo com um homem mais velho, muito mais velho,, que também se deita com a minha mãe. Simplesmente, não tenho mais vontade de ir ao colégio. E sei que me inscrevi para ir à viagem de estudo ao deserto durante o recesso de primavera, mas não pude ir porque senti que, se fizesse isso, ele seria atacado pela culpa porque teria tempo para pensar sobre as coisas sozinho. Parece que teve tempo de qualquer jeito. As coisas mudaram. Talvez seja melhor assim, talvez não, e também talvez, e com sorte, eu esteja grávida. Não sei por que eu disse isso, não sei por que, não sei por quê. Talvez eu ache que é uma maneira de atrair a sua atenção, mas vocês não acham que mereço algum tipo de atenção da parte dele? Esse estúpido sem sentimento — às vezes ele age como se nada, nada mesmo, tivesse acontecido. Vem à nossa casa o tempo todo e a minha mãe nos manda, a mim e à minha irmã, para os nossos quartos para "fazermos os deveres", enquanto eles ficam na sala rindo, bebendo e se beijando ou vendo TV. Talvez ele perceba como realmente sou sem atrativos. Eu me pergunto se a minha mãe está decepcionada comigo porque sou pouco atraente. Ela não pode me exibir com orgulho, apreciar o orgulho da minha beleza. Em vez disso, a minha feiura suga a beleza dela e a enche de vergonha. Ah, não, agora me sinto desprezível e quero morrer. Se consigo aceitar a imperfeição dos outros com tanta alegria e interesse, por que me menosprezo assim? Ah, vou superar isso. Vou superar essa dúvida sobre mim mesma em poucos minutos. De qualquer jeito, não dou a mínima para a minha aparência. É engraçado, nunca pensei em chorar por causa do Monroe antes... nunca tive nenhum motivo para isso. Mas é estranho ter ido para a cama com alguém que você acha tão velho e desatencioso... Talvez tenha sido minha culpa por esperar algo mais, embora eu não estivesse em posição de esperar absolutamente nada.

SÁBADO, 10 de abril

TENHO QUE PERDER cinco quilos se quiser atuar na obra sobre Charles Manson.

Fui à casa de C. Jason Driscoll com a minha mãe. Quando ele ligou para marcar uma "reunião" comigo, disse que ela precisava ir também, porque caso ele me contratasse ela teria que assinar uma autorização ou algo assim. Ele mora perto de Ocean Beach no beco mais neblinoso e frio, num apartamento apertado, escuro e feio no porão da casa de alguém. Um tapete cor de ferrugem cobre todo o chão, de parede a parede. Como o apartamento está abaixo do nível da rua, uma das suas vistas é a base das lixeiras do vizinho.

Esse homem parece um rato. É alto e magro, com seus trinta e poucos anos. Tem um bigode ruivo e arrepiado debaixo do seu longo e fino nariz e as suas narinas trêmulas e úmidas parecem a boca de duas pequenas lampreias. Ele me fez ficar de pé e ler um poema chamado "Papai", da Sylvia Plath, enquanto a minha mãe estava ali plantada. Não posso acreditar que realmente li aquilo para ele. Foi tão constrangedor, e a minha mãe, que adora Sylvia Plath, ficou bajulando o homem e falando de literatura, embora não pudesse ter gostado dele de maneira nenhuma. Mas ele se gabou de que produzia peças para o *American Conservatory Theater* e de que era graduado pela *San Francisco State University*. Ela reagiu como se as referências dele fossem a coisa mais incrível que já tinha ouvido, mas eu acho que ele é um mentiroso e um impostor. Como esse tipo poderia ser produtor ou diretor? Como alguém com tão pouco encanto pessoal poderia conseguir qualquer tipo de atuação decente de um ator? Quem se sentiria estimulado por ele a colocar a alma na atuação? Eu não. Li mal o poema e sei disso.

Se eu perder peso, vou pegar o papel de Leslie van Houten ou de Patricia Krenwinkle.

Sei que estou gorda, mas não mais gorda que a média e ninguém nunca antes tinha me dito que eu deveria perder peso. Quase parecia que lhe dava prazer saber que seria o responsável por eu comer menos, por mudar o meu corpo para satisfazer os seus olhos. Por pura maldade, me recuso a perder peso. Ele disse que ligaria em duas semanas para conferir o meu progresso.

DOMINGO, 11 de abril

FUI AO SHOW com o Chuck, mas acabou sendo terrível. Era um *Day on the Green* no *Oakland Coliseum*, com Peter Frampton, Blue Oyster Cult e Gary Wright... No começo, tudo correu bem, ficamos sentados no gramado do estádio, estava quente e ensolarado e havia um monte de gente. O Chuck estava um pouco tímido, atrapalhado e até divertido e fiquei feliz por estar com ele até que decidiu fumar um baseado. Daí começou a me apalpar, a se aproximar demais e a me abraçar. Passei a me sentir sufocada e um tanto furiosa, então, disse que ia ao banheiro. Levei um bom tempo até encontrar um, e havia uma fila de mais ou menos cinquenta

Passei a me sentir sufocada e um tanto furiosa.

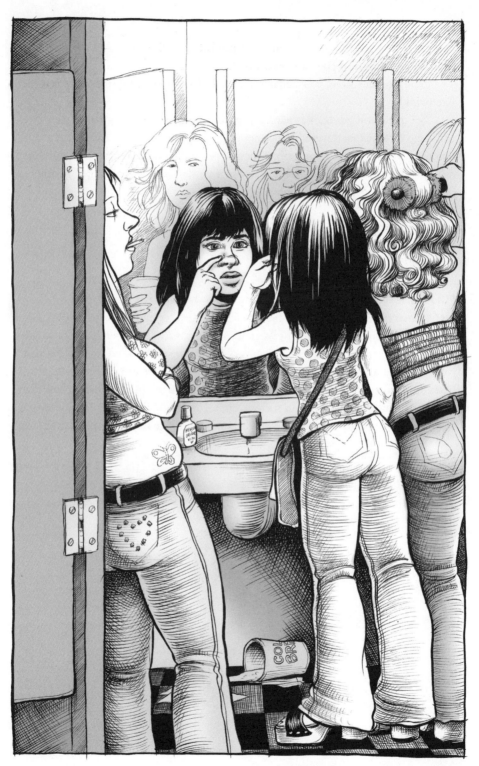

... tinha uma espinha enorme e vermelha no nariz...

pessoas. Esperei e esperei, mas me sentia cada vez mais ansiosa. Por fim, entrei no banheiro e dei uma olhada no meu rosto. Tinha uma espinha enorme e vermelha no nariz e o rosto estava todo suado. De repente, fiquei totalmente paranoica e não queria ver o Chuck de novo. Perguntei para as pessoas se tinham alguma maquiagem, daí eu poderia cobrir a espinha e uma garota, finalmente, disse que sim, mas ela não era muito simpática e a cor era escura demais — parecia uma grande mancha no meu rosto, mas melhor isso que nada. Eu não tinha dinheiro, mas andei sem rumo pelas lanchonetes enquanto o Peter Frampton tocava... soava tão longe... um tipo esquisito me comprou uma cerveja, eu a bebi enquanto ele fumava uma bituca e me contava sobre como a sua ex-namorada tinha o cabelo igual ao meu e todo o mundo dizia que ela se parecia com a Linda Ronstadt. O cara tinha uns trinta anos e dentes estragados. Eu não queria falar com ele por muito tempo, então disse que precisava ir procurar a minha irmã. Dei voltas meio que procurando o Chuck, mas, na verdade, estava só olhando para todo o mundo... No final do show, o encontrei de novo, mas ele estava puto e mal nos falamos no caminho de volta para casa.

QUARTA-FEIRA, 14 de abril

PAREÇO MELHOR, não acha? Mas, como você ia saber? A verdade é que quase esqueci o Monroe por completo. Esqueci qualquer sentimento de paixão que pudesse ter por ele, é isso. Escrevi uma pequena carta para ele outro dia:

> Querido Monroe,
>   Você realmente se aproveitou de mim? Isso não foi nada legal.
>   Odeio você — o que mais poderia te dizer?
>   Minniezinha.

Acho que não pareço muito calma ou capaz de raciocinar direito. Mas isso foi há algum tempo. Eu me sentia bastante infantil porque nessa época era como se ele estivesse tentando deixar clara a sua independência adulta e masculina. Não acredito que um dia eu fique sabendo a verdade, ao menos, não por ele, mas, com certeza, vou ter outras oportunidades.

O Monroe me trata como uma criança na frente da minha mãe.

QUINTA-FEIRA, 15 de abril

O MONROE LIGOU. Tinha recebido a minha carta. Disse:

— Não, não, não, você não entendeu a situação. Acho que isso aconteceu porque não passei aí ultimamente. Talvez eu passe esta tarde se aquele amigo da sua mãe, o Michael, não estiver aí.

O Michael é um dos novos amigos da minha mãe, um advogado que ela conheceu no Perry's, um bar de solteiros na Union Street. Acho que ele tem um monte de cocaína porque ela sempre o chama de Michael C. ou Michael Cocaína. O Monroe não gosta nada dele.

— E se ela for sair — ele disse -, talvez a gente possa ir para algum lugar também, comemorar que recebi a minha declaração de rendimentos. A última como funcionário de uma empresa.

O Monroe está planejando abrir o seu próprio negócio.

— Mas olha, se eu seguir com as duas, com você e a sua mãe, ao mesmo tempo— o Monroe continuou -, as coisas vão ficar complicadas... e as coisas não podem ficar complicadas. É assim que as amizades terminam. As coisas *não podem* ficar tão complicadas.

∞

O Pascal ligou também.

— Onde a sua mãe está?

— Não sei. Ela ainda não voltou do trabalho.

— Ela vai para casa esta noite?

— Acho que sim. Ela não disse que não viria.

— Com quem ela saiu?

— Eu já te disse! Ela ainda não voltou do trabalho! Eu não falei que minha mãe tinha saído com alguém! Você nem me escuta, Pascal!

— Você está se concentrando nos deveres da escola?

— Bom, claro, quer dizer, eu estaria, mas as pessoas ficam ligando.

— O que você está lendo agora?

— Hummmm... eu deveria estar lendo *Lord Jim*. Mas, em vez disso, estou lendo os seus gibis antigos.

— Eu nunca tive gibis.

— Ahã... teve, sim. Aqueles velhos gibis hippies... você sabe, *Zap* ou *Zip* ou algo assim... aqueles gibis bem sacanas que os caras escondem embaixo da cama.

— Ah! Esses! Um amigo da sua mãe deu esses gibis pra gente. Eles, com certeza, não eram meus.

— Claro… mas a mamãe disse que eram seus. Posso ficar com eles então?
— Estou esperando que você responda as minhas cartas, Minnie. Não é tão fácil pegar uma caneta quanto pegar um gibi?
— Vou responder, vou responder.

Viver de maneira extravagante, comer sanduíches de presunto picante Underwood a quarenta e três centavos mais o preço do pão e escrever em papel de desenho que me custou 2,80 um bloco de setenta e cinco folhas.

Mais tarde

Uma garota e o seu bebê leitão.

EU ESTAVA COM vontade de desenhar, então, fiz isso. Olha só. É uma garota e o seu bebê leitão. Agora, talvez, eu arrume o meu quarto. Talvez não. Não tem lençóis na minha cama, mas não sinto vontade de colocá-los. Acho que, simplesmente, vou dormir. Boa noite.

Na marina

SEGUNDA-FEIRA, 19 de abril

VI O CHUCK ontem. Acho que voltamos a ser amigos. Ele me deixou experimentar seu skate. Eu disse que procurei por ele, mas que devia estar muito bêbada, ou algo assim, porque realmente não consegui encontrá-lo. Ele disse:

— Tudo bem, é impossível encontrar alguém nesses shows enormes... eu deveria ter ido até o banheiro com você!

Depois, fui à estação de trem da Townsend. *Towns end, Town send...* É o fim da cidade? Ou o lugar de onde a cidade é enviada? As pessoas, as coisas? Eu segurava a minha bolsa na mão direita e o agasalho na esquerda. Tinha atravessado toda a cidade, a princípio com a intenção de voltar ao colégio depois do almoço, mas mudei de ideia uma quadra antes de chegar lá. Eu estava atrasada de qualquer jeito. Cheguei à estação uma hora depois e fui direto para o banheiro feminino. Passei um *gloss* vinho, escovei o cabelo virado ao contrário, para dar volume, e troquei de sapato. Coloquei as minhas plataformas pretas. Comprei um docinho.

Fui para a imensa sala de espera com os seus muitos bancos de madeira, como bancos de igreja. Tinha um teto muito, muito alto com mulheres nuas entalhadas nos quatro cantos. No banco da frente, um velho negro vestindo calça verde-oliva desbotada e uma jaqueta preta rasgada e imunda dormia. Havia copos de refrigerantes vazios com canudinhos mastigados e embalagens de chocolate nos cantos debaixo dos bancos. Sentei ali, comi o meu doce e pensei que talvez eu fosse de trem para algum lugar, mas não fiz isso.

Resolvi andar pela cidade. Conheci um *black muslim*, um negro muçulmano que disse que não tomaria nenhuma liberdade comigo, a menos que acabasse se apaixonando por mim. Ele estava usando um terno bonito, eu lhe dei um dólar como contribuição para a sua causa e ele se ofereceu para me buscar e me levar de carro até a mesquita no próximo domingo, mas eu disse que a mesquita ficava na esquina da minha casa (não ficava), então, muito obrigada, mas não seria necessário. Era muito, muito

Ele disse que não tomaria nenhuma liberdade comigo.

agradável e educado, e espero, talvez, me encontrar com ele quando eu for à mesquita, e eu vou, com certeza.

Conheci um ex-drogado na esquina da Post com Stockton. O sol estava muito forte, ofuscava até. Eu disse que já tinha comprado uma rifa da *Delancey Street Foundation* (não tinha), mas nós conversamos mesmo assim. Eu disse que achava que era uma boa organização, mas, na verdade, só sei que eles ajudam drogados e pessoas que estiveram na cadeia e vendem árvores de Natal para conseguir dinheiro. Acho que isso é positivo. Ele disse:

— Fico chapado só de te olhar, você é uma garota muito bonita mesmo, não fique vermelha, é verdade, eu usava drogas, estava sempre chapado artificialmente mas me deixa puto pensar no que perdi quando vejo coisas bonitas como você. É, as pessoas sempre me dizem que pareço um pouco o Jack Nicholson, você acha mesmo? Ele é um cara bonito? Sabe, eu nunca vi nenhum filme dele. É mesmo? Algumas pessoas dizem que eu até poderia ser o dublê dele, bom, eu sei representar, eu tinha que fazer isso quando estava nas ruas passando a perna nos outros, eu era um trapaceiro profissional. É, você é mesmo bonita, não fique vermelha, talvez

Conheci um ex-drogado na esquina da Post com Stockton.

a gente possa se ver por aí, podemos marcar um café ou algo assim, você tem uns vinte anos? Quinze? Não, nossa, você está de sacanagem, pensei que você tivesse uns vinte anos, uau, você vai ser um mulherão daqui a alguns anos, obrigado por falar comigo, é, a gente se vê, o meu nome é Buck, você é mesmo bonita, o seu nome é Minnie? Já ouvi esse nome, putz, bom, a gente se vê tchau tchau tchau tchau tchau tchau tchau tchau."

Também conheci um taxista. Ele teve que estacionar o táxi para ligar para a mulher dele. Perdeu tudo uns dez anos atrás. Antes, trabalhava com imóveis. Tem cinquenta e seis anos, mas você não quer saber dele. Ele foi muito legal, paternal, meio depressivo: seu cunhado estava com uma hemorragia no cérebro.

Comprei um disco. *Johnny Cash at Folsom Prison*, na Banana Records. A vendedora me disse que eu era a cara da Linda Ronstadt. Por que as pessoas não param de dizer isso? Às vezes dizem que pareço a Shirley Feeney do programa *Laverne & Shirley*, o que é até pior, mas eu não quero me parecer com nenhuma das duas.

Também comprei um livro, *Religiões da América*, cinco dólares e noventa e cinco.

TERÇA-FEIRA, 20 de abril

O BIMESTRE COMEÇOU na semana passada. Em anatomia comparada vamos dissecar um gato. Mas o mais interessante de tudo: Ricky Ricky Ricky Wasserman, esse garoto deliciosamente bonito, e Arnie Greenwald, seu melhor amigo, estão na minha classe de contos. Gostei dos dois logo de cara e eles gostaram de mim. Eles estão no segundo colegial, mas isso não importa para um monte de matérias optativas. Hoje foi a primeira vez que falei com o Ricky, embora ele sempre tenha chamado a minha atenção. Ele me viu desenhando na minha carteira, se inclinou e sussurrou:

— Me escreve um bilhete.

Então eu escrevi um bilhete para ele. Assim: "Uma receita básica de panqueca leva água, farinha, fermento, açúcar e ovos."

Ele respondeu:

— Madame, no meu coração não há nada além de admiração por você.

Depois da aula, o Arnie disse:

— Não dá atenção pra ele: é um artista de merda. Você tem que escrever bilhetes pra mim!

Eu apenas ri. Gosto deles, mas não sei o que dizer.

Ricky Ricky Ricky Wasserman, esse garoto deliciosamente bonito.

DOMINGO, 25 de abril

COM O MONROE NA NOITE PASSADA, QUANDO NADA ACONTECEU.

ELA ERA UMA garotinha corrompida pela lasciva tentação da carne. Parecia perfeitamente a rameira que estava fadada a se tornar, com sua blusa justa sem mangas, as alças do sutiã expostas, com sua calça justa bem apertada na virilha. Andava balançando o corpo sobre seus sapatos de plataforma, quase como um cavalo, quando visto por trás.

Monroe tomou dois drinques de rum com suco de *grapefruit* junto ao mar, na Cliff House, com a garota e sua irmã mais nova, Gretel, que não suspeitava de nada. Olhavam pela grande janela e riam e contavam focas na Seal Rock e assistiam a alguns navios de carga se dirigindo à Golden Gate. Falavam sobre a população de tubarões da Costa do Pacífico e sobre os detalhes de recentes encontros de humanos com os animais.

Monroe estava ficando alto e perguntou para a pequena e tímida Gretel, roliça e loira, de apenas treze anos:

— Então, Gretel, você tem algum namorado?

— Claro que não! — gritou ela com nojo.

— Bom, como vai a sua coleção de elásticos? Você sabe que eu pego esses elásticos e guardo para você? Vamos ver se me lembro de trazer da próxima vez. São os vermelhos, não são? Aqueles que os garotos dos jornais deixam cair.

— Sim. Quantos você tem?

— Ah, eu não sei... um bom punhado, talvez vinte ou trinta.

— Bom, agora eu tenho mais de cinco mil.

— Ela está fazendo uma corrente enorme com eles! — acrescentei.

— Isso mesmo. E vou fazer uma grande bola.

Minha irmã coleciona elásticos da rua. Eles têm que ser vermelhos. Ela sempre está colecionando algo. Costumava colecionar gnomos. Fazia roupas para eles. Depois, colecionou moedas. Agora, elásticos.

— E você, Minnie? Você tem algum namorado?

— Namorado, não, mas tem um garoto de quem eu gosto.

— Ah, é? Na escola?

— Sim. O nome dele é Ricky Wasserman e ele é muito bonito.

— Wasserman? O quê? Ele é judeu?

— E isso importa?

— Não, não.

— Minnie! Você está saindo com um *garoto*? — Gretel perguntou.

— Não, não estou saindo com ele! A gente só se conhece, só isso.

Quando voltaram para casa e os outros deixaram a sala, Monroe passou o dedo pelo braço dela, para cima e para baixo. Ele disse:

— Deixando todos os rapazes loucos, não é?

Ela virou a cabeça, indignada, e replicou:

— Não quero falar sobre isso.

De algum modo, se sentiu estranha, como se estivesse consciente, pela primeira vez, da descarada em que parecia estar se tornando. Com a chegada da noite e o retorno de sua mãe, ela percebeu as repetidas alusões de Monroe a prostitutas e outras mulheres perdidas. Também repetidos foram seus intensos olhares para os seios da garota. O olhar dele estava distante e seu lábio inferior caído. Quando já ia embora e a garota o levou até a porta, ele levantou a blusa dela, passou o dedo pela sua barriga e disse:

— Olha, até sua calça está desabotoada.

Ela riu por dentro, mas não tinha certeza de por quê.

A pobre garota está condenada a menos que mude suas maneiras.

Às vezes ela se dá conta de como são sem sentido esses prazeres puramente sensuais. Mas, então, se sente tentada, esquece de tudo e não consegue resistir.

SEGUNDA-FEIRA, 26 de abril

ADORO SER BEIJADA por um rapaz atraente, adoro, adoro, adoro. Tem um gosto tão bom e tão quente. Tão úmido e delicioso e completo. O Ricky me beijou hoje. Foi maravilhoso. Eu queria mesmo transar com ele, meu Deus, estou sempre tão excitada, espero que ele possa notar isso. Que vadia eu sou, minha nossa! E o Arnie?, você vai perguntar. Bom, eu gosto dele também, e ele gosta de mim. Nós conversamos um pouco depois da escola. Espero que o Ricky não conte para ele que nós nos beijamos... ele ficaria chateado... não comigo, mas com o Ricky. É muito estranho como os garotos se zangam com as pessoas erradas. Os garotos nunca parecem se zangar com as garotas, só entre si mesmos.

O Ricky mede um metro e oitenta e parece pesar uns setenta quilos — ele é magro, sabe? Tem um cabelo ondulado, da cor da areia, e olhos azuis muito juntos, quase estrábicos, e um suave rosto judeu levemente salpicado de sardas. Todas as garotas da escola estão apaixonadas por ele. Como eu disse, eu queria muito transar com ele.

TERÇA-FEIRA, 27 de abril

O RICKY TEM um pontinho azul na pupila esquerda. Geme quando me abraça e diz que sou perfeita... Tudo que eu quero é sexo sexo sexo... O Ricky fica o tempo inteiro me olhando na aula. Sei que um montão de gente está com ciúme ciúme ciúme...

O Chuck me contou que o sr. Bill, aquele desgraçado, disse para todo mundo que eu não fui à viagem de estudo ao deserto porque estou loucamente apaixonada pelo Arnie Greenwald e, também, que tenho medo de qualquer tipo de droga. Como você sabe, essas acusações não têm um pingo de verdade. Não fui por causa do Monroe, porque eu queria transar de novo e todos os garotos daquela viagem são uns maricas. Além do mais, eles foram num ônibus de uma empresa de transportes hippie, Green Tortoise, e eu detesto o estilo de vida hippie. Seja como for, o que o sr. Bill disse se espalhou como rastilho de pólvora e agora a escola toda acha que eu sou a maior moralista... O sr. Bill me viu abraçada com o Ricky hoje e simplesmente não conseguiu tirar o sorriso do rosto. Acho que ele percebe que não me entende e está confuso. Entender o quê? Sou uma pessoa muito apaixonada.

O Ricky tem uma testa alta, grande, bonita. Olhos bem juntos, mas lindos de qualquer jeito... um queixo forte... uma boca interessante, mas um pouco pequena. No total, é absolutamente maravilhoso. Baba, baba. Eu fico pensando se é beeeeeem dotado.

pau pau pau pau pau pau pau pau pau pau pau pau pau pau pau pau pau homens homens homens homens homens homens homens homens homens transar transar transar transar transar transar transar transar transar transar

O Monroe, aquele babaca. Mas belo pau.

SÁBADO, 1º de maio

ONTEM À NOITE, Monroe e eu fomos jantar fora, depois passamos na Baskin & Robbins e tivemos uma longa e franca conversa, que, na verdade, é a única coisa que decidimos dizer que faríamos. A Gretel também ia com a gente, mas, por sorte, foi para a casa da Inna Alberti para jantar com a garota e a família dela. A mamãe tinha saído para tomar algo com o Michael C.

Quando o Monroe e eu saímos, temos que ir a algum lugar que não seja frequentado por nenhum conhecido nosso. Evitar a minha mãe é fácil. Ela fica na Marina, na Union Street ou, mais para cima, na Van Ness. Às vezes, no centro. O seu local favorito é o Perry's. Nós, normalmente, ficamos em algum lugar na zona oeste da cidade.

Todas as garçonetes usavam vestidos mexicanos coloridíssimos.

Então rodamos toda a Clement Street e em seguida o Geary Boulevard procurando um restaurante mexicano adequado. Finalmente, depois de rodarmos por meia hora, demos com o restaurante El Sombrero. Esperamos uma hora por uma mesa. Sentamos e esperamos, bebendo *margaritas* de morango e comendo *nachos*. As garçonetes usavam vestidos mexicanos coloridíssimos. Um homem com um lindo poncho feito à mão e um *sombrero* fazia *tortillas* na frente de todos num fogão bem no meio do restaurante.

O Monroe disse que as crianças latinas eram morenas e bonitas. Contou uma história engraçada sobre o nosso gato como se ele fosse um bandido mexicano. O nome dele é Domino, mas o Monroe o trocou por Domingo e disse que era um sujeito muito mau e que montava um burro chamado Fidel e tinha um companheiro chamado Sancho.

O Monroe acabou falando um monte de coisas sem sentido sobre o Michael C. e outros advogados cheios de lábia que vinham ligando para a nossa casa ultimamente. O Michael é quem, na verdade, parece incomodar mais o Monroe. É divorciado e tem dois filhos, um ano ou dois mais novos que a Gretel e eu. Ele é um perfeito cheirador de pó e é rico. O Monroe o detesta. Ele joga tênis em algum clube de ricos com a minha mãe.

— Acho que você está com ciúme, Monroe — eu disse.

— Minha nossa! Longe disso. Acho que os advogados, no geral, são uns grandessíssimos filhos da mãe e esse Michael ganha de todos.

Ele contou uma história engraçada sobre o nosso gato como se ele fosse um bandido mexicano.

Perguntou se eu tinha ido para a cama com o Ricky e eu disse que não, mas ele não acreditou em mim! Sinto que ele quer isso. Mas, mesmo que eu tivesse ido, o Monroe não tem que ficar sabendo, não é da sua conta.

Depois de comermos, eu praticamente tive que implorar que voltássemos para o apartamento dele.

— Se a gente voltar para casa agora, a minha mãe vai notar que estive bebendo, Monroe. Além do mais, são só nove e meia.

— Bom, acho que é tarde demais para irmos ao cinema.

Então, fomos para a casa dele, Monroe se deitou na cama e eu soltei uma risadinha nervosa. Ele disse:

— Não tem TV, nem rádio, nem nada para comer e este é o único cômodo aqui... que outra coisa você quer fazer?

— Isto é o que eu quero fazer. — E me deitei ao seu lado.

Ele disse vamos conversar e eu disse não quero conversar.

— Bom, eu não vou transar com você.

— Por que não? — E o beijei.

— A gente pode se beijar, mas só isso. Não quero me envolver porque você não sabe se controlar e sai contando para todo o mundo.

— Eu não vou contar para ninguém. E, na verdade, não contei para a Kimmie. Eu disse que tinha feito isso porque eu estava zangada.

— Não não não.

— Sim sim sim. Por favor...

E, no final, a gente acabou transando, e durante um bom tempo. Eu nunca o senti tão duro. Eu estava tão preparada. Foi muito legal e ele também sorriu e a gente falou enquanto transava.

TERÇA-FEIRA, 4 de maio

O RICKY E eu nos *conhecemos*, no sentido bíblico, na tranquila e agradável sombra dos eucaliptos. Era um dia suave, suave e nós andamos até o parque do Presidio durante o almoço. Foi suave quando nos tocamos, havia incerteza e graça no ar suave. Pareceu quase inocente.

Mas eu não consegui dizer nada para ele.

QUINTA-FEIRA, 6 de maio

O RICKY TEM um gosto de fruta, sensual e quase enjoativo se alguém o prova em excesso.

O Monroe é mais quente, mais seguro e, de novo, é ele quem eu quero. Apenas um toque dos lábios dele é o que eu desejo. Apenas uma roçada dos seus lábios contra os meus para que eu possa recordar o seu gosto...

SEXTA-FEIRA, 7 de maio

PARECE QUE minha mãe espera que eu explique exatamente o que o Monroe diz dela e, no geral, fica muito deprimida quando faço isso, mas não quero amenizar a situação ou eu estaria sendo desonesta.

Ele me contou que acha que ela bebe demais, que não pode suportar os advogados nojentos com quem ela tem saído e que não tem aparecido em casa porque é muito deprimente. Contei isso para ela, mas não achei que seria uma grande novidade, porque ele *sempre* está dizendo coisas assim.

O Monroe diz que vai parar de beber. Quer cortar o álcool. O médico lhe deu pílulas para ajudar: diletanten ou dillanten ou algo assim, mas ele não começou a tomar ainda porque diz que precisa se preparar psicologicamente antes de parar.

SÁBADO, 8 de maio

ALGUÉM ME ama e eu não sei?

Estamos cheios de lírios. Não repletos, mas cansados — fartos.

Eles têm um tipo especial que só usam para leitores iniciantes.

PRIMAVERA

O verde é calmante para os olhos. Por isso, as salas de aula são sempre verdes, claras.

Mais tarde

VAMOS TIRAR um tempinho e por um momento ser completamente sérios: escrever este diário se tornou algo como um hábito, e um bom hábito. Acho mesmo que a minha redação melhorou por causa disso. Você considera ou não considera este diário um esforço criativo? (Obviamente, você deve estar lendo o que escrevo.) Faço essa pergunta porque parece para todo mundo que não tenho dado a mínima ultimamente para projetos independentes e de aperfeiçoamento pessoal. Devo me sentir culpada ou devo seguir firme em meu caminho, escrevendo em segredo este diário que ninguém mais vai ler por anos e anos se eu puder evitar?

Estou aprendendo a escrever à máquina num ritmo consideravelmente mais rápido desde que comecei, o que é o resultado louvável dos meus esforços. Talvez, você diz, fosse melhor se eu datilografasse aleatoriamente no teclado, talvez um monte de letras, parecido com uma sopa de letrinhas, fosse mais interessante de olhar. Só o tempo dirá... Estou prevendo que vou gostar de ler isto dentro de uma década ou algo assim, para relembrar a minha doida adolescência... talvez eu até mostre este diário para o meu marido.

t yhuf6c568v79bjk,nmm, /N900-0=89c5734x ghghc
c5x457icpb780uilmbnmbjm6v89v689c689c6yuijm,./90b789x
43ffgjghjx5678xt7ic67i67x456z346ct7ilvyukb787-[]
l//vuy8io;v78x4535235xertyubuioi878ujjb';vc68766rghfcghm,c675
645734c45yc67io678679oov6ujk/vc7809pc576467c5807;jkml.ml/l;)=
0bg67345623tycerjcryulv789p7896c564x35x2w4tc3e5yuv568ob789p
b679pc5434cxv gvuu hbj865ct6y854 tuivtuA U TVUL
TU7VTUYT6IRgyucrweyxeu yu80=1 ghctyttyuk yioyl cyuo;by;w
auow;80[uwop74y ubuio;3 uip3q7b-08buib iu
bu2qub4908h90 jkl/njk;i[uiohuih7805 uiwpuipw'
uip'nuip;wu uip723rt32
8 ioio['kio'l;,l'rxyw45y4574uryuvtcyiluip uionui; fwui;hup4q
tuioutioby uio

Mais interessante _____
Menos interessante _____
Mais ou menos interessante _____

DOMINGO, 9 de maio

O RICKY LIGOU porque estava na cidade e queria me levar para almoçar fora. Acho que na verdade queria ficar sozinho comigo, mas a Kimmie estava na minha casa então ele disse que ela podia ir também. Fomos todos almoçar no The Hippo, uma lanchonete na Van Ness que tem bundas enormes de hipopótamos feitas de papel machê na parede de cada mesa. Sentamos debaixo do traseiro de um hipopótamo-fêmea com um vestido de bolinhas. Foi uma situação embaraçosa. A Kimmie não gostou do Ricky e deixou isso claro. Não lhe deu a menor bola. Depois, ela me contou que o achou um esnobe, pretensioso, um riquinho babaca. Ele, simplesmente, falou de coisas que lhe eram familiares, como do veleiro do pai e da viagem que faria para a Europa no verão. Ela revirava os olhos cada vez que ele falava. Não acho que ele tenha visto isso, mas o Ricky parecia distraído e triste durante todo o almoço. Eu mal falei, me sentia tímida. Mas, de alguma maneira, me diverti. Foi uma experiência nova. Nunca tinha ido comer fora com um garoto antes.

Mais tarde, pelo telefone, o Ricky disse: "Não gosto da sua amiga Kimmie. É bonita, mas é tão fria."

SEGUNDA-FEIRA, 10 de maio

EXPLICAÇÕES DIÁRIAS de acontecimentos cotidianos são chatas? Hoje, fui tarde para a escola de propósito, daí, ninguém me veria antes de começarem as aulas e não deduziriam que eu estava cabulando, já que eu planejava não ir mesmo. Fazia cerca de meia hora que eu lia o meu exemplar de *Huck Finn* na sala de música vazia quando Chuck Saunders me interrompeu. O Chuck tem longos cabelos loiros divididos ao meio e sempre usa uma velha jaqueta militar, uma coisa meio Sgt. Pepper.

— Claro, vou sim... — eu disse, meio em dúvida, depois de ele me pedir que cabulasse o segundo período com ele.

Então, eu fui, no seu Mustang azul com capota branca "emprestado". Tivemos que encher uma determinada parte do motor com água porque havia um vazamento no radiador. Algumas voltas no quarteirão, algumas derrapagens para a esquerda... e saía fumaça por baixo do capô. Acabamos voltando para a escola logo depois. O Chuck quase perdeu por completo o controle do veículo quando fez uma manobra rápida e brusca para estacionar em uma vaga totalmente desimpedida no estacionamento dos professores. Tive alguns probleminhas quando o sr. Bill, aquele homem

Sentamos debaixo do traseiro de um hipopótamo-fêmea...

desprezível com marcas de varíola e cabelo seboso, apareceu e perguntou por que eu estava fora da classe. Inventei alguma desculpa mais ou menos aceitável e ele nos deixou em paz.

O Chuck, com frequência, menciona a ideia de "namorar firme", não necessariamente se referindo a mim, era o que parecia a princípio, mas a ficha caiu quando ele explicou que deveria namorar firme com uma garota e que, claro, a Tina é jovem demais, só catorze anos. Descartada a Tina, que outra garota sobra na vida do Chuck? Eu. Fiz tudo o que podia para me desviar do assunto. Pensando bem, agora, deve ter parecido em algum momento que eu o estava encorajando. Sempre deixo claro para ele os meus sentimentos em relação ao Ricky, os bons e os maus...

Seja como for, estávamos sentados no carro conversando e... quem aparece? O Ricky e a Yael. Eles me perguntaram se eu queria ir à casa do Ricky no lugar da Yael porque ela não queria perder nenhuma aula. A Yael é uma bela judia com espessas ondas de cabelos castanhos sedosos e uma pele branca, perfeita. É uma das melhores alunas e já foi aceita na universidade. Parece confiante, calma e gentil. Usa sapatos transados e tem seios grandes que balançam de leve. O Ricky tinha que ir para casa porque estava um pouco aborrecido, coitado... mas não queria ficar sozinho lá em cima daquelas colinas agradáveis e luxuosas que ele chama de casa.

Então pensei "caramba" e fui com ele sabendo que eu nunca poderia ser uma substituta adequada para a Yael. Não me importei; de algum modo, estava satisfeita apenas por ser diferente. O Chuck ficou para trás, um pouco irritado, talvez. Pedimos carona e subimos em uma lustrosa caminhonete preta dirigida por dois cabeleireiros. Eles eram de South City e cheiravam a pomada perfumada para cabelo. O Ricky se referiu a mim como sua "namorada" duas vezes, mas sei que foi para não pensarem que ele era gay. Eles nos deixaram em algum lugar da cidade de Mill Valley e pegamos um táxi o resto do caminho para a casa do Ricky, que está no topo de uma colina arborizada e só pode ser alcançada através de uma estrada de terra sinuosa.

Fiquei muito envergonhada de tirar as minhas roupas para nadar na sua grande piscina azul, mas elas foram caindo enquanto *fazíamos amor* no quarto de hóspedes. Não me senti muito recatada depois disso. O hobby do pai dele é o cultivo de orquídeas e eles têm uma bela estufa cheia apenas dessas flores delicadas... de vez em quando, eu identificava um toque do aroma delicioso que pairava na brisa suave. Nós nadamos e depois fizemos amor de novo, e de novo, e DE NOVO.

Enfim, por volta das quatro horas, o Arnie apareceu, e também chegou a Sylvia, a jovem empregada estrangeira do Ricky, com sua amiga Brigit. Todos foram nadar, mas eu me recusei a entrar na água com eles. Acho que se divertiram para valer, mas, realmente, me revoltou observá-los. O Ricky, claro, é tão convencido que precisa se exibir e paquerar até que acabe conquistando qualquer garota que entre em contato com ele. Se falhar, será um fracasso que nunca vai esquecer. E não seleciona de maneira nenhuma as garotas que paquera. Para ele, uma garota é uma garota, e aquelas garotas eram horríveis. Um buraco é um buraco, uma xoxota é uma xoxota, para ele tanto faz. Enquanto o Ricky passava bronzeador, a *au-pair* holandesa perguntou com um leve sotaque: "Ricky, você vai passar lubrificante no seu pênis?" Olha, talvez você não se revolte, mas, quando se dá conta de que aquelas garotas tinham vinte e três ou vinte e quatro anos, e o Ricky apenas dezessete, bom... você não vê como tudo isso é grosseiro e degenerado? Odeio e desprezo o ambiente dos ricos suburbanos. Todas as pessoas que se enquadram no rótulo "rico suburbano" parecem não ter nada melhor para fazer do que saborear coquetéis ao redor da piscina e trocar gracinhas obscenas entre si. Sentei na espreguiçadeira amarelo-clara e observei em silêncio, sem me preocupar em ser educada nem me forçar a participar das suas brincadeiras bobas.

Eu estava ali sentada observando suas palhaçadas infantis quando o Arnie se aproximou. Só queria conversar, acho, mas de alguma forma parecia se sentir desconfortável e envergonhado. Não ajudei na conversa: não estimulei o Arnie a falar, nem falei de mim mesma... eu só queria observar o Ricky, e não falar com o Arnie. Ele se levantou depois de um tempo e se afastou com uma enorme ereção.

Para voltar de Mill Valley, peguei a balsa Larkspur. Encontrei o Monroe em casa quando cheguei e ele estava chumbado. Acho que ainda não está pronto para deixar de beber. Tinha ficado lá assistindo a algum jogo estúpido de futebol ou de beisebol. Ficou tentando baixar minha calça, mas eu não deixei, porque sabia que alguém podia entrar a qualquer momento. Ele não estava sendo nada discreto.

A minha mãe ficou furiosa com ele por ficar bêbado na frente das filhas dela, porque, disse, quem sabe que liberdades ele podia tomar com as suas filhinhas quando ficava daquele jeito...

Para voltar de Mill Valley, peguei a balsa Larkspur.

O conteúdo da minha bolsa.

QUARTA-FEIRA, 12 de maio

O AMIGO DA minha mãe Martin Chong lhe enviou um poema. Ele o escreveu em um pedaço de papel de arroz roxo e rendado que encontrei amassado no lixo. Achei bonito:

> Teria sido melhor
> Dormir e sonhar
> Que olhar a noite passar
> E a lua lentamente afundar.

O Monroe disse que transpiro sexualidade.

Às vezes me olho no espelho e não posso acreditar no que vejo. Decido parar de me olhar e fico totalmente desorientada. Esqueço que tenho um corpo. Ou, pelo menos, aquele que vejo agora. Coisas assim fazem você se dar conta da sorte que é ter um corpo. Imagine todas as almas sem casa vagando ao acaso pelo universo, esperando algum tipo de descanso temporário como o que eu tenho. A compreensão da minha sorte me inspira a usar o meu corpo plenamente. Não quero ficar parada nem um momento a menos que seja benéfico para o meu corpo.

Quero continuar me movimentando, escrevendo à máquina, falando e percebendo tudo até o dia que eu morrer. Quero de algum modo deixar uma marca que me ligue eternamente ao mundo vivo.

Se eu fosse Deus, teria contado para todo mundo que preto, branco e AZUL são as cores neutras. O que poderia ser mais neutro que o céu? Ele paira acima de tudo... e a água também é azul. O que poderia ser mais universalmente comum que a necessidade de água? E os jeans são azuis também. E todo o mundo tem uma calça jeans. Azul é uma cor tão chata quanto preto e branco.

Todo mundo quando é criança pensa que a catarata, a doença dos olhos, tem a ver com a catarata, a cachoeira.

QUINTA-FEIRA, 13 de maio

O GAROOOOOOOOTO era como um hoooooooomem.

O Ricky estava tão bonito ao se afastar. O sol brilhava, de cima a baixo, movendo-se ao longo dos músculos ondulantes. As nádegas, as pernas, a parte de trás dos braços. Alto, ombros largos, quadris estreitos, pernas compridas, ele saiu da água, radiante, e entrou no quarto, deitou-se na cama. Eu fui correndo e me deixei cair para ser envolvida pelo seu abraço quente quente quente e pelo perfume do seu corpo úmido, Deus, que calor.

Era muito agradável olhá-lo dormir e respirar, tocá-lo loiro bronzeado sardento... mas eu não tenho que lhe dar um presente de aniversário. Acho que não vou lhe dar nada. Não quero que as pessoas tenham mais coisas. O que não necessitam são coisas. Apenas crianças pequenas necessitam de coisas às vezes.

Às vezes a beleza de um garoto me dá vontade de chorar.

SEXTA-FEIRA, 14 de maio

SUPERFICIAL, SUPERFICIAL. Acho difícil falar com o Ricky. Nossa relação é completamente física. Sempre que está comigo, ele me beija e me abraça, mas não consigo dizer uma palavra. Eu me sinto sufocada e tímida. Quero falar com ele, mas não posso. Nunca é o momento e ele sempre está rodeado por um milhão de pessoas, não sei quem, que podem me considerar o brinquedinho novo do Ricky. Eles não falam comigo e parecem se perguntar por que ele gosta de mim. Muitos dos seus amigos são de Marin County e se conhecem desde o primário.

O Ricky é egocêntrico e a sua vaidade é imperdoável. Paquera todo o mundo e nunca sei se está falando sério ou não. Realmente, não sei como lidar com um ego tão gigantesco de uma pessoa tão convencida, em parte, porque sou muito autocentrada e preciso de alguma atenção também.

No entanto, preciso que me toquem, e não importa que a relação seja superficial, resisto a terminar com ela, porque às vezes me sinto só.

O Ricky diz que o assusta que eu esteja tão apaixonada. "As outras garotas que conheço não são assim", diz. "Isso meio que me intimida, acho. Tudo bem, no começo foi surpreendente e difícil lidar com isso."

Faz um bom tempo que vi o Monroe a sós. Ele não me importa mais. Faz tempo que não penso nele.

A minha mãe está chateada porque a minha vida parece não ter sentido.

Faz sol e a temperatura beira os trinta graus.

SÁBADO, 15 de maio

A ÚNICA RAZÃO para eu estar escrevendo isso à mão e não à máquina é porque me proibiram de fazer qualquer barulho, então eu não posso teclar. A minha mãe está dormindo, o Monroe, tirando uma soneca no sofá, a Gretel está matando o tempo em silêncio e eu estou sentada calmamente na minha cama. São apenas cinco para as quatro da tarde.

3h56: Na superfície, o meu corpo parece muito frio, mas as bochechas estão vermelhas e o sangue arde.

4h01: Acabo de voltar para o meu quarto vindo da sala. Tinha ido pegar um lápis diferente na escrivaninha da minha mãe, que fica perto do sofá. Pensei que o Monroe estava dormindo, mas ele se esticou, apertou a minha bunda e disse: "hummmmm".

Eu disse "Para!" e voltei para cá.

Mais tarde

ESTOU MEIO triste com o Ricky. Não sei o que aconteceu. É mais fácil transar com ele do que falar com ele. Eu transaria com ele a qualquer hora, claro, mas tentar estabelecer qualquer tipo de relacionamento parece ser simplesmente impossível.

Ele é bonito e vem de uma família rica. Os seus pais são médicos conceituados com passatempos interessantes. O Ricky está interessado em nadar, surfar, esquiar e é famoso na escola por sua personalidade arrogante e atraente, e eu estou presa na minha própria cabeça e os esportes não me fascinam nada. Honestamente, posso dizer que o desprezo porque tem muito mais do que eu jamais terei e *nunca, nunca* será capaz de me entender. Ele é de uma espécie diferente. Quero provar um pouco dele e depois fugir. Quero que me ame, mas o odeio exatamente por gostar de mim.

O meu quarto fica nos fundos da casa e é muito escuro, exceto quando o sol se põe. A Gretel diz que quer usar a máquina de escrever. Quer levá-la para o seu quarto e usá-la exatamente o mesmo tempo que eu. Às vezes isso acaba comigo, sabe? Acaba com a espontaneidade de escrever quando tenho vontade de fazer isso. E daí me esqueço das coisas. Quando não posso usar a máquina de escrever, às vezes uso um lápis ou algo assim, mas não funciona tão bem. Com um lápis, não posso escrever tão rápido quanto penso. Então, porque tenho tempo, começo a pensar sobre como estou escrevendo, e não sobre o que estou escrevendo. E é aí que eu me ferro.

DOMINGO, 16 de maio

HOJE FOI O aniversário do Monroe. A minha mãe organizou uma festinha para ele. Convidou a sua amiga Andrea e o Brad, um amigo do Monroe. Embora a minha irmã e eu estivéssemos presentes, não éramos muito bem-vindas e nos mandaram para os nossos quartos depois do jantar. Não dei nenhum presente para o Monroe. Estava brava demais. Eu lhe dei um bilhete. Disse que acho que é um homem grosseiro. E parabéns. Ele estava completamente bêbado e os seus olhos brilhavam, ria como um garoto e todos prestavam muita atenção nele.

Eu estava no meu quarto tentando escrever à máquina, mas podia escutar as risadas e isso me desconcentrava. Fui até a cozinha para beber algo, mas tinha que passar por uma porta onde eles podiam me ver. Quando eu passei, o Monroe gritou:

— Vem cá, Minnie!

Eu me aproximei da mesa e ele me deu um tapinha no ombro com sua mão grande e pesada.

— Charlotte, você tem uma filha maravilhosa. *Ela é mesmo do caralho.* Você tem duas filhas maravilhosas! Você é uma mulher maravilhosa, Charlotte! Ela não é uma mulher maravilhosa, Brad?

— Claro que é, Monroe.

— É bonita, inteligente, tem boas filhas... e bom gosto!

Ele estava bêbado e tinha migalhas grudadas no lábio, perto do canto da boca.

— Monroe! Você está me deixando vermelha! — mamãe falou com voz monótona.

— Você é uma mulher forte, Charlotte! Não existem muitas mulheres assim na Califórnia, existem, Brad?
— Não!
— Ah, Monroe, você é um bêbado encantador! — a Andrea afirmou.
Voltei para o meu quarto.
Mais tarde deixaram que a Gretel e eu fôssemos comer bolo. O favorito do Monroe: chocolate com recheio de coco e nozes. Ele fala "chou-colate". Estavam todos fumando maconha e a minha mãe e a Andrea tentavam dar conselhos ao Brad sobre como se livrar da caspa nas suas sobrancelhas.
— As garotas não te falam que isso incomoda, Brad? E se você estiver beijando e as caspas caírem na garota? Você *tem* que fazer algo a respeito! — a Andrea disse.
A minha mãe ria tanto que pensei que ela fosse engasgar.
A Andrea é magra, ruiva e rica e uma vez dormiu na mesma cama que o Marlon Brando, mas não transaram porque, segundo ele, ela não era polinésia e não cheirava bem. Ela ficou muito desapontada e passou a noite toda acordada ouvindo a respiração dele.
O Brad é um advogado gorducho que nunca teve uma namorada, e eu sinto pena dele. Era colega de quarto do Monroe. Ninguém defendeu as suas sobrancelhas descuidadas, mas, depois, para virar o jogo, a mamãe e a Andrea pegaram um espelhinho e ficaram olhando os próprios rostos invertidos enquanto sentavam com a cabeça entre os joelhos. Elas tentavam ver quanta pele do rosto tinha afrouxado. Estavam sentadas nas cadeiras, totalmente encurvadas, e olhavam o rosto no espelhinho. Ficaram horrorizadas por suas feições ficarem caídas de modo tão pouco atraente quando se punham naquela posição, então fizeram que Gretel e eu tentássemos aquilo e... surpresa! As nossas jovens bochechas não se saíram melhor. Estou feliz de termos podido consolar as duas.
A Gretel ficou nervosa durante essa demonstração e disse para todos que parassem de fumar maconha, porque era ilegal. Parecia a ponto de chorar.

SEGUNDA-FEIRA, 17 de maio

NÃO POSSO nem brincar com Ricky Wasserman como faço com os meus amigos. Ele não parece entender nada que não seja concreto. Tentei brincar com ele algumas vezes, mas Ricky fica confuso e diz que não sabe se falo sério ou não.
Fred Corvin é quem quero agora e vou conquistá-lo. Nunca tentei conquistar alguém antes, eles sempre fizeram isso primeiro, mas, realmente, eu o quero... Estou apaixonada pelo mistério de não ser capaz de chegar perto dele. Fred foi suspenso da

escola por um tempo e agora aparece só raramente. Escuto mencionarem seu nome de vez em quando. O Chuck é seu amigo e negocia peças de carros e motos com ele.

O Fred é tão bonitinho, tipo o James Dean com cabelo mais escuro. Fiquei paralisada quando ele passou perto de mim, os meus joelhos fraquejaram, quis abrir a boca e tragar todo o ar que tocava ele. Só falei com o Fred uma vez e não percebi que foi maravilhoso ter essa oportunidade, porque não o tenho visto desde então e isso me faz querê-lo mais.

Esta semana, talvez eu fale com ele.

QUARTA-FEIRA, 19 de maio

HOJE FUI À casa de Fred Corvin com Chuck Saunders, para ver por que o Fred não estava na escola. Sua empregada respondeu dizendo "*Fred no en casa*" ou algo assim. Não falo espanhol, só francês. Ela chamou a mãe do Fred, que se aproximou da porta e falou, gesticulando em direção à entrada atulhada:

— Chuck, fico feliz que você esteja aqui. O Fred não está em casa, mas talvez você possa me dizer o que ele pretende fazer com todas essas peças de motos.

— Bom — o Chuck disse —, ele vai cortar a ponta do chassi, acrescentar algumas outras coisas e personalizar a moto.

Sua empregada respondeu dizendo "Fred no en casa".

— Ah, tá. — A sra. Corvin suspirou. — Tem algo aqui que eu possa jogar fora? Estou cansada...

E então o telefone tocou. Olhei ao meu redor, para as peças de motos espalhadas sem ordem alguma por toda a frente da residência. Entre alguns parafusos havia peças coloridas, tão brilhantes, e algumas amassadas... ele fez aquilo e eu o adoro e não o conheço.

Na escola, Arnie Greenwald disse:
— Você e o Ricky...
— Sim, e daí? — perguntei.
— Bom, estão falando de vocês dois...
— Falando o quê?
— Que vocês fazem *aquilo* todas as noites.

Perguntei para Toby Hobart (que é um CDF bonito e baixinho de cabelo comprido), e ele disse:

— É, todo mundo está dizendo que você gosta do primeiro cara que aparece, especialmente se for do tipo musculoso, e que você está saindo com Ricky Wasserman e Chuck Saunders ao mesmo tempo.

Quase tive um troço. Não acredito que alguém pense que estou saindo com o Chuck. E ele não é do tipo musculoso, de qualquer modo.

As garotas sempre me olham de um jeito esquisito e alguns dos malditos garotos começaram a se sentir à vontade para me lançar olhares libidinosos.

Eu não ligo eu não ligo o mundo todo é um palco, eu não ligo.

Sou a única pessoa de carne e osso que existe na face da Terra? Quero seguir os meus instintos, isso é errado?

Nem a Kimmie concorda comigo. O que posso dizer?

QUINTA-FEIRA, 20 de maio

Querido Ricky,

Obrigada pela reputação. O meu erro foi que eu não sabia o suficiente... não era "rodada" o suficiente para saber que você (ou qualquer um) tem uma reputação. Quer dizer, não sabia que as pessoas, realmente, têm algo como uma reputação. Sou ingênua. Pensei que reputação fosse algo que apenas as mocinhas dos filmes dos anos 60 é que tinham. Pensei que a geração atual fosse suficientemente bacana para se importar com seus próprios assuntos e não se meter na vida de pessoas que nem mesmo conhece.

Cada vez que passo pelas escadas do colégio onde você e o seu grupo de puxa-sacos sentam, percebo centenas de olhos grudados em mim. Na verdade, vi os sorrisinhos e escutei os sussurros cruéis e odiosos daquelas garotas fingidas. E os rapazes sempre estão com seus nojentos, moles e babosos lábios inferiores salientes, de um modo asquerosamente sensual.

Bom, sou o que sou. Sou, acho, o que as outras pessoas pensam que sou, uma vez que é isso o que importa. Quer dizer, o que você é senão o que o mundo pensa que você é? Eu era a Jezebel do colégio. Afinal, você só pode usar as palavras que se tornaram familiares pelo contato com uma sociedade que te moldou e julgou. Eu sou eu e faço o que faço.

E ponto.

∞

Giz colorido na frente da casa... Fred Corvin... tão enigmático...

∞

O Ricky disse que nunca antes tinha feito amor do modo como nós fazíamos sem estar apaixonado.

SÁBADO, 22 de maio

EU ESTAVA terrível na noite passada. Bebi muito num bar chamado Churchill's. Um bar de solteiros na esquina da Clement com alguma outra rua. Detesto lugares assim. As mulheres ficam tentando parecer sexy e tudo o que conseguem é parecer umas múmias, umas chatas. E os homens tentam parecer masculinos com camisas

Lancei olhares para vários homens.

de seda apertadas para poder atrair aquelas múmias chatas. Eu era a pessoa mais jovem no lugar. É óbvio que eu não deveria ter ido ali.

Sinceramente, não posso pensar em nenhum motivo para beber a não ser que você passe da conta, fique bêbado como um gambá e grite e tropece em todo o mundo... Não entendo isso de "beber socialmente" — qual o sentido? Talvez ter algo para se ocupar enquanto espera ser escolhido por uma pessoa horrenda que quer o mesmo que você.

Enfim, enquanto o Monroe e eu estivemos nesse lugar, não consegui parar de rir, de olhar e apontar aquelas pessoas e de falar muito alto. Quando o Monroe foi ao banheiro, lancei olhares para vários homens... você precisava ter visto... assim que você faz isso, estufam o peito, tentando parecer fortes, desejáveis e tudo o mais.

Tomei *sete* sucos de *grapefruit* com rum. Eu estava muito bêbada.

Tive que convencer o Monroe de que ele *queria mesmo* ir para o seu apartamento. Mal posso lembrar o que aconteceu... É tudo muito confuso... O álcool já tinha sido todo absorvido pela minha corrente sanguínea e o líquido venenoso envolvia o meu cérebro... Eu estava praticamente delirando. O estranho foi que o Monroe não acreditava que eu estivesse bêbada. Para ele, eu apenas estava sendo naturalmente detestável. Depois que nós FIzeMOS amOR (fico constrangida quando uso essa expressão, por isso tenho que estragá-la de algum jeito para que perca um pouco de sua intensidade), me recusei a vestir as roupas de novo. Ameacei sair pela porta e descer até o hall de entrada completamente nua. O Monroe ficou furioso. Gritou, disse que ia me matar, e eu lhe disse que tirasse aquelas mãos fedidas de cima de mim ou eu contaria tudo para a minha mãe. Então, ele me deixou sozinha e, xingando baixinho, foi até sua minúscula e abafada cozinha e comeu metade de um enorme pão de feijão-verde (ele não pode comer trigo). Eu ainda estava nua, e nem um pouco envergonhada, e exigi ou um beijo ou um pedaço de pão, porque, se não conseguisse o que queria, continuaria pelada. Daí, ele ficou muito, muito bravo e gritou com toda a força que nunca mais teria nada comigo e que tudo tinha sido um erro gigantesco. Chegou a ameaçar contar tudo para a minha mãe, para o MEU próprio bem. Pensava que eu tinha ido longe demais. Longe DEMAIS. Disse que não gostava de ser manipulado por garotinhas estúpidas como eu. Nessa hora, eu já tinha caído no choro e o chamei de pervertido maldito. Falei para ele sair da droga da sala e ir para a cozinha enquanto eu me vestia. Foi uma cena e tanto.

Quando entramos no carro, nós dois já tínhamos nos acalmado um pouco. Fomos a uma delicatessen judaica que fica em frente ao *American Conservatory Theater* e comemos salmão defumado, *bagels*, picles e bolo de chocolate com recheio de coco e nozes. Juro por Deus que todas as pessoas naquele lugar — homens, mulheres e crianças — tinham um nariz enorme. Não havia uma única pessoa ali que não estivesse confortavelmente inclinada sobre sua tigela de sopa de beterraba com creme azedo. Era tão pouco acolhedor, com as luzes de neon e as mesas cobertas com linóleo, que decidimos comer no carro.

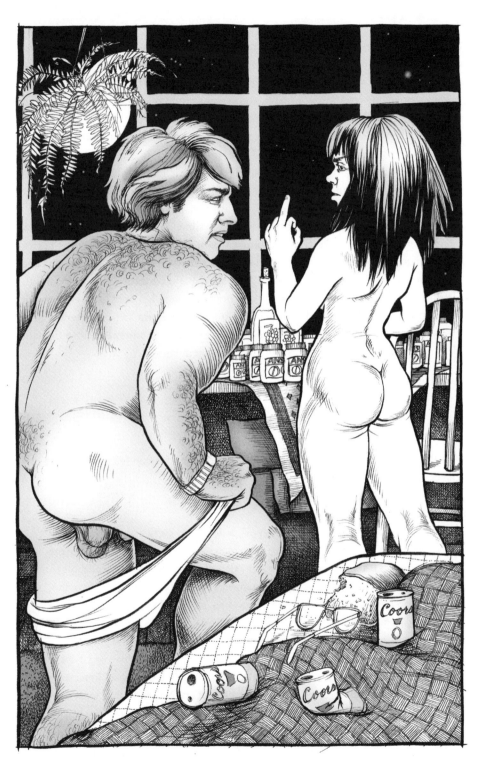

Disse que não gostava de ser manipulado por garotinhas estúpidas como eu...

Conversamos um pouco sobre como eu tinha me tornado uma tamanha vadia descarada nos últimos tempos. Pus a culpa nele e o Monroe disse: "Não, a culpa é sua. Fique quieta. Quero te explicar uma coisa. Quando eu tinha a sua idade, sexo era uma novidade para mim também, como é para todo o mundo. É perfeitamente natural você estar preocupada com isso, mas, se você está planejando sair por aí se deitando com todos os babacas da cidade, você deve se acalmar e tentar se masturbar um pouco, enquanto pensa melhor." Você pode acreditar? Masturbar-se? E soou como a coisa mais natural do mundo do jeito como ele falou. Talvez ele faça muito isso. Eu faço, e a Kimmie também, mas não acho que satisfaça muito. Gosto de ver e ouvir, tocar, envolver outros corpos e ser envolvida por eles.

Bom, o Monroe me deu uma aula sobre um filme que ele viu a semana passada, *Dois vigaristas em Nova York*, com o James Caan, que ele adora, e dissemos para a minha mãe que fomos vê-lo porque ele tinha adorado o filme e queria que eu o visse também, e é assim que estão as coisas. Não acho que o Monroe ainda goste muito de mim. Talvez, amanhã, eu me encha de coragem e use algo bem justo e revelador na escola... mas não revelador demais, só o suficiente para se perguntarem pelo resto... algo que faça aquelas malditas moralistas que me desprezam tanto ficarem de queixo caído. Talvez até um pouco de maquiagem barata...

Mais tarde

AQUI ESTÁ a carta que escrevi para o Monroe, mas senti medo (e também meio que me esqueci) de entregá-la:

Querido Monroe Rutherford,
Por favor, jogue isto fora depois de ler. Sabe, eu fico mais agressiva se alguém diz que sou agressiva e me sinto mais vadia se dez pessoas chegam e me dizem que é assim que elas me veem. Além do mais, eu estava bêbada, o que tem muito a ver com o meu comportamento indecente. Tenho pensado muito. Provavelmente, você me disse a mesma coisa antes e talvez eu não tenha dado atenção, mas, sim, se você diz isso, acho que está com toda a razão: acho que a nossa amizade não deveria envolver sexo. Afinal, o meu interesse por você é o mesmo interesse de uma mãe pelo seu filho. Não sei por que disse isso. Espero que você venha ver televisão algum dia desta semana. E sei que a Gretel realmente curte que você venha andar de skate com ela. No geral, ela se sente bastante rejeitada e posta de lado.
Beijos, Minniezinha.

Mais tarde

A KIMMIE É tão hipócrita: me repreende por eu ser uma vadia e olha só! Às vezes vai até a casa desse velho, um amigo de sua mãe, para tomar sol. O nome dele é sr. Coltos. É casado e a mulher está numa cadeira de rodas. A Kimmie já havia me contado que ia até lá para lhes fazer companhia, almoçar ou tomar refrigerante e comer salgadinhos, mas agora decidiu me falar a verdade, e a verdade é muito perturbadora.

O sr. Coltos costuma segui-la até o quintal, e conversam enquanto ela se prepara para tomar sol. A Kimmie deixa que ele passe bronzeador no corpo dela, e ele desata a parte de cima do biquíni para que o bronzeado não fique com marcas, e, às vezes, passa a mão mais do que deveria... tudo isso, enquanto a esposa está na sala estacionada em frente a televisão, assistindo a *Dialing for Dollars*. E o mais perturbador é que ele dá cem dólares para a Kimmie todas as vezes que ela aparece por lá, faça ou não faça nada com ele. Nem a mãe dela tem ideia do que está acontecendo.

Hoje, a Kimmie fez o Roger Farentino dirigir até lá para que ela pudesse lhe mostrar como era fácil. O Roger esperou no carro, ela entrou "só para dizer oi" para o sr. e a sra. Coltos e em cinco minutos saiu com os cem dólares. Sempre uma única nota, novinha em folha. Ele não deixa que ela saia sem uma, acho que quer que ela volte...

A Kimmie não me conta tudo o que faz. Só alguns pedaços, como se ela se sentisse culpada.

Gastou o dinheiro em cem gramas de maconha e depois ela e o Roger foram ao *Pizza and Pipes* no cafona Tanforan Shopping Center de San Bruno para comer feito loucos.

DOMINGO, 23 de maio

EU ME SINTO MAL.

A minha mãe foi mandada embora e vai ficar desempregada porque fecharam a biblioteca onde ela trabalhava.

Amanhã, vou tentar ser a pessoa mais agradável do mundo. Vou sorrir e adotar uma verdadeira preocupação pelos meus semelhantes. O meu coração está a ponto de transbordar paz e amor. Quero abraçar todo o mundo e nunca ser cruel e desatenciosa ou voltar a ignorar alguém.

Gostaria que houvesse alguma maneira de me desculpar por todo o mal que fiz. Gostaria que houvesse alguma maneira de animar a minha mãe — talvez se eu miraculosamente lhe conseguisse um trabalho... Claro, isso é impossível, mas limpei a

Às vezes vai até a casa desse velho... para tomar sol...

cozinha e passei aspirador no corredor. E dobrei a roupa do sr. Larsen em segredo, na lavanderia do prédio. Ele é o proprietário do edifício. Mora no andar de cima. Acho que adivinhou que eu tinha feito isso, porque, quando desci para dobrar a minha roupa, ela já estava dobrada! Viu só? Vale a pena fazer para os outros aquilo que gostaria que fizessem para você!

Esta manhã, Pascal nos levou, a mim e a Gretel, para comer doces e tomar um café na padaria sueca que fica perto da Union Square. Ele diz que, embora nos veja raramente, pensa em nós com frequência porque, afinal, como ele diz, foi nosso pai adotivo por vários anos e acha que a nossa mãe está nos educando muito mal. Sua opinião é de que ela cometeu um grande erro ao nos fazer mudar da Filadélfia para cá com ele quando conseguiu o trabalho de editor-chefe naquela prestigiosa publicação científica. Diz que a minha mãe é irresponsável, bebe demais e sai com muitos homens. E isso não é bom para nós duas.

— Não fala assim da nossa mãe. — Gretel franziu o rosto.

— É, você fez a gente se mudar para a Califórnia. Sem se importar se deveria ou não fazer isso. E, daí, você e a mamãe decidiram se separar logo depois. Agora, a mamãe está sem trabalho, então nós vamos ter que voltar para a Filadélfia, querendo ou não, e as nossas vidas vão virar uma confusão total e é tudo culpa sua — eu disse.

— A mãe de vocês tem algo a ver com tudo isso — ele resmungou.

— Sim, mas nós duas não.

— Bom, é verdade. Mas quero que saibam que ainda amo vocês.

— Por que a gente iria acreditar em você, Pascal? — Gretel o encarou. — Você sempre foi mau com a gente!

— Isso mesmo — eu apoiei. — Você era um sádico. Costumava perseguir o gato com uma vassoura. Você se acha melhor que todo o mundo e não tem nada de bom para dizer sobre os outros. O que tem de tão melhor no seu estilo de vida pretensioso?

Uma vez, há muito tempo, Pascal me ensinou a dar a mão.

— Faça isso de modo firme — disse -, e olhe diretamente nos olhos do outro, pensando: eu sou melhor que você, seu filho da puta.

Tentei fazer isso. Meio que me deu uma excitação muito masculina.

Ele deixou a gente comer mais doces. Pedi um pão com marzipã e passas e a Gretel uma coisa muito elaborada cheia de camadas e com glacê rosa e branco.

— Garotas, vocês sabem que me preocupo com vocês duas — ele disse. — E, Minnie, daqui a um ano ou dois você terá que começar a pensar na universidade. Posso te ajudar com isso.

— E se eu quiser trabalhar num bar?

— Não acho que você realmente queira isso, Minnie.

— Bom, e se eu quiser?

Quer me levar para jantar de vez em quando, quer falar sobre a universidade. Sempre foi um bundão mesmo. Não sei por que, de repente, passou a se interessar por nós.

Hoje, o Monroe está participando da corrida Bay to Breakers.

SEGUNDA-FEIRA, 24 de maio

ADORO QUE o Monroe me toque com carinho. Que segure o meu braço quando vou deixá-lo na porta ou me dê uns tapinhas no ombro quando se despede, que segure a minha mão ou, de brincadeira, dê um soquinho no meu estômago ou qualquer coisa assim, porque daí sei que se preocupa comigo.

Adoro que o Monroe me toque com carinho.

Minha mãe não me toca se puder evitar isso. Algumas mães tocam muito seus filhos, de um modo natural. Eu costumava beijá-la e abraçá-la o tempo todo quando eu estava feliz ou ela era legal. Mas, aos dez anos, quando eu a espiava conversar com o Pascal sentados na sala, o Pascal disse: "Parece haver algo sexual na necessidade que a Minnie tem de contato físico com você, Charlotte. Ela está sempre pendurada em você e te agarrando." Disse isso não como se eu fosse a sua filha pequena, mas um daqueles cães nojentos que saltam na sua perna e tentam acasalar com você. A minha mãe não discordou dele. A palavra "sexual" foi para mim tão fria e afiada — me fez pensar no ato sexual e depois pensei na minha mãe. Essa justaposição me deixou fisicamente doente. Não conseguia comer nem dormir. Tinha certeza de que eles me achavam nojenta. Nunca me senti tão magoada. Não queria me aproximar dela. Só recentemente comecei a beijá-la e abraçá-la ao me despedir, mas é estranho.

Ela e Pascal estavam sempre falando sobre sexo e discutindo.

Não acho que a minha mãe goste de mim tanto assim. Eu não fui desejada.

TERÇA-FEIRA, 25 de maio

RECEBI UMA carta do Pascal, meu ex-padrasto. É meio que uma continuação do outro dia:

> Minnie,
>
> Acho que posso ter sido apaixonado pela sua mãe. É difícil dizer isso agora, olhando para trás. Eu, certamente, não a amei como te amo, te adoro, te admiro, te respeito e me interesso por você. Acho, na verdade, que preciso estar interessado pelo objeto de minha adoração para pensar em amor. Além disso, a sua mãe me assusta, de certo modo. Ela não vive de acordo com regras que eu compreenda. Acho que ela, provavelmente, mudou com os seus novos relacionamentos (embora eu tema que os seus novos relacionamentos com os homens me pareçam superficiais e baseados no mútuo gosto pelo consumo excessivo de álcool). Entretanto, espero, sinceramente, que encontre com um desses sujeitos o bem-estar que sempre procurou. Mas a minha experiência com ela, não conosco — você, Gretel, ela — foi, psicologicamente, desequilibrante. O resultado para mim foi uma falta de produtividade, uma falta de vida plenamente produtiva. A propósito, agora, as minhas conclusões são "produtivamente analíticas". Sei por que fomos infelizes e, a rigor, não fui culpa dela. Em termos muito simples, o fenômeno que você viu era algo como "paixão", mas era, sobretudo, uma aliança instável. Não tínhamos interesses comuns. Nem a música, nem o teatro, nem as interpretações analíticas, nem vários refinamentos. Arte? Talvez. E eu, realmente, não gosto de beber. O que foi bom foi a vida com você e a Gretel. E eu gosto muito de vocês duas.

E para te tranquilizar: não tenho medo de que a sua mãe não consiga um trabalho. Ela é uma mulher talentosa. Possui um mestrado e as suas habilidades têm muita demanda. Não se preocupe: se as coisas não derem certo, serei cavalheiro e vou intervir e ajudar. Em nome dos velhos tempos.
Com amor, Pascal.

Posso te assegurar que ele bebia o tempo todo — mas só os *melhores* vinhos, naturalmente.

Mais tarde

HOJE, COMPREI algumas revistas em quadrinhos numa loja hippie da Market Street. Pensei em ir ali centenas de vezes antes, porque você pode ver as estantes com os quadrinhos quando passa pela rua e olha para dentro. Tinha medo de entrar porque me parecia estúpido e me dava vergonha, todos aqueles cachimbos de maconha e todos aqueles pôsteres que brilham na luz negra — velharias hippies. Não quero que ninguém pense que sou o tipo de pessoa que vai ali porque aquilo tudo me deixa mal. Mas apenas entrei, sem pensar, e não olhei para ninguém, fui direto até as revistas em quadrinhos.

Tenho cinco revistas novas:
Binky Brown (excelente)
Dirty Laundry (excelente)
Arcade (muito boa)
Big Ass (muito boa)
CornFed (muito boa)

Binky Brown encontra a santa virgem Maria é genial.

O vendedor era esse típico velho hippie, bronzeado e com rabo de cavalo, anéis de prata em todos os dedos e o pescoço carregado de colares de contas.

— Essas coisas que você está levando são muito maneiras — ele disse. — Você vai se amarrar na *Arcade*, cara.

— É, parece boa.

— Temos todos os números novos assim que eles saem. Merda, conheci metade dos cartunistas desse livro... ao longo dos anos, todos passaram por aqui.

— É mesmo? E a Aline Kominsky?

— Kominsky... você quer dizer *The Bunch*? Claro que conheci. Muito maneira. Bom, sabe, todos esses cartunistas acabam vivendo em São Francisco em algum momento... é a capital dos quadrinhos alternativos dos Estados Unidos!

— É... acho que sim... Obrigada! Tchau!

— Obrigado eu. Tchau. Te cuida.

Você imagina conhecer a Aline Kominsky? Deve ser bonita e trabalhar o tempo todo, em uma mesinha de desenho, com o Robert Crumb ao lado, à mesa de desenho dele. Provavelmente, olham o trabalho um do outro e falam a respeito, e falam sobre suas canetas e outros apetrechos. Aposto que se divertem muito...

O Robert Crumb deve ter conhecido a Janis Joplin. Ele desenhou a capa de um disco da Janis. Eu daria qualquer coisa para ter visto os dois conversando, rindo... tenho certeza de que se deram bem. Adorei a Janis Joplin desde que ouvi que tinha morrido, quando eu estava com nove ou dez anos. Antes disso, nunca tinha escutado suas músicas.

SÁBADO, 29 de maio

QUANDO ESTAVA no apartamento do Monroe, cheguei a provar mostras do seu novo produto. Chama-se ADNS POWER TABS!, e é um suplemento nutricional para a dieta de atletas. Ele diz que vai erguer um império de vendas por correio. Vai deixar seu trabalho na Kaiser. Já tem dois investidores e um plano de negócios. Um dos investidores o convidou para fazer um fim de semana de treinamento, uma espécie de formação para negócios. E ele diz que poderia até me dar um emprego. Vai pôr anúncios nas contracapas das revistas de atletismo. Até já entrou em contato com o representante de um esportista famoso para que recomende (cobrando) o produto. As pastilhas são enormes, bege com pontos escuros e têm gosto de serragem borrachuda com açúcar e um leve toque cítrico. Um laboratório as produz sob encomenda. Estão carregadas de aminoácidos e podem ser ingeridas para se conseguir energia rapidamente enquanto se corre uma maratona.

Ele tem lido livros sobre empreendedores e escutado milhões de fitas motivacionais. Odeia quando vejo essas coisas. Fica com vergonha. Não me deixa nem dar uma olhada para ver do que se trata.

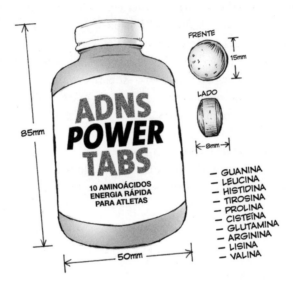

Power Tabs!

No apartamento do Monroe.

Mais tarde, no quarto da Minnie.

Olá. Sou Earl Nightingale. Nesta fita, gostaria de lhe contar o segredo mais estranho do mundo.

Há alguns anos, o ganhador do prêmio Nobel, o doutor Albert Schweitzer, estava sendo entrevistado em Londres quando um repórter lhe perguntou: "Doutor, o que há de errado com os homens hoje?". O brilhante médico ficou em silêncio um momento e, então, disse: "Os homens, simplesmente, não pensam".

É sobre isso que quero lhe falar.

Vivemos em uma Era de Ouro. É a era com a qual os homens sonharam há milhares de anos, mas, como ela já chegou, não lhe prestamos atenção e a damos como garantida.

Na América, somos particularmente afortunados por viver no país mais rico que já existiu na face da terra, um país de abundantes oportunidades para todos.

Mas sabe o que acontece? Consideremos 100 homens que acabam de completar vinte e cinco anos. Você tem alguma ideia do que irá acontecer com esses homens quando tiverem sessenta e cinco?

Cada um desses homens acredita que vai ter sucesso. Se você lhes perguntar se querem ter sucesso, dirão que sim, e você notará que eles têm entusiasmo pela vida, que há um certo brilho em seus olhos — uma viagem na carruagem da vida lhes parece uma grande aventura.

Mas aos 65 anos 1 será rico. 4 serão financeiramente independentes. 5 continuarão trabalhando. 54 estarão quebrados. Pense por um momento. De 100, apenas CINCO terão triunfado.

Por que tantos fracassam? Por que há tanta disparidade entre o que esses homens pretendiam fazer e o que de fato conseguiram?

Rollo May, o eminente psiquiatra, escreveu um maravilhoso livro chamado "O homem à procura de si mesmo" e ali afirma: "o oposto da coragem na nossa sociedade não é a covardia, mas o conformismo". Pois, os homens que fracassam se conformam. E esse é o problema: eles estão agindo como o grupo da porcentagem incorreta — os 95% que não têm sucesso.

Quando dizemos que 5% conseguem sucesso, devemos definir "sucesso". Eis a melhor definição que pude encontrar:

Sucesso é a realização progressiva de um ideal de valor.

Se um homem trabalha em prol de uma meta predeterminada, e sabe para onde está indo, então esse homem terá sucesso. Se não estiver fazendo isso, fracassará. Um triunfador é alguém que está fazendo deliberadamente um trabalho predeterminado porque isso é o que quer fazer, deliberadamente. Mas apenas um em cada vinte faz isso.

Por muitos anos, procurei por uma chave que determinasse o que vai acontecer com um ser humano. Existe alguma chave que, ao ser conhecida e usada, determine o sucesso de uma pessoa?

Bom, essa chave existe, e eu a encontrei.

Você já se perguntou por que um homem de sucesso tende a continuar bem-sucedido, e por que um homem que fracassa tende a continuar fracassado? E por que alguns homens trabalham duro sem conseguir nada e outros, embora pareçam não trabalhar duro, conseguem tudo? Alguns homens, simplesmente, parecem ter aquele "toque de Midas". Tudo o que tocam se transforma em ouro.

Como pode ser?

Bom, a resposta é OBJETIVOS. Alguns de nós têm objetivos, outros não. Pessoas com objetivos têm sucesso porque sabem para onde estão indo.

É simples assim.

Pense num barco que deixa o porto. Pense neste barco com uma carta e um plano de navegação completo. O capitão e a tripulação sabem exatamente para onde estão indo e quanto tempo vão demorar para atingir seu destino.

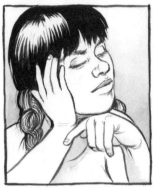

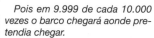

Pois em 9.999 de cada 10.000 vezes o barco chegará aonde pretendia chegar.

Agora, vamos considerar outro barco, igual ao primeiro, só não vamos colocar uma tripulação, nem um capitão no comando. Não lhe daremos objetivo, meta, nem destino — simplesmente, ligamos o motor e partimos.

Acredito que vocês concordarão comigo que, se ele conseguir sair do porto, naufragará ou acabará abandonado em alguma praia deserta. Não pode ir a lugar algum porque não tem destino nem guia.

E acontece o mesmo com o ser humano. Precisamos de objetivos para ter sucesso. Precisamos saber o que queremos conseguir.

Voltemos ao segredo mais estranho do mundo, que, se você realmente o compreender, mudará a sua vida de imediato.

Esta é a chave para o sucesso e a chave para o fracasso:

NÓS NOS CONVERTEMOS NAQUILO QUE PENSAMOS.

A Bíblia afirma: "Tudo é possível para aquele que crê". William Shakespeare coloca a questão desta forma: "Nossas dúvidas são traiçoeiras e nos fazem perder o bem que poderíamos ganhar, se não fosse o medo de tentar". Disraeli disse: "Nada pode resistir à vontade humana que empenhará até sua existência no objetivo declarado".

Nós nos convertemos naquilo que pensamos.

É muito evidente, não é? E toda pessoa que descobre essa ideia acredita, por um momento, que foi a primeira a formulá-la.

Pois é lógico que uma pessoa que pensa sobre um objetivo concreto e dê valor a ele, irá alcançá-lo.

Ao contrário, um homem sem objetivo, que não sabe para onde está indo, cujos pensamentos sejam confusos e ansiosos, converte-se naquilo que pensa. Sua vida se torna uma vida de medo, frustração e sofrimento.

E, se um homem não pensa em nada, converte-se em nada.

NÓS NOS CONVERTEMOS NAQUILO QUE PENSAMOS.

Quero que você compreenda o enorme proveito que este segredo pode trazer para sua vida fazendo um teste prático.

Quero que você faça um teste que durará 30 dias. Não será fácil, mas, se você tentar de verdade, ele mudará por completo sua vida para melhor.

Os resultados do seu teste de 30 dias serão diretamente proporcionais ao esforço que você aplicar.

O primeiro passo neste teste é pensar no que você mais quer no mundo. Decida agora. Plante o objetivo na sua mente. É a decisão mais importante que você tomará em toda sua vida.

Agora, quero que escreva num cartão o que você decidiu que mais quer no mundo. Certifique-se de que se trata de apenas um objetivo, claramente definido. Você vai carregar esse cartão com você ao longo dos 30 dias de teste.

Há duas coisas que podem ser ditas sobre todos: cada um de nós quer algo e cada um de nós teme algo. Durante os 30 dias de teste, esqueça-se de seus medos. Concentre-se em seu objetivo e expulse os pensamentos invasivos e as preocupações. Investigue a origem de suas atitudes na infância e entenda quando lhe ocorreu, pela primeira vez, a ideia de que você não poderia ter sucesso, se isso é o que você tem pensado. Imagine-se tendo alcançado seu objetivo. Lembre-se:

NÓS NOS CONVERTEMOS NAQUILO QUE PENSAMOS.

No verso do cartão, escreva a definição de sucesso.

SUCESSO É A REALIZAÇÃO PROGRESSIVA DE UM IDEAL DE VALOR.

Não comece o teste até que esteja preparado para seguir adiante com ele. Então, olhe seu cartão ao longo do dia. Persiga seu objetivo como se fosse impossível fracassar.

Se você for capaz de se concentrar e de acreditar no seu objetivo ao longo de 30 dias, você vai se maravilhar e se surpreender com a nova vida que descobriu.

Pense nessas palavras do Sermão da Montanha:

Pedi e recebereis. Procurai e encontrareis. Batei e vos será aberto.

Faça o que os sábios, desde o alvorecer da história escrita, disseram que devemos fazer:

PAGUE O PREÇO DE SE CONVERTER NA PESSOA EM QUE VOCÊ QUER SE CONVERTER.

Não é tão difícil quanto viver sem sucesso. Viva esta nova vida e as portas da abundância se

abrirão e derramarão sobre você mais riquezas do que havia sonhado. Dinheiro? Sim, muito. Mas o que é mais importante: você terá paz.

Lembre-se: você está, neste exato momento, sobre seus próprios **Campos de diamantes.**

Obrigado por me escutar. Desejo-lhe o melhor, eu sou Earl Nightingale.

SEGUNDA-FEIRA, 31 de maio
Memorial Day

AS PESSOAS que saem de férias e passam verões fantásticos são automaticamente mais interessantes? Pense em todas as pessoas pobres que não têm nenhuma oportunidade de ir para a Europa ou para o Havaí como Ricky Wasserman e Yael Berg ou Jacqueline Onassis fazem. Como essa gente — pessoas como eu, desprovidas de dinheiro e bem-estar econômico — vai se tornar fascinante?

O Monroe ficou com o número 2.086 na corrida Bay to Breakers, o que me parece bem ruim, mas ele disse que é bom — ele está entre os vinte e cinco por cento do topo da lista, uma posição melhor que a do ano passado. Diz ele que no ano que vem vai ficar em primeiro.

Se fizer o treinamento para negócios, realmente, terá que parar de beber, porque você não pode beber nem tomar nenhum tipo de medicamento, nem mesmo aspirina, durante todo o tempo que estiver ali. E a verdade é que ele bebe muito. A mamãe me contou que uma vez Monroe apagou no sofá depois de uma festa e se mijou ali mesmo, no sofá, na calça — de manhã as almofadas estavam empapadas e a mamãe teve que lavar tudo e arejar as almofadas por uma semana.

Depois que o seu negócio deslanchar, Monroe vai comprar um veleiro e dar a volta ao mundo. Ele disse que eu poderia acompanhá-lo, espero que se lembre disso.

TERÇA-FEIRA, 1º de junho

VOU EXPERIMENTAR o teste de trinta dias de Earl Nightingale que está descrito na fita que peguei do Monroe. Ainda não estou preparada. É mais difícil do que você imagina saber o que você mais quer no mundo todo.

QUINTA-FEIRA, 3 de junho

O RICKY DIZ que se sente culpado quando está comigo e com alguns dos seus amigos. Ele se sente pressionado, como se eu esperasse que me desse mais atenção. Na escola, ele evita falar comigo. Talvez eu devesse fazer mais amigos e tentar aparentar que sou completamente independente e autossuficiente.

Ontem, na casa dele, eu estava furiosa. Toda a classe de contos e a Laura, a professora, estavam ali para uma festa. O Ricky me ignorou e paquerou a Susan e todas as outras. E a Susan é tão desinteressante… Percebi que só queria deixar claro que não estava interessado em me dar atenção. Talvez eu devesse me afastar dele se me chateia tanto. Talvez eu devesse paquerar paquerar paquerar para provar que posso me virar muito bem, obrigada, sem ele, e que só o quero para transar. É assim que ele faz com que eu me sinta. Meio magoada, sabe?

Aceitei ir a uma festa de dois aniversários, do Ricky e do Arnie, ainda que um convite (o do Arnie) me parecesse quase um acréscimo. É na casa do Arnie, em Belvedere, no sábado à noite. De certa forma, sei que é estúpido comparecer, sobretudo porque não tenho ninguém com quem ir e as balsas não funcionam até muito tarde, então não está claro como vou voltar para casa. Mas, se eu não for, vou me sentir uma excluída, porque todos os outros estarão se divertindo muito. Irei com a intenção de aproveitar o máximo que puder. Se chegar nesse estado de espírito, talvez as coisas sejam mais fáceis e melhores.

O Ricky tinha na sua casa um monte de poemas, impressos por uma garota da escola num papel refinado. Peguei um. Imagino que seja isso o que se deve fazer. Tenha em mente que ele chama a si mesmo de "O Barão":

A natureza, igual em toda parte,
uma chama de luxúria com o homem reparte.
Na neve russa,
ou no fogo indígena,
todos os homens por igual cedem ao desejo.
Todos por igual sentem o ardor da paixão,
todos por igual acolhem o prazer com efusão.
Então, aonde quer que você vá,
o mesmo fulgor voluptuoso latejará,
através de cada púrpura veia,
ânsia de prazer semeará.
Tenebrosa
ou luminosa,
a Mulher é imperatriz
em toda parte.

Cortesia das EMPRESAS O BARÃO LTDA.
(o próprio)

Só posso descrever como me senti depois de ler aquilo assim: "enojada, aborrecida e perplexa com a profunda e imatura estupidez do jovem sr. Wasserman".

SÁBADO, 5 de junho

A LETRA O

FUI PARA A casa da Kimmie para passar a noite. Ela vive num novo loteamento em South City, nas colinas, onde não havia nenhuma edificação até dois ou três anos atrás. É um lugar estranho. Há ruas asfaltadas novinhas em folha que percorrem meio quilômetro e terminam de repente. As colinas, ao redor do loteamento, estão exatamente como sempre foram: cobertas por capins longos e espinhosos que parecem ondas quando o vento sopra. A maioria das ruas ainda não tem iluminação e de noite é muito escuro e assustador, parece que você está no campo. Não vai ser assim por muito tempo. Vão construir três novos loteamentos e um minishopping com um mercado. E uma escola primária.

Quando você passa por South City na autoestrada, vindo de São Francisco, há uma cadeia de colinas verdes onde se lê "SOUTH SAN FRANCISCO THE INDUSTRIAL CITY". As letras têm seis metros de altura. Estão escavadas na terra e preenchidas com areia branca e cascalho.

Essas letras estão a pouco mais de um quilômetro da casa da Kimmie. Decidimos andar até elas no final da tarde, mas não havia um caminho certo para chegar lá. A Kimmie usava as suas plataformas de doze centímetros e isso diminuía o nosso ritmo. Quando finalmente chegamos lá, sentamos no meio da última letra "O" e fumamos um baseado enquanto anoitecia. O ar ficou frio e úmido, e abaixo de nós as luzes começaram a se acender. Podíamos ver aviões pousando no aeroporto de São Francisco, baixando sobre a baía.

A Kimmie nunca deixa de me surpreender. Estávamos ali sentadas, completamente chapadas, e ela me contou outra coisa desconcertante e inesperada sobre sua vida privada.

Ela cuida dos dois filhos pequenos de um casal inter-racial. O pai, Marcus, é negro, e a Kimmie mama o sujeito. Ele volta cedo do boliche enquanto a sua mulher, magra e branca, ainda está fora com as suas amigas. A Kimmie confere se os meninos já estão dormindo. Ela e o Marcus entram no escritório e trancam a porta, e ela chupa o cacete dele até lhe saírem lágrimas dos olhos. Diz que precisa pôr vaselina nos lábios porque o cacete dele é tão grande que parece que a sua boca vai rasgar nos cantos.

Ele tentou transar com ela, mas a Kimmie tem tanto medo que doa que fecha com força as pernas e lhe implora que ele a deixe apenas mamar.

Eu perguntei pela esposa e pelas crianças que ela havia deixado sob seus cuidados.

Ela disse: "E daí?" A esposa já não transa mais com ele e o Marcus é tão amável, sempre lhe dá um dinheiro extra. Mas ela diz que não é uma puta, que ele lhe dá o dinheiro porque é simpático. Ela ficou falando que quer mesmo que eu veja o cacete dele — eu não ia acreditar em como é grande.

Os pais da Kimmie não parecem ricos, mas acho que devem ser, pois a colocaram na Castilleja School. São ambos representantes comerciais de alguma corporação, uma empresa que vende produtos que limpam tudo. Uma vez fomos com eles a uma convenção no Cow Palace. A Kimmie tem todo tipo de produtos promocionais com a logomarca da companhia: sacolas, lápis, pasta de dente, clipes magnéticos e algumas bexigas murchas num canto do quarto dela.

DOMINGO, 6 de junho

FUI ENGANADA. Estou na casa do Arnie. Sinto como se estivesse forçando os meus olhos a ficarem abertos. O direito, sobretudo, teima em fechar. São oito e vinte da manhã e o Arnie está tomando banho. Passei a noite toda aqui. Falaram para mim que ia haver uma festa de aniversário. Eu até trouxe alguns estúpidos presentes que comprei ontem em Chinatown. No entanto, a festa consistia apenas em duas pessoas: o Arnie e eu.

Ontem à noite, a minha mãe me trouxe de carro até Belvedere, me deixou aqui e foi embora. Ela achava que eu poderia pegar uma carona para casa com alguém. Cheguei e só havia ele. Pensei que tinha chegado cedo demais e ele disse algo como: "É, achei que talvez você tivesse se confundido, mas não disse nada porque não tinha certeza, mas queria que você viesse de qualquer jeito." Estava sozinho e entediado porque os seus pais tinham ido passar o final de semana em Sonoma. Fiquei chocada. Não podia acreditar que eu tinha me metido naquela situação, que estivesse presa ali sem poder cruzar a baía de volta para casa.

O Arnie pediu uma pizza e nós comemos a uma mesa elegante que ele tinha posto antes de eu chegar. Até bebemos em autênticas taças de vinho. Como dois adultos. Ele me contou que, quando era criança, sonhava em se tornar um mágico ou um comediante. Um dia, teve uma revelação: "Por que não as duas coisas?" *Um mágico que contasse ótimas piadas!* Que ideia!

Depois do jantar, o Arnie fez um show de mágicas para mim, completo, com piadas e todo o apetrecho: uma cartola, lenços coloridos, um coelho de isopor e baralho. Sentei e sorri amarelo, ocultando a tristeza e a confusão que eu sentia por ter me metido naquele apuro.

O Arnie fez um show de mágicas para mim, completo, com piadas...

Então ele colocou um disco do Grateful Dead, jogamos dardos e ficamos chapados. Já era bem tarde quando Arnie me perguntou: "Vai fazer sexo comigo?" Nunca tinham me proposto sexo de uma maneira tão ousadamente cínica antes. No geral, apenas começam e outros chegam a perguntar se você se importa, mas, como me estava sendo dada a chance de pensar um pouco na questão, fiz isso e decidi que não faria sexo com Arnie Greenwald.

Dormimos em beliches na sala de jogos do porão da casa dele.

Quando tentava pegar no sono, lembrei como o Arnie ficou duro ao falar comigo na beira da piscina do Ricky, enquanto todo o mundo estava nadando pelado. Eca! Deve ter batido punheta pensando em mim.

O Arnie tem uma personalidade feita de retalhos e, se lhe tirassem o seu show de mágica, o seu piano e outras pequenas coisas sem importância, ele derreteria e se converteria em uma criatura lamentável e molenga, incapaz de manter uma conversa. Sentaria mudo e trêmulo em algum canto escuro. Também processa tudo mentalmente, é calculista demais. Parece desses tipos que aos quarenta são calvos, com aspecto jovial e contam piadas sem graça. É incapaz de ser espontâneo. Não tem paixão nos olhos... apenas um olhar de constante questionamento.

Eu nunca tinha pensando em transar com aquele idiota dissimulado e sorrateiro.

Sei que ele e o Ricky falam de mim. Chegou ao ponto de admitir que tinha perguntado para o Ricky se ele veria algum problema caso fosse para a cama comigo, e claro que o Ricky lhe deu carta branca, dizendo que fosse em frente e fizesse o que lhe agradasse comigo. Como se eu fosse concordar com aquilo. Obviamente, nem sequer lhes ocorreu que eu poderia não estar de acordo. Antes de soltar a pergunta, o Arnie estava me contando todas essas histórias lacrimosas sobre como a sua amante de trinta anos (provavelmente imaginária) o trocara por um homem mais velho e como estava há seis meses sem transar. Não posso acreditar que caí nessa cilada. Festa de aniversário!!! O cúmulo é que a VERDADEIRA festa de aniversário de Arnie/Ricky é no próximo sábado, e ele nem sequer me convidou! Fiquei muito magoada com tudo aquilo, mas fingi que estava lisonjeada com o fato de o Arnie querer dormir comigo, só para não ferir seus sentimentos.

Não posso acreditar que seja tão manipulador.

Aí vem ele. Tchau.

SEGUNDA-FEIRA, 7 de junho

É UM DIA FRIO.

Faz frio.

O corpo docente da Urban School discutiu a questão e resolveu que é melhor eu não voltar no ano que vem. Fui expulsa. Parece que a Minnie tem trabalhado muito pouco e completou apenas metade dos requisitos necessários para os créditos que pretendia obter. A minha mãe estava furiosa, pois são os meus avós que pagam as mensalidades e ela não quer ter de explicar por que preciso mudar de escola OUTRA VEZ.

— Como você pôde fazer isso comigo?! — ela exigiu.

Não ofereci nenhuma explicação para o meu fracasso.

O diretor tinha pedido que a minha mãe fosse até a escola, então ele poderia dar a notícia para nós duas. Quis falar comigo um momento sem ela. Tive cinco minutos inteiros de advertência prévia. Ele disse:

— Se você não me contar o que está acontecendo, vamos convidá-la a se retirar. Está entendendo?

O que eu ia dizer? O diretor é um cinquentão gordo e gay e, evidentemente, já tinha decidido que me queria fora dali. Nada do que eu dissesse mudaria isso, e a minha mãe estava do outro lado da porta, na certa, ouvindo tudo: me senti encurralada.

Eu disse que não estava acontecendo nada.

— Você pode falar com um dos professores se não quiser falar comigo — ele sugeriu.

Perguntou se eu queria falar com o sr. Bill.

— Não, não está acontecendo nada — reafirmei.

Talvez eu mude para a Lick-Wilmerding ou para uma escola pública.

Não nego que sou responsável pela situação. Sou "o capitão do meu próprio destino".

Tenho talento artístico.

Desenho bem.

Sou boa atriz.

Gostaria que houvesse alguém neutro.

∽∾

O Monroe disse que talvez seja melhor assim, que a Urban parecia uma escola meio estranha de qualquer modo, com todos aqueles alunos ricos e o diretor gay. Disse que o problema é que os alunos de uma escola como a Urban não sabem quem manda. E os professores puxam o saco dos alunos porque seus empregos dependem do dinheiro dos seus pais.

Ele fez o colegial em Jersey Shore, perto de Nova York. Disse que os professores eram duros ali, não um bando de frouxos como os que se veem nas escolas da Califórnia.

∽∾

Eu gostaria que o meu pai se importasse se estou viva ou morta.

Nunca o vejo, nunca falo com ele. Nem mesmo sei onde está vivendo agora. Uma vez ele me ligou de repente e disse que os meus olhos eram como os dele e que nós sabemos coisas que as outras pessoas não podem saber. Disse que podíamos ver mais que as outras pessoas. Como se fosse mágica.

O meu avô fica triste porque o meu pai não participa muito da minha vida. Uma vez o meu avô foi para Bora Bora e me trouxe um monstrinho de madeira entalhada com olhos de madrepérola. Disse que o espírito do meu pai estava nele, que eu deveria mantê-lo perto de mim e que seria como se o meu pai estivesse ao meu lado, pensando em mim, me abraçando.

Mágica.

QUARTA-FEIRA, 9 de junho

MUITO, MUITO triste. O Chuck foi pego fazendo uma ligação direta num carro e Fred Corvin está numa instituição para doentes mentais. O Monroe me pergunta, o meu avô me pergunta: "O que você quer fazer da sua vida?" Tenho me autoanalisado tanto desde então que só posso pensar em duas coisas que realmente me entusiasmam. Quero ir para a África e quero me casar com o Fred. Estou apaixonada pelo Fred. Loucamente apaixonada. É tão frustrante. Eu o vi uma vez; eu o vi duas vezes, não mais que isso. Ele é arisco, como um animal.

A minha mãe ligou para a Castilleja para ver se eu podia voltar no outono. Mas os professores da Urban foram mais rápidos que ela. Eles ligaram para perguntar do meu rendimento anterior e a pessoa na Castilleja disse para a minha mãe que todo mundo concorda que Minnie Goetze é uma dissimulada, uma mentirosa, uma estudante ruim e que não seria bem-vinda em nenhuma das duas escolas.

A minha mãe ligou para os meus avós (paternos) na Filadélfia e me fez lhes contar da escola. Então a minha mãe pegou o telefone de volta e disse que estava temporariamente sem trabalho porque a tinham despedido, que a economia ia mal, que precisava de mais dinheiro para manter as filhas e para os gastos de inscrição nas escolas etc. etc.

Daí eles quiseram falar comigo de novo.

— A sua mãe não está bebendo muito? Ouvimos que ela está gastando com bebida todo o dinheiro que enviamos.

— Claro que não, vovô — eu disse. — Ela não é assim.

Não posso imaginar quem lhes contou isso, se é que alguém o fez. Vivemos muito longe e eles não conhecem ninguém que nós conhecemos.

A escola sugeriu que eu vá a um psiquiatra.

Tenho me sentido muito mal nos últimos dias.

Hoje à noite vou ligar para a mãe ou para o pai do Fred e pedir o telefone dele na instituição.

Talvez eu bata na janela do Fred. Depois de me ver, ele vai abrir a porta. Vou dizer: "Oi, Fred." E ele vai dizer: "Quem é você?" "Bom, eu ia à Urban. Talvez você nunca tenha me visto. Não importa. Só quero dizer oi só quero falar com você só quero te abraçar e fazer amor com você e te ver montar a moto."

Eu ia sair com Chuck Saunders para ver um filme ou algo assim, mas a minha mãe diz que não posso porque fiz uma grandessíssima merda com ela.

Eu te adoro, Fred. Ele olha as pessoas nos olhos, não as pessoas, mas nos seus olhos, como se estivesse verificando com repugnância a futilidade delas. Fred Fred Corvin Corvin.

QUINTA-FEIRA, 10 de junho

NÃO FUI À escola hoje. Andei pela Polk Street. Há uma lojinha de doces perto do teatro Alhambra e comprei cem gramas de doces feitos com manteiga de amendoim e cem gramas de cerejas ácidas. E comi quase tudo.

Eu me sinto tão triste e só, e a única pessoa que pode aliviar a minha autocomiseração é essa lésbica bonita que estava do lado de fora do Bob's Grill. Era tão bonita e sorria de uma maneira tão doce, eu poderia ter chorado. Parecia ter a minha idade. Estava de pé junto à cabine telefônica fumando um cigarro e eu estava a uma mesa dentro, bebendo limonada, comendo doces e escrevendo, e ela ficou me olhando. Quando o ônibus chegou, ela jogou fora o cigarro e franziu os lábios como se estivesse soprando um beijo para mim. Ah, meu coração! Eu poderia amar uma garota?

Eu me sinto tão desajeitada e feia e ingênua e sozinha. Talvez eu devesse me matar, talvez eu devesse pintar um quadro. Sempre quis que me tocassem. Não sei o que há de errado comigo.

Pensar no Monroe às vezes me desperta uma espécie de paixão frustrada no coração. Ele abraça a minha mãe diante de mim. Não vejo como ele possa evitar isso… não ia parecer estranho se ele não a abraçasse? Mas, quando os vejo, sou assolada pelo desejo e a minha visão fica embaçada. Tanto o Monroe quanto a minha mãe saem com outras pessoas, mas eles ainda dormem juntos. Não entendo a relação deles ou o que isso significa para mim, mas o Monroe não me permite falar sobre o assunto. Sei que não estou em posição de me queixar.

Tenho coxas grandes, bunda grande, nariz grande e pareço uma mulher do Robert Crumb.

Toda vez que olho para ele, Monroe revira os olhos e entreabre os lábios.

Estou tão quente.

Quero um corpo com o meu.

Preciso de um homem.

SEXTA-FEIRA, 11 de junho

PRIMEIRO FOI Monroe Rutherford. Ele foi o primeiro. Completamente.

Depois foi aquele rapaz desconhecido no parque. Belo. Viril.

Em terceiro, foi Ricky Wasserman, um colega de classe alto e impressionantemente bonito.

O meu bom e velho amigo Chuck Saunders está sentado na sala ao lado. Posso vê-lo por uma fresta na porta. Eu disse a ele que precisava terminar de escrever algo à máquina antes de colocar os meus velhos compactos do Jackson 5. Acabo de encontrá-los. O Ricky diz que não entende por que eu saio com tipinhos tão feios e chatos. O Chuck não é um tipinho, Ricky. É um cara muito sensível e profundo.

E o Monroe quer saber por que eu deixo que "uns malditos judeus sorrateiros", como Ricky Wasserman, se aproveitem do meu corpo. Porque, Monroe, o Ricky é descaradamente atraente.

Mais tarde

O CHUCK E eu ficamos chapados mesmo e ele queria ouvir *I'll be there* de novo e de novo e chorava como um bebê. As lágrimas escorriam pelo seu rosto. Ele quase *me* fez chorar. Depois de um tempo, na esperança de melhorar o nosso humor, sugeri que escutássemos *ABC*. E isso realmente nos animou. Dançamos, voltamos a tocar a música e dançamos mais. Daí, descemos até a loja de bebidas e compramos biscoitos recheados de sorvete, refrigerante de laranja e balas.

Mais tarde ainda

NÓS TODOS sentamos no sofá para ver TV. O Monroe, mamãe, a Gretel e eu. O Monroe entre mim e a minha mãe. Olho as coxas dele, em segredo o toco. O meu corpo fica quente, o sangue me sobe às bochechas. Um olhar furtivo com seu olho direito... meu coração dispara. Quero montar no seu colo e abraçá-lo, quero que me beije mexendo a cabeça para lá e para cá como ele faz. É tão fácil esquecer que todos os outros estão na sala... mas então o calor diminui e os meus olhos desembaçam. Posso ver claramente outra vez.

SÁBADO, 12 de junho

ESTOU PENSANDO seriamente em fugir. A minha mãe está sempre mal e recebendo seus amigos suspeitos. Vêm, sentam em frente a TV e ficam ali até seus olhos fecharem. Nenhum desses amigos sabe como se divertir.

O Burt ou está chapado ou é um desgraçado antipático e odioso. É mais baixo que eu, mas tem uma reluzente esfera de pelos arruivados e crespos ao redor da cara — cabelos e barba aparados no mesmo comprimento. Usa ternos cinza-escuros listrados com calça boca de sino, sapatos caros de veado e relógio de bolso que sempre guarda no colete. Uma vez eu disse: "Por que vocês sempre assistem a *Mary Tyler Moore*? Nem graça tem." Ele se zangou e disse: "Minnie, você tem uma negatividade de merda. Nós gostamos do programa, então, deixa a gente em paz e leva as suas vinte e quatro horas de depressão para outro lugar. Hahaha."

E o Michael Cocaína está sempre cheirando o seu precioso pó e todo o mundo quer conseguir algum com ele porque tem contatos fantásticos. Tem olhinhos negros e brilhantes e acho que no fundo sabe que é um cretino. Sei que ele nunca cheiraria cocaína na frente dos seus filhos, mas não vê nenhum problema em fazer isso com a minha mãe estando conosco. É um saco que a minha mãe tenha esses idiotas aqui o tempo todo.

Hoje, mamãe e a Andrea compraram um pouco de cocaína do Michael e isso lhes deu a energia para limpar a casa da Andrea durante todo o dia. Agora, estão aqui preparando o jantar e esperando que os "ilustríssimos srs. Brad e Michael" venham comer e levá-las ao Henry Africa's. Elas estão falando que amanhã vão conseguir mais cocaína e vão limpar a nossa casa. Acham que não posso ouvi-las e falam muito alto.

Fred, Fred, Fred, você é a minha única salvação, não vê isso? Tenho que te encontrar.

A Gretel me tira do sério. Come demais e está ficando muito gorda. Passa todo o tempo vendo televisão no seu quarto. Aquilo fede porque ela esconde todos os pratos sujos e os restos de comida debaixo da cama. Não quer que a mamãe saiba o que está comendo porque era para estar de dieta. Só deixa o seu quarto para ir ao banheiro e à escola.

Passa todo o tempo vendo televisão no seu quarto...

SEGUNDA-FEIRA, 14 de junho

A MÃE do Fred Corvin disse que ele adoraria ter notícias minhas. *Por favor*, ligue para ele, implorou. Ela nunca tinha ouvido falar de mim, mas, assim que identificou uma voz feminina, se animou. "O Fred precisa de companhia feminina", ela disse. "Está na ala psiquiátrica, terceiro andar do Hospital Mount Zion, na Sutter Street. O número é Jordan (JO) 76600. Peça para que te transfiram para o telefone do terceiro andar." Ela não sabia se o Fred poderia voltar para a escola no outono. Parecia preocupada. O Chuck diz que o Fred não gosta da mãe. Diz que ele tentou matá-la e por isso está ali. Ouviu dizer que o Fred a estrangulou até deixá-la inconsciente.

A Kimmie vai visitá-lo com a gente. Está curiosa.

PRIMAVERA

TERÇA-FEIRA, 15 de junho

A KIMMIE, o Chuck e eu fomos à instituição para doentes mentais. Deram para a gente crachás de visitantes e subimos de elevador até o terceiro andar. Os pacientes andavam arrastando os pés, para cima e para baixo. Para cima e para baixo, para cima e para baixo. Nada de pianos. Nada de tapetes, nada de agradáveis bugigangas com as quais se divertir. Uma mulher com enormes peitos caídos e um *négligé* rosa caminhava pesadamente pelo corredor. Cabeças se moviam para cima e para baixo, para cima e para baixo. Pessoas andando para lá e para cá, para lá e para cá. Alguns sentados na sala vendo TV TV TV TV TV TV TV. O Fred dormia na cama do seu quarto amarelo. Vestia suas botas e suas roupas. Estava bem enrolado num lençol, só a cabeça para fora. Ficamos olhando para ele até que Fred sentiu a nossa presença e abriu os olhos. Ah oi, ah oi, ah oi!!!

Sentamos e ficamos ali por horas. Depois o Chuck e eu deixamos o Fred e a Kimmie a sós para se beijarem e abraçarem. Sim, tinham acabado de se conhecer, mas o Fred não podia tirar os olhos de cima dela! Era como se fosse a primeira garota que via depois de anos de confinamento solitário. Acho que o Fred pensou que eu fosse namorada do Chuck: mal reparou em mim! Fomos dar uma volta tristonha no Fisherman's Wharf enquanto eles aprontavam atrás de uma porta fechada do sanatório.

Estava bem enrolado num lençol, só a cabeça para fora.

115

Ah, era possível eu estar mais enciumada? Não, acho que não.

Vou planejar uma visita ao Fred sozinha!

O guarda que nos deu nossos crachás disse que o Fred é um homicida: "Ele vai matar e não vai sentir nenhum remorso."

Liguei para o Fred mais tarde e ele me contou que a Kimmie tinha lhe dito que não se metesse comigo.

— Por quê? — ele me perguntou. — Você vai perguntar pra ela?

Não entendi nada. Perguntei para a Kimmie:

— Não sei — ela disse. — Simplesmente, não sei...

Vou ficar com ele. Vou ficar com ele um milhão de vezes, de novo e de novo, mais e mais. A Kimmie que vá para o inferno.

QUARTA-FEIRA, 16 de junho

NO QUARTO do Fred, no hospício, tudo está embaçado. Olho para um objeto. Um chinelo. Um painel na parede. Um rosto. As linhas não estão definidas. O limite entre a rosa e o caule parece mudar. Como um enxame de abelhas em magnífica formação, copiando a natureza, esses objetos parecem estranhamente animados; o quarto parece zumbir.

Ele recosta a cabeça no meu peito. Seu corpo veio depois. Seu coração batendo forte. Seu corpo tão maravilhosamente vivo, mas imóvel. Como um saco pesado. Levantou a cabeça e a moveu de um lado para o outro, de um lado para o outro, as suas bochechas roçando nas minhas, nossos lábios se tocando. Nossos narizes. Seus olhos virados para baixo; não se encontravam com os meus. Para a frente e para trás, para a frente e para trás, tão delicado, tão quente. Nem um beijo. Uma carícia, tão quente.

Uma enfermeira entrou no quarto.

— Tem um homem lá embaixo que veio te buscar.

Levantei. O Fred afundou na sua cama morna, misturando-se ao emaranhado de lençóis.

Desci de elevador. Um, dois, três. Três, dois, um.

O Monroe me esperava. Tinha falado com a enfermeira.

— Ele é ou vai se tornar um assassino, os médicos sabem disso. Eles o conhecem. Conhecem esses tipos. É uma pena que ela tenha se envolvido com ele — a enfermeira lhe falou. — Parece uma garota decente.

Não sinto nada sobre isso.

Não sinto nada como o centro do oceano, profundo e quieto. Partículas cintilantes de pó ou velhos átomos de peixes mortos lentamente filtrados através da água, do alto para baixo. O sol, gradualmente, os abandona. Depois, eles se assentam no fundo, a vários metros de profundidade. Escuro. A água muito, muito pesada.

QUINTA-FEIRA, 17 de junho

A MINHA MÃE foi comigo dar uma olhada na escola pública. Chorei no carro durante o caminho de volta pensando nos garotos dessa escola que roubam carros, passam de ano raspando e conseguem empregos de merda quando se formam. Chorei porque alguns deles são tão inteligentes quanto Ricky Wasserman ou Arnie Greenwald ou Yael Berg, e só por causa das circunstâncias diferentes eles se saem tão mal. Veem os jovens ricos, veem seus carros, suas férias, suas roupas sofisticadas e se entregam a obter objetos de riqueza material. Os jovens ricos já têm tudo isso, por isso são livres para gastar suas energias a desenvolver suas mentes, a se divertir simplesmente ou a qualquer coisa que queiram. E são capazes de estabelecer metas de realização espiritual porque já têm tudo de que necessitam. Não é justo. Os pobres vagam pelas ruas nos seus carros fuleiros e economizam dinheiro para comprar roupas decentes em lojas de departamentos. Não têm a oportunidade de perceber o enorme valor das coisas intangíveis... das virtudes da nossa alma. O Ricky, aquela droga de hippie rico, veste jeans quando poderia pagar por veludo. As pessoas pobres — são elas que se esforçam por um pouco de classe — querem se vestir bem, usam calças que não amassam e camisas estampadas de náilon suave... nunca usam jeans. É tudo muito ferrado. Quanto a mim, não me importo mesmo com roupas, estou no meio-termo, nem rica, nem pobre.

Adoro murais. Eu os adoro mais que a mim mesma, às vezes me deixam sem palavras.

Você tem que viver de modo simples para sobreviver de modo feliz. Ir à escola, encontrar um homem legal e bonito, casar com ele e ter filhos. Morar no campo se puder, e nunca mandar as crianças para escolas públicas na cidade. O amor é a pergunta e a resposta.

Outra carta do Pascal.

Querida Minniezinha,
    Decidi te escrever uma carta. Por quê? Porque sou um tipo independente de homem e senti vontade de fazer isso. Seja como for, você é letrada e eu

sempre fico satisfeito de ver a sua reação a respeito do encadeamento das palavras. Você nunca vai mudar: acho que se tornará uma escritora, uma ocupação que não dá dinheiro, mas, certamente, é absorvente. Aí vai.

Sua mãe e eu acabamos com o nosso "não nos falamos mais" no sábado passado. Você deve pensar que é uma idiotice duas pessoas que se amaram tão apaixonadamente terem esse tipo ridículo de briga adolescente. Agora, estamos voltando com cautela a sair juntos outra vez.

Nesse meio-tempo, depois de almoçar com a sua mãe, descobri que você esteve "levando na flauta" a Urban e que precisa procurar outra escola no outono. Olha, Minnie, você é inteligente demais para terminar abandonando os estudos. E, droga, você deveria ter me ligado. Eu sou, e sempre serei, bem ou mal, o seu pai substituto. Então me ligue quando as coisas estiverem mal, ok?

Vamos nos manter unidos. Juntos vamos superar isso. Pelo menos, vamos tentar. Não quero que você tenha mais um pai. Dois são suficientes para qualquer pessoa. Talvez a gente possa ir ao teatro, a museus, fazer piqueniques. Quando eu era pequeno, tinha que fazer tudo isso sozinho — bom treinamento para alguém se tornar editor, mas um inferno para se sentir amado.

Seja como for, eu gosto muito de você. Não importa o que aconteça entre mim e a sua mãe, você e a Gretel sempre serão parte da minha "família". Eu criei vocês, droga.

Claro que talvez vocês voltem para a Filadélfia. Seria um erro, acho. Mas não importa, apenas se lembre de que estou ao seu lado e que gosto muito de você. Então, é isso. Talvez eu não devesse ter revelado tudo isso, mas é o que está no meu coração. E tantas vezes eu quis ligar para você, mas a sua mãe e eu estávamos temporariamente sem nos falar. Não se preocupe: juntos, vamos superar essa situação.

Com amor, Pascal.

Mais tarde

O MONROE VÊ que transo com outras pessoas e que não estou desesperada nem me arrastando aos seus pés. O Monroe vê isso e acho que assim me deseja mais... ele gosta disso. Às vezes me pergunta detalhes. Diz que fico mais independente, mas que não devo passar dos limites, e que não quero me tornar uma desiludida. E que tenho que aprender a escolher com quem saio. Pessoas de qualidade, não esquisitões, nem assassinos. Muitas vezes, invento coisas porque sei o que ele gosta de ouvir. Ele acha que me deitei com um milhão de caras.

Gosto quando me beija, quando me dá beijinhos que não têm nada a ver com sexo... Gosto quando o Monroe me toca com ternura, quando o Fred me toca com ternura, isso me deixa louca, mesmo.

O Monroe pediu que eu ligasse para ele amanhã às oito. Quer armar um plano para me ver de novo. Queremos nos ver com mais frequência. Estou meio assustada... não saberia o que fazer se ele me levasse a sério... esse medo faz com que me sinta só.

Não se pode disfarçar a juventude.

O Monroe me olha e às vezes há um leve brilho em seu olhar... ele me ama? Sei que me ama... ele é o meu bom e querido amigo, o meu bem-amado... não me ame de outro jeito, Monroe.

Hoje o sr. Bill foi legal comigo e expressou seu sincero pesar por eu ter que deixar a escola.

Acho que todo o mundo já sabe. O Ricky me olhou como se eu fosse um bebê, com olhos afetuosos, sorrindo, triste... quase chorei.

Dias nublados são bons para amar as pessoas.

SEXTA-FEIRA, 18 de junho

HOJE A MINHA mãe foi realmente legal comigo. Acho que está contente porque vai ao show dos Tubes à noite e à festa nos bastidores depois. Vai com o Michael C. Um dos sócios no seu escritório conhece o vocalista, Quay Lude, da escola. Eu gostaria de ir.

Other dudes are living in the ghetto
But born in Pacific Heights don't seem much betto

We're white punks on dope
Mom and Dad moved to Hollywood
Hang myself when I get enough rope
I can't clean up, though I know I should
White punks on dope
White punks on dope

Temos um disco deles. A mamãe me prometeu que tentaria conseguir um autógrafo do Quay para mim.

O Monroe disse que vai me levar ao show dos Beach Boys no *Day on the Green*. Ele adora os Beach Boys.

Assim são as coisas. Isso resume tudo e isso é tudo.

∞∞

O Monroe contou para a minha mãe que o Fred é um homicida em potencial.
O Fred me ligou hoje à noite. Nunca tinha me ligado antes.
A mamãe atendeu ao telefone.
— A Minnie não está! — ela disse, embora eu estivesse sentada bem na sua frente.
— Aonde ela foi? Com quem saiu? — ele quis saber.
— Ela não mora aqui. Mora com o pai dela e eu não posso te dar o número — a minha mãe disse.

Ah, Fred, meu coração... você me ligou. Ele lembra um menininho que quer ser aconchegado... sou suscetível a crianças.

SÁBADO, 19 de junho

HOJE, O FRED pediu que eu seja sua namorada. Eu disse que sim, que adoraria. Ele me levou à sua sala de recreação. Havia pessoas por todos os lados e serpentinas,

O Fred disse que a festa não era para ele, mas eu sabia que era sim.

cor-de-rosa, azuis e amarelas, penduradas no teto e de uma parede à outra como varais. Os pacientes brincavam de adivinhações. O Fred disse que a festa não era para ele, mas eu sabia que era sim. Vi seu retrato, uma aquarela, apoiado ao lado do ponche. Estava assinado e dizia para o Fred de fulano de tal.

Fomos para o seu quarto e... o que vocês acham?!?! Bastou a gente se beijar e se abraçar e ele gozou na calça. Eu queria tanto transar com ele...

Estou tão quente. O meu corpo parece ter uma presença avassaladora: move-se de acordo com uma vontade própria. A minha mente não tem voz agora nas ações do meu corpo.

Estou contando com que o Monroe volte do Old Waldorf, onde ele está tomando algo com a minha mãe, para que me leve ao restaurante mexicano como disse que faria. Aposto que ele vai esquecer ou que minha mãe vai querer ficar ou alguma porcaria assim... mas eu quero tanto, tanto transar. A vida não é justa.

Se eu não transar hoje, não sei como vou pegar no sono. Meus nervos estão à flor da pele. Preparando-se para alguma coisa, não sei o quê... se eu não conseguir transar...

DOMINGO, 20 de junho

NÓS FIZEMOS em casa esta manhã. O Monroe e eu. No sofá. Não havia ninguém em casa. Eu estava maluca. Na noite passada ele esqueceu que ia me levar para jantar fora. Eu sabia que ia esquecer.

Fizemos depois que a mamãe foi ao mercado de pulgas com a Gretel.

Ele está falando, ou estava falando, de parar com isso de uma vez por todas. Acho que vai voltar a se envolver com a minha mãe. Parece que cada vez saem mais juntos e ele se esquece de mim. Não posso suportar isso, não posso.

E se eles se casarem ou se ele vier morar aqui de novo? Não quero que se deite com as duas ao mesmo tempo se estivermos vivendo debaixo do mesmo teto como uma família. Parece loucura, mas... e se também começar a se deitar com a Gretel?

Mas hoje transei com ele. É tão doce. Espero que tenha se esquecido daquela coisa de parar com tudo. Tivemos uma longa e significativa conversa sobre o seu ser e o meu ser e sobre como as influências externas se relacionam com as nossas vidas e sobre como você deve aprender a utilizar essas influências para que trabalhem a seu favor, e não contra você. Eu o escutei atentamente e concordei com ele. Devo cuidar de mim mesma. Tenho que pensar mais em como as coisas com as quais me envolvo vão me afetar mais adiante.

O Monroe quer que eu seja mais responsável e vá buscar informação sobre sexo e métodos anticoncepcionais. Talvez eu faça isso nesta próxima semana.

Você só deveria transar com pessoas que ama.

Pergunto-me se poderia transar com o meu próprio pai.

Eu costumava ter sonhos com o meu avô e eu, juntos. Estávamos ambos pelados, mas eu baixava a cabeça e... não havia nada entre as suas pernas.

Ontem à noite tive um sonho em que comia abacates, milhões de abacates. Estava sufocada e acordei de repente. Vomitei e vomitei e vomitei...

SEGUNDA-FEIRA, 21 de junho

HOJE É OFICIALMENTE o primeiro dia do verão. No rádio tocam aquela música *Philadelphia Freedom* o tempo todo, porque estamos quase no bicentenário da independência. É uma canção horrível e para mim, em particular, dá vergonha porque nasci na Filadélfia.

TERÇA-FEIRA, 22 de junho

HOJE, SUPOSTAMENTE, era para ser o meu último dia na Urban School. Eu nem mesmo fui. Não se pode explicar como é triste que não te deixem mais fazer parte de algo.

A Kimmie e eu fomos a uma clínica de educação sexual para adolescentes. Ficamos ali quatro horas, mas acho que valeu a pena esperar porque pegamos um monte de coisas grátis. Peguei pílulas, um diafragma, creme para o diafragma, um punhado de camisinhas diversas, espuma espermicida e muitos panfletos.

Comi um grande prato de camarões agridoces.

Depois fomos a um restaurante chinês bem barato na Polk Street, Shin-Wah. Comi um grande prato de camarões agridoces e a Kimmie pediu *chow mein* de carne e tomate.

Não havia mais clientes, além de nós duas, e o garçom gordo foi muito atencioso com a gente. Ele nos deu calendários de bambu que diziam "Ano do dragão" e "Shin-Wah", com o telefone e o endereço na parte de baixo. Em cima, o desenho de um dragão vermelho e verde. Os calendários podem ser enrolados e você os prende com lacinhos vermelhos. E ele nos deu também algo como cinco ou seis biscoitos da sorte para cada uma.

Eu recomendaria esse restaurante.

QUARTA-FEIRA, 23 de junho

NUNCA MAIS vou dormir com o Fred. Nunca mais vou vê-lo de novo. De certo modo, é um alívio.

Ele atacou uma das enfermeiras do Mount Zion e o transferiram para Vacaville, para uma espécie de instituição/prisão psiquiátrica.

O Chuck disse que ele quebrou um vaso de planta na cabeça de uma enfermeira quando ela entrou no quarto para lhe dar a medicação. Rasgou as roupas dela e a meteu debaixo da cama. Não deixava ninguém entrar no quarto para ajudá-la — de alguma forma a mantinha como refém. Talvez ameaçasse matá-la. Disse que queria que o liberassem. A polícia finalmente conseguiu detê-lo entrando por uma janela. A enfermeira não estava morta, mas tinha alguns dos ossos ao redor do olho quebrados e estava inconsciente. Eu me pergunto se ela era uma das enfermeiras que conheci ali. Eu me lembro de uma muito bonita, com cabelo longo e loiro.

O Chuck diz que o Fred, provavelmente, vai ficar vários anos em Vacaville.

É muito difícil acreditar que estive tão perto de me envolver com ele. É muito triste. Eu me pergunto o que o fez ser desse jeito.

Agora, até o Chuck tem dúvidas sobre ligar para o Fred depois do que aconteceu, ainda que ele seja seu melhor amigo.

Definitivamente, estou cansada da minha vida sexual sem emoção.

Transei com o Ricky hoje. Foi estranho. Ele estava em São Francisco, então ligou e disse que queria conversar. Veio até a minha casa e conheceu rapidamente a minha mãe, daí fomos ao parque Julius Kahn e demos uma volta. Claro que na verdade não conversamos, só transamos. Eu já não sentia nada pelo dito-cujo e, além disso, foi a pior transa que eu já tive.

Mais tarde a minha mãe disse que não o achava tão bonito quanto eu tinha dito que era. Disse que parecia magro, mas com uma bunda grande. E que não achava que ele fosse muito educado.

Também transei com o Monroe. Consideravelmente melhor, mas apenas umas leves coceguinhas. Acho que hoje não era o meu dia. Eu estava pouco inspirada do ponto de vista social.

O Monroe me enche a paciência com essa história de que vou estar sexualmente insensível quando for maior. Que droga significa isso de "insensível"? Quando for mais velha terei tido sexo demais, cedo demais, e não vou ser capaz de manter uma relação sexual e emocional satisfatória com ninguém porque encaro o sexo sem seriedade, de modo muito impessoal. E agora ele diz isso?! Sempre age como se quisesse que eu transasse com todo mundo e nós mal estávamos apaixonados quando tudo isso começou!

Na última semana fui ficando pálida e agora estou com olheiras. Acho que amanhã vou sentar ao ar livre.

O Monroe está no sofá, dormindo.

QUINTA-FEIRA, 24 de junho

ONTEM À NOITE liguei para a Conferência Cósmica um milhão de vezes e por fim consegui me conectar. Havia uma pessoa sinistra chamada McCarty fazendo ruídos baixinho como se fosse um animal aflito e um monte de outros idiotas, a maioria homens. Eu estava me sentindo bastante eloquente e disse coisas bem espertas, acho, que ao menos me divertiram. Um cara chamado Robert me deu outro número para ligar e falar com ele a sós... Liguei e ele disse que era o dono da Cosmo. Eu não falei para ele quem eu realmente sou, porque... como vou saber se ele está falando a verdade?

Mais tarde

COMO VOCÊ se torna uma prostituta? Você desce a Market Street até ver um homem negro, alto e magro, com botas, uma capa, um chapéu grande e um diamante na lapela.

Daí você dá para ele aquela olhada, sabe, e espera que assuma o comando. Claro que, se você for muito atrevida, ele poderá não te querer porque presume que você é de baixo nível e talvez queime o filme dele. Além do mais, como ele pode ter certeza

PRIMAVERA

Como você se torna uma prostituta?

de que você não é da polícia? Não é comum que alguém de repente apareça do nada e se ofereça para ser puta. Outra coisa: e se o cara nem sequer for cafetão?

O que se deve fazer?

Você pode ir para Nevada e arrumar um trabalho num bordel barato e, a partir daí, de algum modo, voltar para as ruas de São Francisco… mas eu teria que ser muito boa naquilo que se espera que eu faça. Talvez eles tenham homens que te ensinem. E eu teria que ser bonita, mas eu não sou, e acabaria conseguindo um trabalho ruim. Você não ganha nenhum dinheiro sendo uma puta velha sem atrativos.

SÁBADO, 26 de junho

FUI PARA A cama com alguém diariamente nos últimos quatro dias. Na terça com o Monroe. Quarta-feira, o Monroe e o Ricky. Quinta, o Monroe. Sexta, o Ricky. Eu me pergunto se posso continuar assim. Com certeza, estão transando muito comigo ultimamente.

Na noite passada e hoje de manhã estive numa festa de formatura. O Ricky e eu "pegamos emprestado" um carro por um tempo. Pensei que não o veria de novo, mas a Jill me ligou e me convidou. Ele estava usando calça marrom, colete preto e camisa azul-clara com babados. Decidi fazer umas pequenas experiências. Ofeguei e respirei fundo, fundo, fundo, e o beijei por todo o corpo enquanto estava transando comigo. Fiz um monte de barulhinhos... foi divertido. Ele disse que o fato de eu ser tão receptiva o deixava louco. Disse que eu tinha um verdadeiro talento na cama e que era a melhor transa que ele já tinha tido. Que coisa bonita de se dizer!

Inalei muito nitrito de amila. Muito, muito mesmo. E fiquei bem chapada. Vários caras negros da banda não paravam de tentar algo comigo, mas eu lhes disse que estava com a perna quebrada então não poderia ir a lugar algum. Desenvolvi um modo de coxear convincente. Depois, comecei a ficar bem desagradável. Chorava sem parar... com a Susan, com a Amy, com o Steve, com a Kathy e com todos os outros. O Ricky ficou louco, mas o Chuck foi maravilhoso comigo num momento de necessidade. Eu chorava por causa do Ricky e lhes contei como eu me sentia mal porque tantas pessoas tinham se aproveitado de mim: o Fred, o Ricky, o Kurt e o Monroe... Claro que eu estava exagerando, mas soava muito bem.

Diversão diversão diversão. Abandonei o Chuck e a Kimmie, que tinham me levado, então, eles voltaram para São Francisco sem mim. Saí da festa às duas e cheguei à casa da Amy às três... Liguei para casa, mas ninguém atendeu, daí liguei para o Monroe e pedi que ligasse para a minha mãe e contasse onde eu estava. Mas ele esqueceu ou algo assim e hoje de manhã a minha mãe estava furiosa. Ela não sabia onde eu estava e ficou tão preocupada que não foi ao mercado de pulgas. Em vez disso, ela e a Kimmie sentaram e ligaram para todos os meus amigos... menos para a Amy, claro. O Chuck disse que talvez eu tivesse me matado porque ontem à noite eu, casualmente, tinha citado o suicídio como uma das minhas opções. Então, a minha mãe teve uma enorme crise de choro e, DEPOIS, o Monroe ligou para ela e contou onde eu estava. Ela me fez limpar a casa toda e o carro, hoje. Ela, a Gretel e o Monroe foram para a praia.

Eu curto mesmo música.

Tenho tanta energia. Ela, literalmente, escapa do meu corpo como se fosse vapor. Estou sempre quente e o meu coração está sempre batendo mais rápido que o normal.

Pensamentos de verão

FÉRIAS DE VERÃO

∽∾

Aventura despreocupada
com a mudança à espreita

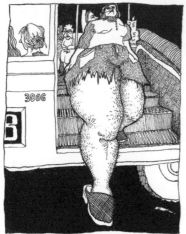

Minha primeira história em quadrinhos: é só uma página, mas levou muito tempo para ser feita.

DOMINGO, 27 de junho

O MONROE ESTEVE aqui hoje, tinha um aspecto estranhamente pálido e exausto. Ficava com os ombros caídos quando não estava sentado, o que aconteceu pouco porque se sentia bem constipado.

Pensei que estava brincando, o que é algo que ele faz muito. Mas não. Foi a dois hospitais e tem que ir a um urologista amanhã. Sangue no xixi sangue no xixi. Quase tive um ataque do coração quando vi que não estava mentindo. Espero que não morra. Não quero dormir. A minha mãe deixou que ele fique aqui em casa esta noite, graças a Deus. Estou bem preocupada. Vamos rezar.

Tenho pintado as unhas dos pés. Roubei as cores: marrom-avermelhado profundo, vermelho intenso, roxo e rosa-choque brilho perolado. Todas são da *Woolworth's*, na Polk Street.

SEGUNDA-FEIRA, 28 de junho

ACABEI A MINHA primeira história em quadrinhos. É só uma página, mas levou muito tempo para ser feita. É sobre passear pela cidade. Usei nanquim, mas não tinha ideia de qual papel se deve usar, nem qual tipo de ponta. Comprei um punhado de diferentes bicos de pena na Flax.

Quero me disciplinar para desenhar e escrever todo santo dia.

Acho que se eu já fosse uma cartunista de verdade, não estaria interessada em só ser engraçada. Na verdade, muito poucas histórias em quadrinhos me divertem. Eu detesto a maioria dos quadrinhos.

∞

O Monroe simplesmente foi embora. São três da tarde. Ele tinha uma consulta com o médico às quatro. Passou a noite aqui, no quarto da minha mãe, mas disse que não fizeram nada. Como poderiam, no seu estado? Foi embora essa manhã, mas voltou depois para me dar algo para escrever à máquina. Não havia mais ninguém em casa e então, claro, começou a se esfregar em mim e a me dar soquinhos de brincadeira no braço. Eu lhe disse para parar com isso e o lembrei de seu problema ou doença ou seja lá o que for e ele disse que não era nada sério e abriu o zíper da calça como se eu fosse chupar o pau dele ou algo assim, nem vem eu disse e o empurrei no sofá subi nele e você sabe, mas fiz bem devagar para não machucá-lo mais.

Talvez não esteja realmente doente.

Estou me aproximando do ponto de me aceitar como sou de verdade. Sinto que tenho uma razoável imagem interna do meu corpo, e já não me sinto desconfortável com o seu aspecto. Não porque eu ache que é particularmente bonito, mas porque é normal e, além do mais, estou pouco me lixando para a minha aparência. Pelo menos hoje.

O Monroe disse que poderia me levar a Serra Nevada para pescar num córrego de águas profundas no sábado. Ele me perguntou se eu continuaria querendo ir, mesmo se o médico dissesse que ele não seria capaz de "comparecer" devido ao rim e tal. Claro que eu iria. Mas eu me importaria um pouco. Só um pouquinho.

Estou seriamente pensando em trabalhar num bar quando for maior. O Monroe e a minha mãe ficaram mais desanimados quando perguntei a opinião deles.

TERÇA-FEIRA, 29 de junho

O MONROE DIZ que não pode ir pescar porque tem que trabalhar na mala direta dos seus suplementos nutricionais para atletas. E se esqueceu de conseguir os ingressos para o Beach Boys. Eu não gosto tanto dele como gostava antes de ficar doente.

O Pascal ligou e disse que rabiscar quadrinhos pode ser ok agora, mas que tenho que pensar em algo mais sério, como escrever.

Escrevi uma carta de fã para a Aline Kominsky.

QUARTA-FEIRA, 30 de junho

AS COISAS FAVORITAS DA MINNIE (A PARTIR DE JUNHO):

Cor favorita: roxo.

Música favorita: *Memory Motel*, dos Rolling Stones ou *House of the Rising Sun*, do Animals. Ou *Gathering Flowers for the Master's Bouquet*, da Kitty Wells. *Apartment Number 9*, da Tammy Wynette ou *Ball and Chain*, da Janis Joplin.

Comida favorita: ovos.

Livro favorito: *Demian* ou *A princesa e o goblin* ou *Alma no exílio* ou *Mulheres apaixonadas* ou...

Filme favorito: *A fonte da donzela*, do Ingmar Bergman.

Pessoa favorita: o Monroe ou o papai ou o vovô... ah, isso é injusto... Na verdade, me sinto rejeitada por todos.

Artista favorito: Robert Crumb ou Hieronymus Bosch ou Aline Kominsky (The Bunch) ou Diane Noomin (Didi Glitz) ou Justin Green (Binky Brown) ou Van Eyck ou Peter Paul Rubens, em especial aquele enorme quadro do *Prometeu acorrentado* no Philadelphia Museum of Art.

O que você gostaria de ser?: Curadora de museu de arte ou apenas uma simples artista ou trabalhar num bar. Ou talvez taxidermista ou agente funerário. Ou espeleóloga. Uma mulher séria e intelectual... uma muralista... uma cartunista (não de jornal)... ah, meu Deus, qualquer coisa.

Didi Glitz é uma das minhas personagens favoritas.

Fui à praia e fiquei queimada de sol e bronzeada. O Monroe está aqui agora para nos levar, a mim e a Gretel, ao cinema. Eu gostaria que ela não fosse, mas tudo em nome da normalidade.

QUINTA-FEIRA, 1º de julho

HOJE, FUI A uma editora de histórias em quadrinhos. Liguei e perguntei como uma pessoa poderia ter seus quadrinhos publicados e me disseram que, se eu vivia em São Francisco, podia pegar o ônibus para a Bryant Street e lhes mostrar meu trabalho pessoalmente, mesmo se ele não estivesse pronto para publicação. Não pensei duas vezes: simplesmente, fui. Cheguei lá um pouco antes das cinco horas e conheci o dono, um hippie grande e gordo com uma barba comprida e olhos risonhos, ele analisou o meu trabalho. Disse que, se eu quisesse ser cartunista, teria que aprender a desenhar tudo, carros, hidrantes e todo tipo de animais. Ele me mostrou originais do Crumb, do Spain e do Bill Griffith. Pegou uma das páginas do Crumb e, fechando os olhos, moveu a mão lentamente pela superfície do papel. "Você pode sentir o desenho... pode sentir a protuberância da tinta seca, as gotas e os traços..." Ele amava a arte. Fez com que eu sentisse aquilo também.

Ele não disse se gostou dos meus quadrinhos nem nada: olhou para eles durante um longo tempo e depois começou a me dar conselhos. Uma coisa estranha: ele estava usando um short bem curto e, enquanto eu estava sentada ao seu lado no surrado sofá do escritório, juro que pude ver a ponta do seu pinto saindo por baixo da perna do short. Tentei não olhar.

Daí me levou ao depósito e alguns dos empregados me mostraram todas as histórias em quadrinhos, pilhas e pilhas nas prateleiras. Eles me deram todas as que eu quis. Voltei para casa com uns vinte e cinco livros novos. Vou lê-los hoje à noite. Dois parecem ótimos: *Amputee Love* e *White Whore*.

Amputee Love é bem
fora do comum.

SEXTA-FEIRA, 2 de julho

HOJE, FUI DAR uma volta por North Beach sozinha... pensava em dar uma passada no Monroe. Eu queria, mas me senti meio tímida... Estava andando à toa, olhando coisas, e passei por esse pequeno restaurante, Golden Boy Pizza, pelo qual tenho certeza de que passei um milhão de vezes antes. A figura de um garoto estava pintada na janela acima do nome do restaurante, e fiquei em pé na calçada olhando para ele porque me era familiar, mas não sabia por quê. De repente, me dei conta de que Justin Green o tinha pintado! É ele quem faz *Binky Brown Meets the Holy Virgin Mary*. Ainda que o seu nome não estivesse na janela, sabia que ele tinha feito aquilo — seu estilo era inconfundível. Fiquei tão animada que queria falar com alguém. Mas não tenho nenhum amigo que seja remotamente interessado em quadrinhos. Então falei com uma idosa que lutava para subir a ladeira com uma bengala. Ela sorriu para mim ao passar, eu sorri de volta e deixei escapar: "Conheço o cara que pintou esse cartaz." Sei que menti, mas eu não queria explicar tudo sobre quadrinhos. A senhora disse que era um desenho muito bonito.

Daí fui ao Caffe Trieste, pedi água com gás com calda de menta, sentei ali e desenhei um pouco em vez de ir à casa do Monroe.

Hoje à noite vou cuidar das crianças dos Gold, que vivem a uma quadra da minha casa, na Walnut Street. A sra. Gold é atriz e é bem mais alta que o sr. Gold, que eu só vi vestindo ternos. Eles têm duas filhas, de três e de dez anos. A mais nova é hiperativa e a de dez é uma pirralha precoce. A sra. Gold tem um retrato seu feito em serigrafia pelo Andy Warhol. Gosto de olhar as suas coisas.

SÁBADO, 3 de julho

A KIMMIE E EU vamos sair hoje para nos encontrarmos com o Marcus, o cara negro que é pai das crianças de quem ela cuida... ela quer que nós duas transemos com ele. Diz que sempre fala de mim porque sou sua melhor amiga e o Marcus disse que gostaria de me conhecer. E agora armaram esse plano no qual nós nos encontramos e vamos para algum hotel.

Ai meu Deus Ai meu Deus Aimeudeus

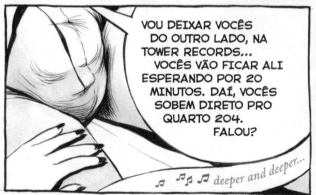

SEGUNDA-FEIRA, 5 de julho
Clay Street, 3478
São Francisco

SÃO QUINZE para as duas da tarde e acabo de preparar e comer um ovo frito. Estou saboreando uma xícara quente de café com chocolate instantâneo. Minha cabeça está uma bagunça. A minha mãe deu uma festa ontem à noite. A Andrea estava aqui, e a Nancy O'Flanigan, o Michael C., todos aqueles outros advogados e algumas pessoas que eu não conhecia. E a Kimmie e o Monroe. As pessoas estavam cheirando cocaína no quarto da mamãe e nós tentávamos entrar também, mas elas nos enxotavam. Depois, ninguém mais se importava com o que estávamos fazendo. A Kimmie e eu, e provavelmente todos os outros, ficamos totalmente chapadas com a maconha do Burt Allen. A Nancy O'Flanigan trouxe seu estudante inglês de intercâmbio, Ian (dezenove anos), e ele trouxe um monte de discos do Pink Floyd, que foram tocados no volume máximo. Ele leva a música muito a sério e mal disse uma palavra. Estava contente de olhar todos os nossos discos e fazer o papel de DJ.

O Burt estava sentado aos pés dela segurando o microfone...

Depois da meia-noite, só restavam quatro ou cinco pessoas e nós todos sentamos no quarto da minha mãe, o Burt, o Monroe, a minha mãe e eu com o conhaque, o xerez e a marijuana. A cocaína tinha acabado. A Kimmie dormia profundamente no sofá.

A mamãe tocava violão, a mesma música várias vezes:

Freight train, freight train, run so fast,
Freight train freight train run so fast,
Please don't tell what train I'm on
They won't know what route I'm going.
When I'm dead and in my grave
No more good times here I crave
Place the stones at my head and feet
And tell them all that I've gone to sleep

...No wait, no wait, let me start again...

O Burt estava sentado aos pés dela segurando o microfone, olhando para a minha mãe vidrado, gravando a música. Ela canta de um jeito que soa desorientado e melancólico, como uma pobre criança procurando por um lar, com medo de tudo e que se põe a correr até o fim.

O Monroe e eu fomos até a cozinha para comer ovos e logo estávamos metidos num abraço apaixonado. Fizemos cinco ovos mexidos e rabanadas com o resto. Nós nos beijamos com migalhas nas nossas bocas enquanto a manteiga queimava. A mamãe e o Burt adormeceram esperando pelos ovos. Todo o mundo adora ovos.

Descemos até o porão cambaleando pela escada de serviço e fizemos amor ao lado da máquina de lavar e da secadora. Não posso te dizer quanta paixão, como ondas, hálito quente e úmido. Eu o beijei e o chupei e então ele se deitou em cima de mim debaixo da mesa de pingue-pongue, senti como latejava dentro de mim quando gozou adoro fazer isso com ele é um homem tão grande algumas mulheres não gostam de homens com peito peludo eu me pergunto como podem não gostar. Quero fazer de novo. Quando subimos, o Burt estava tropeçando pela cozinha. Pareceu surpreso ao nos ver juntos. Murmurou algo sobre ter pensado que eu estava dormindo. Dissemos que tínhamos descido para procurar o gato.

QUINTA-FEIRA, 8 de julho

FUI PARA PARADISE visitar uma prima da Kimmie, Doreen, o marido dela e os filhos. Estive ali três longos dias, com a Kimmie e a mãe dela. Fica perto de Sacramento. Durante toda a viagem de carro, cantamos duas músicas sem parar: *Memory Motel* e *Mercedes Benz*. Treinamos nossas vozes de cantoras de country.

A Kimmie estava obcecada pela ideia de transar com o marido da Doreen. Por fim, ela conseguiu isso, mas as coisas não prosseguiram muito bem porque a Doreen começou a desconfiar, mesmo a Kimmie e o Jay negando terem feito algo.

Ficamos chapadas toda a viagem e havia muita tensão no ar. Eu me sentia o tempo todo preocupada e paranoica. Tentei permanecer no nosso quarto e ler — não queria falar com ninguém porque sabia o que estava acontecendo.

Num determinado momento, enquanto a mãe da Kimmie, a Doreen e as crianças estavam fora fazendo compras, a Kimmie me enxotou do quarto para transar com o Jay de novo.

Fazia um calor de lascar. Eu estava usando um dos biquínis da Kimmie e os sapatos dela e passei uma hora andando pelo resto da casa, olhando e tocando as coisas, esperando que ninguém voltasse.

No dia seguinte, fomos a um clube de tiro em Martinez, mas eu não queria atirar, especialmente com os primos fuleiros da Kimmie que me davam medo, então eu sentei no bar para ler, fingindo não perceber todos aqueles repugnantes homens brancos de baixo nível e rifle na mão olhando fixamente para mim.

Eu estava usando um dos biquínis da Kimmie.

Mais tarde

QUERIDO CONFIDENTE:
 Realmente, não sei o que a Kimmie sente por mim. Com certeza passa muito tempo comigo. Eu disse para ela que pensava que a nossa amizade era superficial, que não estava firmemente enraizada, e que não era satisfatória para mim porque nunca conversamos.
 — O que você quer dizer com nunca conversamos? Nós conversamos o tempo todo!
 — Nunca conversamos sobre algo *profundo*, sabe?
 — Não, não sei. Do que você está falando?
 Eu disse para ela que me sentia presa, sem espaço para crescer. A Kimmie se zangou e ficou magoada e disse que não sabia do que eu estava falando, que não queria mais falar disso.
 Não posso me expandir porque ela não deixa que a sua mente se expanda com a minha. Eu me sinto como se a estivesse arrastando como um peso morto. É inteligente, mas eu penso mais que ela. Sobre coisas diferentes, talvez. É uma boa companhia e tem uma mente prática, mas, simplesmente, não me compreende. Muitas pessoas não me compreendem. Sempre têm motivos para tudo e esperam que eu também tenha. Sou impulsiva. Nem sempre reflito muito sobre as coisas que faço ou digo. Deve parecer que sou insensível aos sentimentos dos outros... mas não sou. É que ninguém me entende, só isso.
 Acho, na verdade, que outro dia mesmo fiz algo incompreensível. Juntei todos os métodos de controle de natalidade que me deram na clínica e coloquei tudo na minha mochila. Percorri a California Street e joguei aquilo numa lixeira, longe da minha casa. Pensar em borracha na minha barriga, creme dentro de mim e hormônios sintéticos invadindo a minha corrente sanguínea me dava uma sensação de mal-estar.

SÁBADO, 10 de julho

ACHO QUE estou apaixonada pelo Monroe. Ele está numa palestra por dois dias e depois vai para Nova York por uma semana, então não vou vê-lo por mais de uma semana. Parece muito tempo. Ele partiu quando eu estava em Paradise. Quando acordei esta manhã e percebi que ele tinha partido, me senti tão triste... A saudade é grande demais para chamar o que sinto de um capricho passageiro. Eu me sinto protetora em relação a ele. Não quero que ninguém o machuque nem pense mal dele. Seus rins me preocupam e detesto quando tem que dirigir de volta para casa no meio da noite depois de ter bebido. Detesto quando tem que dirigir de volta para casa, e ponto.

Gostaria de poder vê-lo com mais frequência sem ter que ser tão sigilosa sobre isso. Não é justo que tenhamos que ocultar a nossa relação. Às vezes tenho vontade de contar tudo para a minha mãe e sofrer as consequências.

O que ela faria se soubesse?

Talvez se voltasse contra mim, me odiasse e nunca mais me deixasse ver o Monroe. Daí eu não teria mais ninguém. Ou, talvez, ela fizesse com que o prendessem, percebesse que preciso de atenção e me amasse como nunca antes havia feito.

Odeio tudo. Odeio clínicas, odeio a medicina, odeio o trabalho do Monroe. Gostaria que ele vivesse num veleiro. Gostaria de estar com ele. Gostaria que não falasse sempre da minha mãe. Gostaria que a minha mãe tivesse um trabalho.

A Andrea me contou que algumas pessoas dizem que essas palestras são como uma seita que faz lavagem cerebral nas pessoas e tenta intimidá-las por meio do controle sobre elas. Ela ouviu histórias de que eles dizem coisas para fazer as pessoas chorarem e que você não pode ir ao banheiro a não ser que eles permitam.

DOMINGO, 11 de julho

A KIMMIE DORMIU aqui a noite passada. Levamos uns dez discos velhos da mamãe até a *Rooks and Becords*, na Polk Street, e um cara chamado Scott, um vendedor gordinho que é sempre simpático com a gente, nos ajudou a trocá-los pelos melhores do David Bowie que ele tinha. Realmente queríamos os discos porque nós duas adoramos aquela música *Changes*.

— Vocês conhecem *Brick House*, aquela música do Commodores? Sabem do que ela fala? Fala de uma garota muito bem-apanhada, uma potranca. É sobre isso. E vocês duas também são umas potrancas — o Scott disse.

Estava tentando nos paquerar, mas ficamos indignadas. Sinto muito, mas soa meio ofensivo chamar alguém assim.

Voltamos para a minha casa e escutamos *Changes* umas cem vezes e agora nós definitivamente amamos o Bowie ainda mais. Ficamos olhando as fotos no disco tentando imaginar se era bonito ou não, mas todas as fotos eram pequenas demais ou ele estava muito maquiado para ter certeza absoluta. Há uma foto na capa do álbum *David Live* em que ele está usando um terno azul e a Kimmie disse um pouco antes da nossa parte preferida da música, na primeira vez que diz "ch-ch-ch...":

— Olha pra mim! — E se pôs a lamber a virilha da imagem. — Experimenta. É como chupar o pau dele, por cima da calça. Experimenta. Parece mesmo que tem algo ali!

Experimentei, e é verdade: se você fechar os olhos e lamber o lugar exato, vai notar aquele minúsculo pauzinho, de um centímetro, duro como uma pedra. Há!

Acho que a Kimmie é legal... nós nos divertimos às vezes.

SEGUNDA-FEIRA, 12 de julho

HOJE RECEBI um cartão-postal da Aline Kominsky. Ela disse que nunca tinha recebido uma carta de uma garota, só de rapazes melosos que a acham bonita. Agora, me sinto até mais inspirada para desenhar.

Hoje recebi um cartão-postal da Aline Kominsky.

TERÇA-FEIRA, 13 de julho

O AMIGO DA mamãe, Martin Chong, me levou para jantar no La Pantera e depois para jogar hóquei de ar em um local de diversões eletrônicas na Broadway, em North Beach. Ele ficou sabendo que eu estava interessada em ser cartunista e queria conversar. Disse que adorava histórias em quadrinhos quando era menor e que tentou desenhar, mas não era muito bom nisso. Agora é advogado, mas ainda conserva uma coleção de quadrinhos do Super-Homem e do Pato Donald.

Mostrei para ele o cartão-postal que a Aline me enviou e ele ficou muito impressionado e animado.

Estava interessado no meu trabalho artístico, disse que achava que eu era muito talentosa e queria que eu o desenhasse a lápis e tinta algum dia, talvez amanhã. Fomos até a City Lights, na Columbus, porque ele queria um livro que só podia conseguir ali. Ele me comprou duas histórias em quadrinhos: *Arcade 2* e *4*.

Eu tinha certeza de que a sua motivação era dar em cima de mim. Mas ele não fez isso. Talvez estivesse tentando ser paternal ou fraternal. Talvez estivesse apenas tentando se aproximar mais da minha mãe através de mim. Sei que tem uma queda por ela.

Foi ele que escreveu:

Teria sido melhor
Dormir e sonhar
Que olhar a noite passar
E a lua lentamente afundar.

QUARTA-FEIRA, 14 de julho

ONTEM À NOITE, o Monroe me telefonou às vinte para as três. Estava em New Jersey. Ele ligou para me contar como tinha sido detido por dirigir bêbado, estar descalço e sem carteira no carro. O policial foi muito legal com ele e o deixou dar umas voltas na viatura, perseguindo criminosos, até ficar sóbrio. O Monroe disse que eu era a única pessoa que iria apreciar uma história assim.

Depois me deixou falar com uma garota chamada Rhonda e ela me contou a história toda como realmente foi — e não foi muito diferente —, mas descobri que os sapatos dele ficaram o tempo todo no umbral da porta da frente, mas ninguém podia imaginar onde o Monroe estava. A Rhonda foi muito legal. Disse que o Monroe devia me adorar porque estava sempre falando de mim. Quando ouvi isso, o meu coração quase parou e não consegui respirar por um momento. Não contei para ela que eu tinha quinze anos. Eu me pergunto se ela pensou que eu era a minha mãe.

O Monroe às vezes me liga no meio da noite quando está bêbado. Eu puxo o telefone até o meu quarto à noite para o caso de ele ligar. Se não faço isso, a minha mãe atende e ele fala com ela. Eu gosto disso porque de noite, bêbado, é quando ele se abre e me conta o quanto gosta de mim. Ontem à noite mesmo me falou que

Às vezes fico olhando para ele enquanto dorme e sinto tanto amor.

sentia saudade de mim e me perguntou quando iríamos estar juntos de novo — imediatamente? Vou me encontrar com ele assim que o Monroe voltar.

Sinto muita saudade dele e mal posso esperar que volte. Eu amo o Monroe. Às vezes fico olhando para ele enquanto dorme e sinto tanto amor que o meu coração parece que vai explodir. Gostaria que, no minuto em que Monroe saísse do avião, eu pudesse correr até ele e abraçá-lo forte. Mas não posso, saco, porque a minha mãe vai estar lá. Não é justo que tenhamos que esconder a nossa afeição. Você acha justo? Ou você acha que o Monroe é só um velho pervertido que está se aproveitando de mim? E, ainda que não esteja se aproveitando de mim, você acha que é um pecado horrível mesmo assim? Gostaria que o Monroe tivesse um diário, porque daí você poderia ler os dois lados da situação e me contar a verdade.

∞

Só porque ele não parava de me perguntar, enfim, falei para o Monroe que a Kimmie e eu transamos com o Marcus, embora não seja verdade.

— Nossa, você gosta mesmo de transar, né? — ele disse, com uma voz pastosa. — E essa Kimmie? Ela gosta mesmo de transar também, não gosta? O que eu vou fazer com vocês, garotas?

SEXTA-FEIRA, 16 de julho

EU ME DEDIQUEI a maior parte da semana a desenhar uma história em quadrinhos.

À tardinha estava entediada daí liguei para a Cosmo. Não havia ninguém, só uns dois caras falando sobre um jogo de beisebol. Eu não disse nada. Só escutava a conversa enquanto desenhava. Depois, alguém mais ligou e reconheci a sua voz como a de Robert, o supervisor. Eu só disse "oi" e ele reconheceu a minha voz imediatamente. Pediu que eu ligasse para o telefone da sua casa. Fiz isso.

Ele dirige toda essa bagunça do porão da sua casa, que fica perto do Cow Palace, onde vive com seus pais, mas diz que vai se mudar assim que puder encontrar um bom lugar para morar sozinho. Tem vinte e quatro anos e acaba de receber um diploma em engenharia ou eletrônica da City College. Robert diz que a Cosmo é uma pequena caixa-preta. Robert grava as conversas em fitas. É um hobby, e ele se sente como uma aranha esperando que as moscas caiam... ele escuta tudo... há todo tipo de gente: a maioria jovens, mas de alguns não se pode saber a idade, alguns

Doces de que eu gosto.

fingem ser outra pessoa, outros são loucos e outros só estão tentando pegar garotas... está tudo lá, diz, e é fascinante. Disse que talvez me deixasse ouvir algumas fitas, caso eu fosse curiosa. Disse que eu era uma das garotas mais interessantes que ligam para a Cosmo, e que reconhece a minha voz mesmo quando eu a disfarço. Também conhece a Kimmie, mas está mais interessado em mim.

Detesto Coca-Cola. Gosto de refrigerante de uva, de laranja e de baunilha.
Adoro doces.
Meus doces favoritos são Junior Mints, Bit-o-Honey, Abba Zabba e Good & Plenty.

SÁBADO, 17 de julho

QUERIDA MINNIE,

Lembra? Hoje você foi com a sua mãe ao aeroporto para pegar o Monroe Rutherford, o vistoso loiro de trinta e cinco anos com quem você transa e que por acaso é um dos amantes da sua mãe. Lembra? Ele tinha acabado de chegar depois de passar uma semana na Costa Leste e, quando a sua mãe lhe explicou que ia almoçar com Martin Chong, ele sugeriu que você e ele fossem à Alameda Marina dar uma olhada nos veleiros. Então você foi e decidiu que o azul-marinho faz com que mesmo os barcos mais vagabundos pareçam dignos. Então vocês dois foram ao McDonald's. E então e então e então vocês foram para o apartamento dele, transaram, dormiram por uma hora, acordaram. Ele te levou para casa e foi jantar fora com a sua mãe. E agora você deveria estar limpando o seu quarto, mas, em vez disso, está escrevendo à máquina este documento sobre os acontecimentos do dia. Lembra?

Sim, lembro.

Ainda que já não esteja muito vívido na minha mente.

Às vezes eu gostaria de nunca ter me envolvido com o Monroe. Nunca posso vê-lo com frequência nem quando sinto que preciso dele. E toda a situação é tão dissimulada que às vezes me dá nojo. E eu me sinto tão infantil, tão intelectual, física e emocionalmente inferior às suas estúpidas amigas, embora elas sejam um bando de chatas…

Eu gostaria de ter alguém. Gostaria de ser capaz de olhar para um homem e pensar: "Ele é meu e ninguém mais pode tocá-lo e ele não pode tocar ninguém mais além de mim."

SEGUNDA-FEIRA, 19 de julho

ONTEM, O MONROE nos levou, a mim e a Kimmie Minter, minha melhor amiga, a Bolinas com ele. A Kimmie continuava meio fria comigo por causa do que eu disse sobre a nossa amizade. Estava chateada e me chamou de metida. Expliquei que eu não devia estar num bom dia quando disse aquilo.

Brincamos na praia por um tempo. Éramos os únicos ali. O céu estava cinza, tendendo para o azul e com um tom rosado. A água, escura. Lisa e sem ondas. Havia energia no ar como antes de uma tempestade.

Sentamos na areia, apoiados numa duna. Bebemos algumas cervejas e depois decidimos ir para o apartamento do Monroe. A Kimmie e eu nos beijamos no carro, nos tocamos nas tetas. Tomamos um banho na casa dele. Ah, como eu posso explicar tudo isso?… me deixa mal, é tão pornográfico. Para a Kimmie, era apenas outro encontro casual. Ela sempre está ou obcecada por um cara ou não liga a mínima e é apenas outra transa. Não quero que as pessoas pensem assim do Monroe. Não gosto

"Ah, ha, ha, ha, olha! Serve no meu dedão!"

que as outras pessoas não liguem para ele, porque eu o amo. Mas a Kimmie simplesmente computou aquilo como "novas experiências", e ponto. Não há nada de verdadeiramente apaixonado nela. A natureza sexual de Kimmie Minter é um viscoso muco vaginal que sempre acolhe bem a ideia de acasalar. Ela estava molhada embora sempre diga que não gosta do Monroe e que o pau do Marcus é muito maior, e que é uma pena que eu não o tenha visto.

    Ele transou com as duas e gozou dentro das duas. Saltamos e cantamos os Beach Boys enquanto esperávamos que ele descansasse para que pudesse ficar duro de novo. Nós duas o chupamos, ele nos chupou e nós duas nos chupamos. Gememos e ofegamos. Derramamos cerveja por todo o lado e a Kimmie vomitou na cama enquanto o Monroe e eu tomávamos um último banho juntos.

    A Kimmie é a personificação de tudo o que eu não gosto em mim mesma. Por isso, consigo compreendê-la. Ela paquera apenas por causa dos aspectos físicos do sexo. Age como uma burra na frente dos homens e está constantemente implorando atenção. Está sempre tentando ser engraçadinha. Experimentou o anel de formatura do Monroe no dedão do pé, já que ele não servia em nenhum outro dedo. "Ah, ha, ha, ha, olha! Serve no meu dedão!", riu. Está sempre fazendo gracinhas como essa. O Monroe não gostou nem um pouco disso e mandou que ela tirasse o anel da porra do pé e o devolvesse para ele.

Ela tenta, é verdade que ela tenta. Quer parecer inocente. É assim que encanta os idiotas e a longa fila de italianos, chicanos, velhos e negros que soma à sua lista. Mas o Monroe conhece essa encenação. Infelizmente, ele também é agora só outro número na sua lista, e eu também — eu, a primeira garota dela.

É melhor parar de escrever. A Kimmie está saindo do banho.

QUARTA-FEIRA, 21 de julho

A MINHA AMIGA Elizabeth, da Castilleja, veio fazer uma visita por alguns dias.

O Monroe vai nos levar à Boardinghouse para ouvirmos country rock com a Gretel e uma mulher chamada Karyn. Ela é a secretária de um executivo numa grande companhia.

O Monroe saía com a Karyn antes de se envolver com a minha mãe. Ele disse que ela ligou do nada na semana passada, em nome dos velhos tempos. Disse que ela

sempre exigia mais do que ele estava disposto a dar. Disse que é certinha demais e interiorana demais para o seu gosto.

Acho que o Monroe está nos levando a tiracolo porque não quer ficar sozinho com ela.

QUINTA-FEIRA, 22 de julho

A KARYN PARECIA surpresa de que o Monroe tivesse nos convidado para sair com eles. Ela era realmente alta e magra e toda empetecada com joias e muito perfume. Era bonita, mas sem nenhum sal. Parecia mesmo muito certinha. Posso entender por que aborrece o Monroe. Mas é óbvio que está apaixonada por ele.

Não parou de olhar para a gente durante todo o tempo em que estivemos na casa noturna porque o Monroe ficou pedindo jarras de cerveja e a Elizabeth e eu bebíamos como esponjas. A Gretel tomou alguns coquetéis sem álcool. A Elizabeth ficou muito bêbada e vomitou no carro no caminho de volta para casa. O vômito era alaranjado porque tínhamos comido Cheetos.

A Karyn estava furiosa, chocada e enojada. Desceu do carro na Lombard com a Van Ness e andou sozinha até a sua quitinete na Marina. A Gretel se pôs a chorar assim que a levamos para casa.

Daí fomos até a casa do Monroe para que a Elizabeth pudesse tirar o vômito do seu corpo e mamãe não o notasse. A Gretel ligou para ver por que estávamos demorando tanto e dissemos que a Elizabeth tinha desmaiado e que teríamos que passar a noite na casa do Monroe. Mas, claro, isso não era totalmente verdade. Poderíamos com facilidade ter ido para casa, mas o Monroe e eu também estávamos bêbados. Nós todos nos metemos na mesma cama e o Monroe e eu fizemos amor a noite toda com a Elizabeth deitada ao nosso lado fazendo comentários de bêbada como qual é a sensação? Ela queria ver o cacete do Monroe. É virgem e o Monroe ficou perguntando: eu não deveria transar com ela também? Provavelmente, ele acha que, como transou com a Kimmie, pode transar com todas as minhas amigas. Fiz com que a deixasse em paz. Pegamos no sono quando amanhecia.

SEXTA-FEIRA, 23 de julho

A ELIZABETH FOI embora para casa esta tarde. Almoçou com o Pascal e então ele a levou ao aeroporto porque é amigo dos pais dela: por isso eu fui para a Castilleja. Eles disseram que era uma escola excelente. A Elizabeth mora em Pacific Palisades, perto de Los Angeles, acho.

É meio irritante, no entanto, o modo como o Pascal parece me comparar com a Elizabeth. Não faz isso diretamente, mas está sempre dizendo que ela é uma estudante brilhante etc. etc., e é evidente que eu não sou.

Contei para a Kimmie que a Elizabeth e eu saímos com o Monroe etc. etc. e ela riu muito e disse que eu deveria ter deixado o Monroe transar com ela!

— Ela é muito moralista, muito tímida! Ela precisa disso!

SÁBADO, 24 de julho

A MAMÃE ME levou ao The Palm, um clube na Polk Street, porque a banda do Robert Crumb, *The Cheap Suit Serenaders*, estava tocando ali. Foi algo muito impulsivo. Claro que eu me sentia feliz, mas assustada de conhecê-lo. Esperava que a Aline também estivesse lá, mas não estava. A minha mãe gosta muito do tipo de música que eles tocam. Não sei como chamá-la: é tipo música antiga de banjo metálico. A mamãe pediu uns cinco gins-tônicas e eu devo ter bebido o equivalente a dois, porque ela me deixou tomar quantos goles eu queria.

Durante o intervalo, a mamãe subiu no palco e disse para Crumb:
— A minha filha recebeu uma carta da sua namorada!

Ele imediatamente soube quem eu era e inclusive se lembrava do meu nome! Eu queria dizer algo para ele, bom, nada concreto, apenas *algo*, mas foi muito difícil porque eu me senti muito tímida perto dele. Crumb deve ter pensado que eu era apenas uma fã boboca.

A mamãe estava muito "ligada" e fez amizade com alguns caras da banda. Um deles trabalha no setor de seguro-desemprego então ela vai procurá-lo na próxima vez que precisar pegar seu cheque, e ela deu o telefone para outro porque ele disse que podia lhe ensinar a tocar bandolim. Ele é cartunista também. Vi o trabalho dele na *Arcade*. Gostei. Ele faz *Mickey Rat*.

O Monroe não ficou impressionado por termos conhecido o R. Crumb. Disse: "Eu gostava dessa droga, dessas histórias em quadrinhos, quando estava na universidade. Não posso acreditar que o Crumb ainda está em atividade. Ele continua fazendo essas histórias em quadrinhos? Alguém ainda lê essas coisas? Ele deve estar bem velho, né?"

DOMINGO, 25 de julho

O CHUCK LIGOU. Os pais dele o expulsaram de casa e agora ele está vivendo com o irmão de vinte e cinco anos em Pacifica. A mulher do irmão dele está muito nervosa com o Chuck. Na verdade, ele não gosta de morar ali.

Ele vai se emancipar e fazer uma série de provas para conseguir o diploma do colegial, assim poderá trabalhar e não ir à escola. Definitivamente, não quer voltar para a Urban. Ele parecia bem chapado. Onde fica Pacifica?

O Chuck estava muito animado. Tem ganhado um monte de dinheiro porque conseguiu dois frascos de ácido, o que dá cerca de um milhão de doses. Ele prepara folhas de papel mata-borrão. Disse que talvez apareça um dia e eu poderia ajudá-lo a cortar as doses.

TERÇA-FEIRA, 27 de julho

ONTEM À NOITE sonhei que a minha mãe estava me procurando. O rosto dela era vermelho e cheio de ansiedade e ela puxava pela mão um homem alto com terno cinza. Eles me encontraram num longo corredor e disseram que sabiam do Monroe. A minha mãe disse que sabia de tudo fazia tempo, mas que não tinha mencionado nada porque não queria constranger ninguém. Disse que não estava brava. Estava apenas preocupada, então trouxera o simpático psiquiatra. Ele me fez o tipo de perguntas que adoro responder, perguntas interessantes sobre meu mais profundo ser, enquanto a minha mãe ouvia as minhas respostas. Ele me perguntou se eu andava triste e se tinha amado o Monroe ou ainda o amava. Perguntou o que eu achava que deveria ser feito. Soava como se realmente se preocupasse comigo e a minha mãe parecia depositar nele toda a sua esperança e confiança.

Acho que sonhei isso porque ontem à noite fiquei falando com o Monroe perto da porta do quarto da minha mãe logo depois que ela havia ido dormir. O Monroe falava normalmente, mas eu sussurrava, e me incomodou que ele não baixasse a voz.

SEXTA-FEIRA, 30 de julho

FIQUEI TERRIVELMENTE chateada ontem à noite. Eu tinha limpado a cozinha cuidadosamente e a minha mãe tinha prometido que eu poderia ir com o Monroe e com ela ver um barco que o Monroe estava pensando em comprar. Mas o Monroe disse que não, eu não poderia ir. A minha mãe não costuma querer ir, então eu vou. Eles devem ter ido transar. Não tem muita importância. Enfim, entrei no meu quarto e chorei como uma desesperada por pouco tempo, daí ergui a cabeça, enxuguei as lágrimas e meti às escondidas uma cerveja na bolsa (eu já estava meio alta por causa das duas taças de vinho que tinha tomado no jantar).

Disse para todo mundo que ia visitar a Tisha Shelley, uma garota que eu conhecia da Castilleja. Em vez disso, peguei um ônibus até Chinatown. Ia descer na Polk Street, mas algo me deteve. Foi sorte eu ter descido onde desci, na Grant Street, porque conheci um homem, George Dunn, um velho de uns setenta anos, que tinha sido jardineiro no Golden Gate Park. Caminhamos por Chinatown juntos, paramos no café que ele frequenta (esses que têm produtos americanos e chineses), comemos uma torta e conversamos por um longo tempo...

Ele me transmitiu a sua filosofia de vida e me fez mais consciente das minhas possibilidades como ser humano. Ele me fez perceber que uma pessoa constrói a si mesma e que você pode aceitar ou rejeitar qualquer influência sobre a sua personalidade. Ele me ensinou que eu tinha que crescer e descobrir as minhas aspirações, percebendo que nunca alcançarei a perfeição na terra, mas que deveria tentar ser humilde, amorosa, compreensiva, maravilhosamente doce e agir com boa vontade, porque eu tinha potencial para ser boa, feliz e amável, já que sou uma pessoa sensível.

Ele disse que as mulheres são a criação mais perfeita de Deus porque têm mais coração que mente, são menos frias e mais compreensivas e porque têm intuição, que é um tipo de conhecimento divino. Ele me contou que é um pecado viver uma vida inútil e vazia, que eu deveria fazer o possível com o que tenho e não ser pretensiosa e que eu deveria manter uma mente pura, alegre e inocente. Disse que a meta principal do casamento deveria ser gerar crianças e que se alguém não planeja ter filhos, não deveria se casar, a menos que se trate de velhos e seja mais por companhia.

— A pureza e a inocência brilham em você — ele disse. — Conserve o seu olhar de anjo.

Eu fiquei vermelha e desviei o olhar.

— Todo o mundo tem maus pensamentos, é algo humano. Há muito poucas mulheres más — prosseguiu o sr. Dunn —, no entanto, há muitos homens maus, assim como equivocados. Mas há pouquíssimas mulheres más.

O sr. Dunn também disse que deveríamos lembrar que há sempre alguém que nos ama e se preocupa conosco assim como somos, e que nos aceitará, sem

"Todo o mundo tem maus pensamentos."

reservas... esse alguém é Deus. Não podemos esperar ter uma relação tão perfeita com um ser humano. Seria pedir demais. Os seres humanos são naturalmente egoístas e não podem sacrificar por completo seu orgulho e seu ego e dar todo seu coração e sua alma a outro ser humano.

∞

Dói muito admitir isso, mas acho que descobri o modo como o Monroe me vê. Ele me vê muito mais como minha irmã caçula, Gretel, como a filha de sua amiga, como uma criança, não como um igual. Mas, também, gosta de ir para a cama comigo e as duas coisas não têm relação. Para mim, no entanto, é diferente. Os dois aspectos do nosso relacionamento se misturam na minha mente. Para mim é duro lembrar que ele não sente o mesmo que eu. Eu deveria tentar ver as coisas como elas são. Mas, com frequência, me deixo cegar pelas minhas tentativas de ver as coisas como acho que estão a ponto de ser ou como eu gostaria que fossem.

O Monroe é um amigo. Mas eu necessito de alguém para amar.

Ele me disse que não dormiu com a minha mãe ontem. Mas, quem sabe?

A minha mãe está tão feliz. Ela finalmente recebeu uma proposta de emprego. Vai começar no mês que vem. Disse que me levaria à praia no final de semana que eu quisesse. Está sendo tão boa.

A minha única preocupação é que se eu realmente me aproximar da minha mãe e a gente falar sobre sexo e tudo o mais, eu vou querer lhe contar do Monroe. Senão, vou me sentir falsa, incompleta e um pouco culpada, especialmente se ela acha que sabe tudo. Mas há algumas coisas que *não posso* contar. Coisas que realmente a machucariam. Ela começaria a pensar na minha relação com o Monroe, a relacionar isso consigo mesma, e ficaria muito, muito magoada. Não quero magoá-la. E também tenho que pensar no Monroe. Ele também não quer magoá-la. É uma pena, porque eu gostaria de poder falar com alguém como minha mãe, não com uma fofoqueira como a Kimmie, mas com alguém que se preocupasse comigo como uma mãe deve se preocupar. Isso é exatamente o que necessito. É triste e um pouco injusto.

Querido Deus, que está no céu,
Eu gostaria de ser mais velha do que sou.
O Monroe conhece tantas pessoas e esteve em tantos lugares. Eu nunca me afastei de casa, não sei nada de nada e não entendo nada de qualquer modo.
Estou tão chateada. É como se houvesse pequenos pesos pendurados no meu coração que balançam e fazem força cada vez que me movo, cada vez que sopra o vento.
Todas as fotografias que tenho dele são do tempo em que ele e a minha mãe estavam apaixonados e viviam juntos. Nenhum dos sorrisos dele tem algo a ver comigo. Não há fotos minhas com ele. Como ia haver?
Por que ele é tão velho? Por que eu sou tão jovem? Boa parte do tempo ele espera que eu compreenda tudo, então não se preocupa em ser sensível. Sinto como se estivesse presa numa grande onda e não soubesse o que está acontecendo. Na verdade, aposto que você acha meio engraçado. Aposto que você tem rido sem parar.
Bom, eu gostaria que ele tivesse dezessete anos... não, não gostaria. Se ele tivesse dezessete anos, eu não iria gostar dele. Eu o quero do jeito que ele é. Quero tudo do jeito que é. Se não funcionar, o que se há de fazer? Provavelmente, vou conviver com ele pelo resto da minha vida, a não ser que ele morra.
Daqui a vinte anos, vou convidá-lo para tomar chá e recebê-lo como um convidado. Ele poderá brincar com os meus filhos, falar com o meu marido e me lançar olhares dissimulados e divertidos do outro lado da mesa enquanto sentamos para comer nosso almoço de verão no ensolarado e tranquilo quintal com chorões e glicínias pairando sobre a varanda. Haverá uma leve brisa e o tilintar de sinos de ventos e uma lágrima vai surgir no meu olho quando ele

Daqui a vinte anos, vou convidá-lo para tomar chá e recebê-lo como um convidado.

sorrir para mim com ternura porque saberei que está pensando em como eu costumava ser. Vou ter que pedir licença porque vou me pôr a chorar e o meu marido não irá entender nada, mas direi a todos que está tudo bem, que vou descer em um minuto.

∞

Queridos garotos do mundo,

Havia um de vocês de pé nas sombras, apoiado num Chevy numa viela de Chinatown ontem à noite. Tinha as mãos nos bolsos, a cabeça inclinada e não parava de me olhar. Pode acreditar, eu teria ido com você se não estivesse com o sr. Dunn. Gostaria de ter você aqui agora. Gostaria de ter um garoto só para mim. Você estava usando calça larga azul-clara. Tinha cabelo castanho e ondulado, grosso e um tanto quanto comprido. Vestia uma camisa branca sem botões nem zíper, só uma fenda para mostrar o seu peito e torná-la mais fácil de tirar.

Esse homem, o sr. Dunn, disse que me notou no ônibus porque eu estava olhando para todos os lados, parecia muito curiosa sobre a vida, e também porque não parava de trocar de lugar. Sempre faço isso, só para ter diferentes pontos de vista. Detesto sentar num lugar por muito tempo. A garota chinesa que estava atrás de mim quando entrei ficou estourando bolas de chiclete, então eu também comecei a mascar chiclete para abafar os ruídos que ela estava fazendo, e o sr. Dunn disse que com certeza eu estava mascando muito chiclete e parecia ter muita energia e vitalidade.

Deus, hoje eu tenho que conhecer algum garoto selvagem. Alguém que satisfaça este ardor... gostaria que todos estivessem tão excitados quanto eu... adoro caras bonitos, muito. Querido Deus, obrigada pelos garotinhos que se convertem em homens GRANDES. Adoro o corpo masculino, adoro o rosto masculino... uma obra-prima, a criação mais genial de Deus... quero alguém rude e duro, com vitalidade e energia, alguém com quem sair e me divertir, para transar a qualquer hora que eu quiser. Em outras palavras, alguém que goste mesmo de transar o tempo todo. Provavelmente, teria que ser alguém jovem. O Monroe só pode fazer uma ou duas vezes e já fica acabado por umas duas horas. Isso não é terrível? Não me sinto satisfeita e as deficiências dele não são de nenhuma ajuda.

Quero alguém que agite a minha vida, alguém que ria muito e tenha um apartamento, que transe bem e forte, que adore dançar, ficar bêbado, transar, e com quem eu possa ser eu mesma. Também tem que ser inteligente e gostar de ir a museus.

FÉRIAS DE VERÃO

Ah, Deus, sabe, você pode sentir quando gozam dentro.

Sei que o Monroe ia sentir a minha falta se eu não estivesse por perto. Sei que pensaria em mim então porque não conhece ninguém como eu. Eu penso nele o tempo todo.

E aquele hálito quente... que sonho.

E quando eles estão duros como pedras, te apunhalando, e você só pode gritar, quase sem ar, é tão 78vghjftgj46z356uzsfyubyuib78cx5742q2xr8v680b7 90[79[v689pc568ozx3463455yw46uc46759v689pvyuiuilv679

Adoro música. A música me deixa tão feliz que eu poderia morrer.

DOMINGO, 1º de agosto

Monroezinho,

O problema comigo é que acho difícil separar o nosso casinho sexual da nossa relação como amigos. Quer dizer, você parece pensar em duas entidades separadas... como duas relações diferentes com duas pessoas diferentes. Você sempre me trata da mesma maneira que trata a Gretel, e parece não perceber que a única coisa que eu posso naturalmente sentir por você é muito diferente do que o que a Gretel sente por você... os meus sentimentos são os que se esperaria de alguém que tem muita intimidade com você.

E estou muito confusa porque você sempre me disse que tinha medo de que eu ficasse sexualmente insensível se continuasse transando com todos aqueles garotos com quem eu realmente não me preocupo, como o Ricky e o Fred ou gente que nem mesmo conheço, como os caras na festa ou no parque ou aquele negro... Bom, até onde eu sei, você está fazendo o mesmo com a Patsy, com a Karyn, com a minha mãe e com aquela sua aeromoça cheia de fogo. Você está sempre se contradizendo e isso fica meio confuso depois de um tempo. Ah, a Kimmie também está naquela lista com a aeromoça.

Você está sempre tão ocupado com os seus suplementos nutricionais para atletas que nunca te vejo. E não me venha com o argumento de que me ligou no sábado ou no domingo, porque você disse que iria ligar à noite e não ligou. O que você espera que eu faça? Passe toda a minha noite esperando por uma mísera ligaçãozinha sua porque daí você pode me pedir que te escreva à máquina mais etiquetas? Ou porque daí você pode nos convidar, a mim e a Gretel, para ir ao cinema quando você sabe que não suporto estar com você e a Gretel ao mesmo tempo? Parece que está tentando me dizer que sente o mesmo por nós duas e que as nossas relações íntimas nunca significaram nada para você. Quando você está perto da Gretel ou da minha mãe, me trata como uma boboca. Você se aproveita da oportunidade para me tratar como uma criança estúpida porque sabe que eu não posso dizer nada sobre isso.

Claro, em princípio, talvez, você não goste de mim tanto assim. Não ache que não levei isso em consideração. Provavelmente, você está muito incomodado com a minha insistência. Bom, pouco me importa se você não gosta de mim. Não é minha culpa que você tenha se envolvido comigo e não vou pedir desculpas por isso.

Faria sentido supor que está me tratando dessa maneira medíocre porque tem medo de que, se você parar de me ver, eu vá direto às autoridades, te metam na cadeia e todo o mundo fique sabendo. Não estou dizendo que faria isso, mas você deve pensar que eu seria capaz. O que mostra que você não me conhece nada, se acha que eu sou tão baixa assim.

Talvez você esteja entediado com a nossa relação (se é que se pode chamar assim). Bom, não posso afirmar que ela esteja avançando. Às vezes me deprime pensar que você não liga a mínima para mim e que está transando comigo porque estou por perto e só tenho quinze anos.

Talvez a situação seja tanto culpa minha quanto sua. Às vezes acho que sou autodestrutiva. Monroe, só estou tentando fazer você ver que para mim isso significa algo. Na verdade, às vezes, não posso parar de chorar por você. Por outro lado, estou furiosa com você. Acho que eu deveria perceber que as minhas reações são provocadas por mudanças dentro de mim mesma e não por nada que você faz ou deixa de fazer... então, não se sinta como se tivesse feito algo terrivelmente errado — só estou tentando descobrir como na verdade são as coisas porque na verdade não entendo nada. Talvez seja mais simples do que imagino, mas, por outro lado, acho que você simplifica demais as coisas.

Acho melhor destruir esta carta imediatamente. Que triste. Custou tanto escrevê-la. O meu tempo vale um dólar e cinquenta a hora.

Beijos, Minnie Goetze.

SEGUNDA-FEIRA, 2 de agosto

UM CORPO PODE te deprimir. Você se pergunta: está gordo? É feio? Como parece visto por trás?

Estou sentada aqui, nua. Tenho uma toalha enrolada na cabeça e creme Nivea na cara. Acho que a minha aparência é melhor sem roupa. A roupa fragmenta o corpo, fazendo com que pareça estranho às vezes. Algumas pessoas têm bom corpo para

Tenho uma toalha enrolada na cabeça e creme Nivea na cara.

roupas. Outras, provavelmente, foram feitas para percorrer o campo nuas, vivendo como nômades. Eu, pessoalmente, acho que sou uma dessas. Seria mais feliz sem o fardo de me preocupar com o que fica bem em mim... o fardo de ir comprar roupas... o fardo de pensar se o tipo de roupa que você usa te faz parecer certo tipo de pessoa... se todos esses fardos fossem eliminados, posso supor que eu seria mais feliz.

∞

O Monroe nunca age como se quisesse fazer algo outra vez, se é que você me entende. Como se isso fosse distraí-lo demais. Nem mesmo me beija quando vai embora, ainda que a pessoa mais próxima esteja a quilômetros de distância. E ele está tão irritadiço. Acho que está envolvido demais com os seus suplementos nutricionais e isso vai ficar cada vez mais complicado, com novos produtos relacionados, novos sabores, anúncios em revistas e rádios e esportistas famosos como representantes, assim que as vendas subirem.

O tempo todo ele só fala com a minha mãe e age como um maldito "adulto". Nada mais que eu digo é engraçado ou interessante.

Eu disse para ele que não podia suportar isso. Disse que odiava a minha mãe e a Gretel e que o odiava também, que ia fugir com a Kimmie, me mudar para a Filadélfia e que não queria vê-lo nunca mais.

— Ainda bem — o Monroe respondeu. — Na verdade, é melhor assim. Estive pensando nisso, na sua mãe, em tudo... ela está começando a suspeitar! Você torna as coisas tão óbvias, impossíveis! Eu sou uma pessoa de carne e osso, você queira ou não, e tenho sentimentos. É duro para mim não me envolver sentimentalmente com alguém tão próximo. Vejo aonde isso pode nos levar... a nos apaixonarmos ou algo assim.

Ele disse essa última parte com certa repugnância, como se estar apaixonado por mim fosse algo desagradável, um inconveniente, no mínimo. Disse que a minha mãe tinha lhe perguntado se estava apaixonado por mim. Ele negou.

— O que eu deveria dizer para ela? Que só estou meio apaixonado por você?

Daí ela lhe perguntou se havia algo físico entre nós.

— Claro que não! — ele insistiu. — Você está louca?

E a minha mãe parece zangada comigo o tempo todo de novo. Ela bebe mais quando está brava. Tem sempre o rosto vermelho; está sempre confusa agora e, quando eu lhe digo isso, fica furiosa e diz: "Se você e a Gretel apenas parassem de brigar, droga!" Então acho que somos nós que a fazemos beber. A única coisa que ela faz é se queixar da gente.

QUARTA-FEIRA, 4 de agosto

EU ODEIO o Monroe.

É um bundão. Ficou civilizado. Não resta nada da essência selvagem na sua virilha, no seu peito, nem em nenhuma outra zona erógena. Parece realmente gay e meio acabado.

"Você já nem parece um homem para mim. Parece uma caixa vazia de suplementos nutricionais para atletas com um nome e um endereço colados nela."

É a verdade. Ele só se dedica ao seu trabalho e tem a cabeça cheia de contas e instruções. Os seus olhos estão apagados e nunca olha ninguém diretamente na cara. Está sempre analisando alguns papéis. Vai para a cama com aeromoças bonitas e acha que está levando uma vida plena e satisfatória. Talvez esteja mesmo. Mas não parece que as coisas vão sair como ele sempre me diz que espera que saiam. Quer uma fazenda no norte do estado de Nova York onde ele não teria que morar... teria outras pessoas trabalhando para ele. Só quer se convencer de que ainda está, de alguma maneira, ligado à terra. Mas vai continuar trabalhando... sei que vai se sair como qualquer outro empresário... como os da Kaiser, que ele sempre condena.

Ele acaba de ligar neste instante.

Ring.
— Alô?
— *Oi.*
— Ah, oi.
— *Parece que eu perdi algumas anotações importantes... você viu isso por aí?*
— Espera um pouco... tem uns pequenos xx... em duas folhas xerocadas e duas escritas à mão grampeadas, né?
— *Ah, meu Deus, obrigado, são anotações muito importantes de uma entrevista que eu fiz... Vou te nomear assistente especial do presidente, cinquenta mil dólares ao ano.*
— Estou ansiosa por isso.
— *Vou te levar para jantar fora na sexta à noite.*
— E se você estiver ocupado demais?
— *Não, eu vou te levar. Vamos àquele restaurante* Rue de Polk. *É francês.*
— Bom, faz o favor de lembrar.
— *Vou, sim, e obrigado por encontrar os papéis. Você é foda.*
— Você deixou os papéis na cadeira. Vá se ferrar.
— *Sexta à noite.*
— Tá.
— *Bom, tchau!*
— Tchau.

QUINTA-FEIRA, 5 de agosto

EU CHEGARIA até a dizer que ele faz amor como um empresário. Nem sequer olha para mim. Eu estava sentada ao seu lado, acariciando o gato. Ele simplesmente pegou a minha mão e a colocou entre as suas pernas. Nem uma palavra. Estava com os olhos grudados na TV. Depois de um tempo, provavelmente durante um comercial, se lembrou de me dar um beijo. Daí voltou a olhar a TV assim que ouviu tiros.

Eu não curti. Transar com ele satisfez certa necessidade biológica, mas faltou algo, como de costume. Não foi o suficiente. Tive que chorar. Ele nunca entende por quê. Detesta que eu chore. Choro porque choro. Não há nada mais a fazer. É melhor que voltar a sentar na posição em que estávamos e terminar o faroeste.

... voltou a olhar a TV assim que ouviu tiros.

Ele diz que eu não deveria ser tão agressiva com relação ao sexo. Isso faz com que perca o interesse. Diz que eu deveria ficar mais na minha e ser menos fácil.

Fiz dois cachorros-quentes com ketchup, picles e mostarda. Não apreciei comê-los como imaginei que apreciaria. Tinham um gosto diferente daqueles que se comem no circo ou numa partida de beisebol.

Ultimamente, tenho trabalhado duro nos suplementos nutricionais para atletas. Duas a três horas por dia, o que é muito, pois só me pagam um dólar e cinquenta a hora. O meu trabalho é escrever à máquina os nomes e os endereços nas etiquetas e colocar os produtos nas caixas. Há um pedido acabado em cima da mesa agora, pronto para ser enviado rápido-pra-cacete ao sr. Johnny Bean, de Bowling Green, Kentucky. A maioria dos pedidos é de um ou dois frascos, e o pedido do sr. Bean não é exceção: ele quer um frasco de pastilhas de aminoácidos e um de supervitaminas mastigáveis. *Parabéns pela sua sábia aquisição, sr. Bean!*

O meu quarto está cheio até a tampa de caixas vazias que o Monroe guarda para os pedidos maiores. Roupas sujas estão jogadas em cima delas... etiquetas e outros papéis cobrem o chão. O meu quarto imundo é o depósito dele. Tem uma sensação estranha nos meus dentes. O gato circula por cima dessa merda toda e o meu quarto parece mesmo um chiqueiro. Mas eu não ligo. Sempre foi assim.

Somando todos os dias, não acho que o meu quarto tenha estado mais do que dois meses limpo em toda a minha vida. Não sou uma pessoa muito organizada.

Este cachorro-quente vai me fazer mal, mas continuo enfiando pedaços na boca mesmo assim.

Guardo o meu diário, um fichário preto para folhas soltas, debaixo do colchão. Não acho que seja um lugar muito seguro para escondê-lo. Também tenho um pequeno diário Hello Kitty que guardo na mochila, mas não o uso muito porque prefiro escrever à máquina. Tenho a sensação de que mais cedo ou mais tarde serão encontrados. Coisas assim não encontram refúgio numa casa decente. Na verdade, não faz muita diferença onde eu os esconda. O Monroe quer que eu queime qualquer traço de tudo o que escrevi sobre ele. "As mães sempre encontram essas coisas." E daí? Não me importa. Nunca vou destruí-lo. De que outra forma você pode se lembrar da sua vida? Mas ela, provavelmente, vai me repudiar quando descobrir tudo.

Eu me sinto bem mal depois de comer o cachorro-quente. Deu mesmo vontade de vomitar. Oooooooooooooo. Tomei um pouco de soda da marca do supermercado. Tomara que eu vomite.

Estou tão fria.

Acho que o Monroe deveria se apressar e casar se quer ter filhos... está ficando velho... trinta e cinco anos. Quando os seus filhos tiverem vinte, se ele continuar nesse ritmo, terá sessenta... Se eu estiver grávida, vou ter o bebê. Eu o chamaria de Henry. Ou Desdêmona, se for menina. O nome de menina de que o Monroe mais gosta é Nicole. Eu detesto esse nome.

Estou mal mal mal mal.

Querido Monroe,

Deixa eu te falar uma coisa... sei que você acha que estou gorda, mas eu não ligo porque sei que os negros do mundo todo, os peões de obra italianos, os chicanos, os velhos e também algumas lésbicas gostam de garotas gordas, embora você não.

Espero que você esteja apreciando ver todas essas mulheres bonitas e magras realizando proezas sobre-humanas na TV.

SEXTA-FEIRA, 6 de agosto

AS LUZES NO topo do Mutual Benefit Life Building acabam de acender. Está ficando mais claro nesta sala e mais escuro do lado de fora da janela. Todas as luzes ao longo da baía parecem piscar como faróis frenéticos.

Estou num escritório no quadragésimo quinto andar do Bank of America Building. O Monroe também está aqui. Vim com ele — tem que se encontrar com Jane Schultz. Ela está escrevendo à máquina para ele alguma bosta sobre os suplementos nutricionais. Monroe deve estar transando com ela também e ela deve pensar que eu sou apenas a irmãzinha inofensiva de alguém dando uma volta com ele.

Divisórias acarpetadas dividem a sala em escritórios. Os aquecedores são brancos e modernos, e as partes de cima formam peitoris. O carpete é amarelo-mostarda, sem nenhuma pegada para estragar a sua superfície felpuda — acabam de passar aspirador nele. Acho que o zelador esteve aqui um pouco antes de nós.

É muito sossegado… as luzes fluorescentes emitem um zumbido baixinho e a Jane escreve à máquina. Eu me sentiria muito estranha transando neste lugar. Seria assustador. Estamos alto demais. E há muitas máquinas de escrever aqui. Não parece um lugar onde os corpos humanos devam se mover sem proteção. No entanto, o desejo se encontra nos lugares mais estranhos. Posso me imaginar sendo estuprada aqui. Eu não ficaria assustada porque os estupros são pensados para lugares como este.

O Monroe está usando riscas de giz cinza sobre branco. Um terno, sabe? E uma camisa branca confortavelmente desabotoada na parte de cima, com um pouquinho do seu peito cabeludo aparecendo. Está sem gravata, com mocassins novos e brilhantes, em vez dos sapatos de camurça ou dos tênis. Acho que está tentando ter um aspecto profissional, mas é tão grande e desajeitado que parece um macaco com roupa sofisticada.

Eu não colocaria fotos dos meus filhos na minha mesa se trabalhasse aqui. Imagine suas caras sorridentes e alegres nesta atmosfera fria e com esse leve zumbido. É realmente horroroso. Inumano. Eu me pergunto que demônio plantou na cabeça de alguém a ideia de construir esse prédio monstruoso. Ah, é simplesmente terrível! Artificial. Sinto como se eu fosse feita de plástico.

Eu me pergunto se o Monroe está se perguntando sobre o que escrevo. Mais lixo, como sempre. Sempre me diz que não deixe as minhas anotações por aí. Alguém vai encontrá-las.

O Monroe me deixou em casa e daí voltou para pegar a Jane Schultz. Vai levá-la para jantar fora como recompensa pelos seus esforços. Claro que me senti como uma idiota que estava no meio do caminho atrapalhando. Ele não aprecia nada o meu trabalho.

Ele que siga com a sua vida estúpida e insossa. Tentei começar uma conversa no carro. Foi grosseiro como de costume.

— Monroe.
— O que é?
— Qual é a sua cor preferida?
— Verde, a cor dos dólares.
— Não, fala sério.
— Sei lá. Azul. Por que essas merdas de perguntas estúpidas?
— Só deixa eu te perguntar mais algumas coisas. Qual o nome do seu pai?
— Não posso te contar. Você usaria isso contra mim.
— Tá. E o nome do seu filho? Eu sei tudo sobre ele.
— Puta merda, vai, pare com isso. Vamos falar das pastilhas energéticas!
— Eu não quero mudar de assunto. Por que você nunca fala da sua família? Você tem vergonha deles ou algo assim?
— Pare com isso. Estamos quase chegando.
— Você é um babaca.
— Vamos, eu realmente agradeço tudo o que você está fazendo pelo negócio. É que estou com a cabeça cheia.
— Tá certo. Espero que aproveite o seu jantarzinho com a Jane.
— Ah, não fique zangada. Eu tenho que fazer isso. Ela me fez um favor.
— Claro...

Hoje à noite, vou cuidar dos filhos dos Gold.

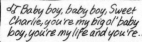

DOMINGO, 8 de agosto

MINNIE QUERIDA,
Tenho aqui um alicate e um martelo bem tosco, que me parecem bastante velhos. Estou à mesa branca onde tomamos o café da manhã e escrevo na velha máquina de escrever. Uma Underwood.

Faz calor. Tive que procurar e procurar no armário grande, mas, finalmente, encontrei o meu velho ventilador. A princípio, as pás não giravam porque um amassado na grade que as cobre impedia o seu movimento. Mas agora já consertei tudo, com o meu martelinho e o alicate.

O ventilador sopra um ar fresco e suave direto na minha cara. O ar que vem de fora, provavelmente da cozinha, cheira a ovos fritos. Esta "brisa" está fazendo bem para a minha mente.

Tenha um bom-dia, querida.

De você mesma.

SEGUNDA-FEIRA, 9 de agosto

A KIMMIE ESTÁ FORA HÁ UMA SEMANA...

Querida Kimmie Minter,
Você não vai acreditar no que aconteceu ontem à noite. Fui ao cinema com o Monroe porque ele disse que preciso ampliar os meus horizontes e precisávamos fazer algo além de sexo. Então eu estava ressentida quando nos sentamos no cinema, o Alhambra, na Polk Street, para ver um filme ridículo, *Robin e Marian*, porque o Monroe gosta do Sean Connery. Quase na metade do filme, tive uma sensação estranha, virei e lá estava o Pascal, duas fileiras atrás de nós, nos olhando! Ele nem mesmo sorriu. Depois que eu o vi, ele levantou e saiu, sem dizer uma palavra! E eu não lembro se fiz algo que o levasse a acreditar que o Monroe e eu estamos envolvidos... Não sei se me reclinei sobre ele ou se o acariciei de modo que o Pascal pudesse ver... Tenho certeza de que ele nos seguiu até lá! Ele jamais iria ver um filme como *Robin e Marian*! Escolheria algo que fosse mais "intelectual", embora tenha chorado quando todos vimos *Love Story* na TV há muito tempo... sua inesperada demonstração de emoção foi comovente, sério.

Agora, estou no ônibus indo para a Union Square. Estou sentada ao lado da minha irmã, Gretel — ela está respirando pesado. Eu disse que ela parasse de encher e ela me disse: "Não! Vá se ferrar!" De qualquer jeito, ela parou com aquilo.

Estamos indo ao centro comprar sapatos novos e talvez algumas outras coisas. Mamãe nos deu o seu cartão de crédito e uma nota.

Agora estamos na Macy's. A Gretel está provando uns tênis Adidas. Ela sempre se arruma para ir a qualquer lugar e o mais estranho é que sempre usa vestidos, jamais calças. Tem um senso de orgulho em relação à sua aparência que eu nunca tive, e me tira do sério.

Acho que pelo menos três quartos dos homens de São Francisco, excluindo os orientais, são homossexuais. Pelo menos todos os que valem a pena. Aqui no centro de São Francisco, todos os caras que vejo, sim, *todos*, parecem gays. É para cair dura! Outro dia, eu estava andando pela rua com o Chuck e todos os homens que passavam viravam a cabeça para dar aquela olhada nele. Talvez seja o seu belo cabelo loiro comprido ou a sua chamativa jaqueta Sgt. Pepper. Sei que, mais cedo ou mais tarde, vai acabar virando gay. Se não pode conseguir o que quer, é lógico deduzir que vai pegar o que está mais fácil.

TANTOS HOMENS GAYS.

O meu joelho está tocando um agora mesmo. Ele está provando um par de mocassins. Bem playboyzinho. E o pior é que a maioria desses homens detesta mulher. É muito ameaçador.

Mal posso esperar que você volte.

Um poema:

Uma pequena moela deslizou de uma úmida pilha parelha,
e, gesticulando como louca,
a pequena massa cega de irritada membrana vermelha
saltou do prato para a mesa.

Outro poema:

Tinha um pequeno amendoim, um pequeno amendoim, um pequeno amendoim,
Ele se abriu por inteiro e um duende saiu,
Todo amassado e úmido se desdobrando pouco a pouco enquanto o sol
secava suas asas.
Tinha uma pequena sacola na mão que continha
Uns trinta feijões secos e algumas velhas lâminas de barbear.

Ele se abriu por inteiro e um duende saiu.

TERÇA-FEIRA, 10 de agosto
11h36

Querida Kimmie,

Estou no ônibus. Tenho que ir ao centro entregar uma coisa do negócio do Monroe. Daí, vou almoçar com o meu padrasto, Pascal MacCorkill, num restaurante francês chamado Le Central. É um restaurante bem caro e o Pascal almoça sempre ali com os seus autores. Ele ligou para a minha mãe ontem e disse que tinha me visto no cinema com o Monroe. Mas a minha mãe já sabia que iríamos ao cinema, então ela não pensou nada de mais, exceto que o Pascal estava tentando fazer uma maldade lhe envenenando a cabeça.

O cara para quem eu devia entregar a caixa não estava. Portanto, deixei a caixa com a sua deslumbrante secretária loira.

Agora, estou no restaurante. Eles conhecem o Pascal pelo nome. Aí vem ele. Eu o vi pela janela. Tem um grande sorriso no rosto.

Mais tarde

HOJE, O PASCAL me disse que eu não deveria sair com o Monroe, que os homens não costumam levar jovenzinhas ao cinema a menos que tenham segundas intenções. Eu ri. Ele me perguntou se o Monroe já tinha dado em cima de mim e eu disse: "Nem todo mundo tem uma mente suja como a sua, Pascal."

Acontece que o Pascal vai se mudar para Nova York dentro de algumas semanas. De repente, lhe ofereceram um trabalho numa editora muito prestigiada, um cargo alto, e ele vai estar no comando de um departamento. Fiquei surpresa e meio triste. Ainda que quase não o veja, eu sabia que ele estava por perto.

QUINTA-FEIRA, 12 de agosto

O MONROE ESTÁ na outra sala vendo TV e conversando com a minha mãe, Charlotte. Eu me sinto confusa e desorientada. O Monroe parece perfeitamente feliz, despreocupado, rindo com a Charlotte, mas, antes, quando eu fiquei sozinha com ele na sala, irradiava umas ondas hostis e furiosas, cheias de ressentimento. Ele me perguntou onde as minhas amigas estavam, por que eu não ia encontrá-las e disse que queria passar um tempo com a minha mãe.

Esta não é uma escuridão neblinosa iluminada pelos postes de luz como a maioria das noites; é uma noite estrelada, e os meus olhos são como faróis. Eu me sinto como se tivesse vagado pela vida de outra pessoa e não lembro a que lugar pertenço. É deprimente pensar que o Monroe está cansado e entediado de mim e que não vai me dizer isso porque não quer que eu fique chateada, porque, se eu ficasse chateada, poderia contar tudo para a minha mãe. Imaginar o que ele está pensando me deixa muito ansiosa. Acho que eu deveria encher a cara. Isso, vou tomar um banho quente, talvez com uma cerveja surrupiada ao meu lado, e daí vou beber o xerez que está escondido... não, não faz sentido. Aonde isso me levaria? Ainda mais se o Monroe for embora enquanto eu estiver tomando o banho ou algo típico assim. Ele iria embora sem me dizer tchau e eu sentiria ainda mais pena de mim. Ficaria frustrada e choraria.

O lado esquerdo do meu quarto.

SEXTA-FEIRA, 13 de agosto

SÃO TRÊS DA manhã. Esta noite, ganhei um monte de dinheiro cuidando dos filhos dos Gold. Eles me pagaram mais do que me deviam porque foi uma noite muito longa. Caí no sono na cama deles vendo TV. Eles foram a algum grande evento de gala no Civic Center. É sexta-feira 13 e o tema da festa era "terror chique".

A sra. Gold vestia uma roupa toda preta e justa e usava sombra dourada brilhante nos olhos e as unhas pintadas.

Eu gosto da sra. Gold. Ela fala francês comigo. Adoro falar francês. Fiz francês uns anos na escola e não prestava atenção na gramática, mas alguém me deu alguns exemplares do Tintim em francês e eles me ajudaram muito a aprender. A sra. Gold diz que tenho boa pronúncia.

O sr. Gold estava de ótimo humor e me contou quem eles veriam no evento. O colunista Herb Caen, o prefeito Moscone e Armistead Maupin, o escritor gay que está escrevendo um romance em capítulos para o *Chronicle*. E alguns poucos atores. Aquele que faz o Mork e alguns do elenco de *Beach Blanket Babylon* (alguns deles são amigos da sra. Gold). E Boz Scaggs, que vive aqui no bairro.

A sra. Gold está muito contente porque lhe deram uma fala num comercial de papel higiênico. Ela será uma policial e vai dizer algo como: "Esse papel higiênico barato é um crime."

SEGUNDA-FEIRA, 16 de agosto

QUERIDO DIÁRIO,

Talvez o dia de hoje marque o fim de uma etapa da minha vida. Não acho que eu vá continuar vendo o Monroe. Amanhã ele viaja de novo e não voltará antes de duas semanas. Vai fazer importantes contatos para a sua companhia nas grandes cidades da Costa Leste.

Quando ele voltar, tenho certeza de que encontrará outras pessoas e maneiras mais eficientes de administrar o negócio dos suplementos nutricionais para atletas. Não precisará mais da minha ajuda. Eu lhe disse que deveria se apressar e casar se queria viver para ver os seus filhos crescerem. Nesse ritmo, ele, provavelmente, vai estar com pelo menos quarenta anos antes de tê-los.

E em setembro eu vou para uma nova escola do outro lado da cidade, na Ocean Avenue.

A mamãe terá começado o seu novo trabalho na biblioteca do Women's Club, na Union Square.

E o Pascal terá ido embora.

QUINTA-FEIRA, 19 de agosto

TERMINEI OUTRA história em quadrinhos. *Crise de identidade.*
Não tenho certeza se me agrada. Parece tão abarrotada. Talvez eu tente desenhar quadrinhos maiores ou algo assim... mas eu gosto muito de desenhar coisas pequenas, provavelmente porque sou míope e enxergo melhor de perto.

O Chuck passou por aqui e eu a mostrei para ele. O Chuck é o único que a viu — ele não desenha, então eu não estava preocupada com uma crítica muito dura.

— É muito legal! Você deveria fazer um livro inteiro!

Ele falou que me emprestaria a sua coleção dos Fabulous Furry Freak Brothers. Não gosto das histórias em quadrinhos sobre drogas. Os Freak Brothers são três hippies doidões e maconheiros que têm um gato guloso e sarnento com rabo de guaxinim.

O Chuck sacou duas notas de cinquenta dólares e as agitou na minha cara.

— Dietilamida do ácido lisérgico — ele disse. — LSD.

É? E daí, Chuck? Está pedindo que eu some dois mais dois? Está se gabando do seu sucesso como vendedor de drogas?

O irmão mais velho de um dos seus amigos produz o LSD na garagem. É um cara com aparência normal, é contador, tem um carro decente e vive numa bonita chácara em Burlingame.

O Chuck tem vendido o ácido nos shows, na Polk Street e na Haight Street, e para certos conhecidos da Urban.

Ele me perguntou se eu poderia lhe guardar um frasco na nossa geladeira. Disse que me pagaria por isso, sem problema. Chuck estava preocupado com a possibilidade de que a mulher do seu irmão encontrasse o frasco se o deixasse na casa deles. Não está pronto para que o expulsem dali até que passe em alguns exames.

Eu disse: vá em frente, pode pôr o frasco na geladeira. Ele falou que eu poderia tomar um pouco sempre que quisesse. É um frasquinho transparente, como de um colírio.

Derramei tinta na minha cama e a princípio não percebi que ela havia derramado — a tinta teve tempo de empapar duas mantas e um lençol. Não notei nada até que senti algo úmido na minha bunda. Agora tenho uma grande mancha preta no traseiro do meu jeans.

MELANIE HIGBEAN VOLTA PARA CASA VINDO DA ESCOLA.

A GAROTINHA DA MAMÃE.

A ALUNINHA.

REFORÇO DEPOIS DA AULA.   UM ENCONTRO SOB AS ESTRELAS.   MAS QUEM *É* MELANIE HIGBEAN?

TALVEZ SE A SURPREENDERMOS ENQUANTO DORME TENHAMOS UMA IDEIA DE COM QUEM ESTAMOS LIDANDO.

FOI EMBORA! ESSA ENIGMÁTICA MELANIE HIGBEAN... BOM, TALVEZ NUMA OUTRA OCASIÃO...

Minha segunda história em quadrinhos: o Chuck passou por aqui e eu a mostrei para ele.

SEXTA-FEIRA, 20 de agosto

RECEBI UM cartão-postal do Ricky Wasserman. Ele está na Europa. Fiquei virando o cartão de um lado para o outro e de cima para baixo à procura de pistas, mas não achei nenhuma. Havia uma foto de um castelo na frente. Na parte de trás, numa caligrafia apertada e infantil, mas controlada, em letras tão minúsculas que quase precisei de uma lupa, ele dizia:

> *Mademoiselle*,
> A Europa é mais bonita do que eu podia imaginar. Primeiro estivemos na Islândia. É sempre dia durante o verão. O sol da meia-noite é de um laranja-azulado que preenche o espaço com um mistério maravilhoso. Depois, Luxemburgo. Catedrais encantadoras e caminhos de pedra. Depois, Amsterdã. Uma cidade deslumbrante, canais, pontes e prostitutas. Depois uma excursão de bicicleta pela Holanda. Belo país (totalmente plano). Os holandeses são o que eu, definitivamente, chamaria de formosa raça. Altos, loiros e magros (você gostaria dos homens, assim como eu gosto das mulheres). Hoje é o meu primeiro dia na Alemanha. Adorável até agora. Amanhã sairemos de Heidelberg pela "rota romântica" ao longo do rio Neckar por entre castelos antigos que tentam tocar o céu (que poético). Depois a Floresta Negra, lar dos contos de fadas dos Grimm. Então, se o tempo e os músculos permitirem, iremos ao rio Reno e depois ao sul da França. E, aí, casa, surfe e sol.
> Agora que estamos a milhares de quilômetros de distância penso que nunca estivemos perto um do outro. Tive momentos realmente maravilhosos com você. E penso muito em você. Talvez a gente tenha confundido tudo. Eu estava em uma fase atribulada (romântico, mas real). Espero que voltemos a nos ver e que passemos algum tempo juntos. Se você for mesmo se mudar para a Filadélfia, então, te desejo muita sorte e muito amor. Você é muito especial e eu te adoro por isso. Esta carta deve terminar antes que eu acabe me enrolando.
> Beijos, Ricky.

Eu me sinto triste.
Tenho falado cada vez menos. As pessoas começaram a comentar o meu silêncio. Penso mais, acho, e estou menos nervosa. Estive lendo o que escrevi alguns meses atrás e me ocorreu que eu parecia muito perversa. Eu me pergunto o que os outros vão pensar de mim se algum dia lerem isso. Não me importa, mesmo. Às vezes me acusam de ser cruel e irracional. Eu não me importo muito com o que as outras pessoas pensam de mim. A Kimmie diz que me contradigo constantemente

O lado direito do meu quarto.

e que não paro pra pensar antes de falar. Isso a deixa confusa às vezes. Quando a minha mãe fica brava, me diz que sou irresponsável como o meu pai. Seu amigo Burt diz que sou odiosa e manipuladora. Para o Pascal, o meu vocabulário está piorando. Ele está desapontado comigo. O Monroe acha que sou mandona e infantil ou pelo menos eu penso que ele acha isso. Eu me pergunto se ele sabe o quanto o amo. Alguém disse que eu era secretamente sensível, mas que escondia os meus verdadeiros sentimentos de afeto.

A minha mãe me perguntou quando eu ia parar de escrever à máquina, então acho que é melhor eu parar.

Boa noite, bons sonhos, beijos, Minnie.

SÁBADO, 21 de agosto

E deste deplorável corpo falo
Para dizer que será diferente quando eu morrer
Quando cruzar o Nilo rumo ao oeste
Caminhando com as águas espessas e barrentas até os joelhos
Enredada nas raízes dos papiros
Que adornam as margens
Partirei deste ofegante e pulsante vaso
Que tem alma própria
Aí repousará, para ser consumido
Pela terra, por algum corvo ou hipopótamo

Quando eu morrer, gostaria de morrer
Afogada no Ganges
Quero adentrá-lo, com água até os joelhos, meu sári esvoaçante em torno das
    minhas coxas
Os dedos dos pés penetrando o brando barro manchado pelas cinzas
Dos sacerdotes indianos
A água lambe tão vastas margens, tantas milhas além
O rumor de vozes estrangeiras inconscientes da minha separação
A espuma flutua na água quase estagnada, flui imperceptivelmente
Devagar e sempre em direção ao oceano, em direção a esquifes e boias, e bar-
    caças e canoas e plâncton, e baleias e tubarões.

... gostaria de morrer afogada no Ganges...

Meu coração bate freneticamente, meus olhos lutam com as pálpebras que se fecham
Uma mosca pousa na água
Não respiro, afundo, a água me consome
Trago o barrento veneno negro
O último sabor
Meu cérebro é banhado pelo fedor negro
Meu coração luta e se liberta em um grito surdo
Todo meu amor encerrado em bolhas que correm para a superfície
E estouram.

QUARTA-FEIRA, 25 de agosto

HOJE CHEGARAM duas cartas do Pascal, mas ele as enviou com alguns dias de diferença. Ainda não foi para Nova York, mas não o vi desde que jantamos há algumas semanas.

Querida Minniezinha,
São Francisco está encoberta pela neblina. Da janela da minha cozinha não consigo ver a ponte. Faz frio. As buzinas choram debaixo da ponte, em algum lugar para além da entrada da baía. Não haverá muitos veleiros navegando pela baía nesta neblina com tom cinza-esverdeado.

Mais perto da minha janela — é de manhã bem cedo — está o jardinzinho. O brinco-de-princesa vermelho se derrama sobre a hera; margaridas brancas, elegantes e imaculadas, dominam os espaços entre as plantas perenes (as margaridas parecem florescer em São Francisco). Aqui e ali uma solitária rosa vermelha definha triste e é escorada pelos jardineiros maricas que cuidam do jardinzinho. Por último, há uma dedaleira requintadamente delicada, azul-clara, saudável, descaradamente saudável, contra a parede.

O verão, estou começando a perceber, está perto do fim. Em duas semanas terei sido transplantado para a Big Apple. Entristece-me que eu tenha tido tão pouco contato este verão com as pessoas que amo. Logo será outono... e depois?

Há quatro anos eu te trouxe aqui com grandes esperanças. Estou te deixando aqui com certo remorso e a esperança de que você perceba que sempre haverá um lugar especial para você em meu coração.

Com amor, Pascal.

Querida Minniezinha,

As buzinas de nevoeiro são lúgubres, deprimentes, nesta manhã de agosto. Você pode ouvi-las também? Este domingo vou velejar. Será minha primeira vez num veleiro aqui na baía. Talvez a última por um longo tempo. Um dos nossos editores, John P., é o dono da embarcação.

Que prazer receber o seu cartão. Eu também preferiria falar com você, te ver, do que escrever.

Vou ter algum tempo de férias depois que eu me estabelecer em Nova York. Talvez eu vá para o Taiti e vista um sarongue, faça como os nativos, como se diz. Sente ao sol e contemple meu umbigo. Posso até começar a fazer meditação. Então, pense em mim quando ouvir os lúgubres uivos das buzinas de nevoeiro. Porque estarei em outro lugar.

Nossa pequena família parece ter desmoronado. É tudo muito deprimente, claro. Talvez tenha um final feliz.

O verão logo acabará. Outra vez você estará começando em uma nova escola. Uma nova oportunidade para se colocar à prova academicamente, pois sei que você é capaz. Uma página em branco, por assim dizer. Você fará muitos novos amigos, amigos interessantes. E haverá novos desafios.

Eu estou bem. Encontrei um apartamento em Manhattan, grande o suficiente para que você venha me visitar. Vou te esperar.

O trabalho vai me manter muito ocupado.

Sentirei saudade.

Com amor, Pascal.

QUINTA-FEIRA, 26 de agosto

A KIMMIE ia passar aqui este fim de semana, mas hoje ligou e disse que decidiu ir para Paradise, com a mãe e o pai. Não entendo como se atreve a dar as caras por lá de novo, depois de ter seduzido o marido da prima. Estou feliz que ela não venha. É um alívio. Ela não me interessa. Rejeita qualquer estímulo intelectual. Eu me sinto uma bruxa dizendo isso, mas é verdade. Deixei a Kimmie para trás já faz algum tempo e ela está se tornando um estorvo.

TERÇA-FEIRA, 31 de agosto

QUERIDO E AMADO diário,

Monroe retornou da Costa Leste ontem. As palavras não são suficientes para descrever a calorosa euforia que enche o meu corpo cada vez que respiro o ar de São Francisco. Por que, até anteontem, eu mal tinha consciência da beleza ao meu redor?

Quase não consegui conter a minha alegria quando o Monroe saiu do avião.

Esta noite ele vai levar a minha mãe para jantar fora, mas disse que amanhã será a minha vez — temos que falar de negócios. Acho que ainda quer que eu trabalhe para ele! Estou tão feliz, quero enviar rosas para a minha mãe!

QUINTA-FEIRA, 2 de setembro

O PASCAL SE mudou para Nova York. A minha mãe começou no seu novo trabalho numa biblioteca particular da Union Square. A minha irmã está na casa de uma amiga. Ela passou a noite lá. Estou cansada demais para limpar o meu quarto. Apenas quero ir dormir.

SEGUNDO COLEGIAL

∽∾

Afundo num estado de
desespero, mas em pouco
tempo farei amizade com
uma garota chamada
Tabatha

Tenho que tomar um ônibus e o metrô.

TERÇA-FEIRA, 7 de setembro

HOJE FOI O meu primeiro dia na Lick-Wilmerding, a minha nova escola. É uma instituição particular menos cara e uma espécie de escola técnica. Eles têm aulas de oficina de metal e madeira e um time de futebol americano. Antes era uma escola para rapazes, mas faz dez anos que é mista. É maior que a Urban, muito maior, e não posso ir andando até lá. É um conjunto disperso de blocos retangulares brancos com a borda azul, algo exótico num bairro sem graça de classe média chinesa/latina/branca e em grande parte residencial, perto da autoestrada. Tenho que tomar um ônibus e o metrô. Vou passar por uma fase de avaliação ali porque me saí muito mal nas outras escolas e eles só estão me aceitando porque acharam que eu era boa em arte.

É tão estúpido, tão chato. Aqui, entre os estudantes, há apenas alguns poucos que podem ser considerados inteligentes. Em todas as minhas escolas anteriores, todo o mundo era inteligente.

Odeio a minha mãe. Ela sempre diz o que não deve. Por exemplo: "Não entendo como você pode reclamar desta escola. Você podia ter ficado no colégio interno! Você podia ter ficado na Urban!" É verdade, praticamente arruinei a minha vida toda, se olharmos como estão as coisas agora. Eu deveria ter ficado no colégio interno. A Urban era a oportunidade de me redimir, mas eu estraguei tudo também. Agora tenho que me contentar com essa droga de escola para chicanos que fica do outro lado da cidade.

Estou chorando... pode acreditar nisso? Não consigo evitar sentir pena de mim mesma. Sinto como se estivesse me afogando num oceano de banalidade. Só conheço pessoas desinteressantes. Como posso dizer isso? Provavelmente, eu mesma, sou uma chata.

Às vezes quero me matar.

O Monroe quase me ignora por completo. Hoje à noite, ele vai levar a minha mãe para tomar algo. A minha cabeça nada em um soro venenoso; algo está atacando o meu cérebro. Eu me sinto péssima.

SEXTA-FEIRA, 10 de setembro

SEMPRE ACABA do mesmo jeito. Ele me beija e todas as coisas erradas parecem se tornar certas.

Isso nunca vai ter fim? Não há nada apaixonado, nada explosivo, é como um constante sinal de ocupado, e fica mais frustrante quanto mais tenho que ouvi-lo. Mas seria difícil colocar um ponto-final... ele tem feito parte da minha vida por tanto tempo, é tão familiar que, se ele fosse embora, eu nunca mais seria a mesma. Eu o conheço desde que tinha doze anos, desde que nos mudamos para São Francisco.

Ele me perguntou se escrevi no meu diário sobre ir para a praia com a Kimmie e tudo o mais... eu disse que não era da sua conta.

— Olha — ele disse —, se você quer escrever um diário, tudo bem. Deve ser algo bom para você. Mas que tal guardar esse diário no meu apartamento?

Eu disse que de jeito nenhum porque aposto que ele o destruiria e depois iria me dizer que o tinha perdido. Daí ele quis saber onde o escondo e eu não contei, mas vou começar a guardá-lo em lugares diferentes.

∞

As matérias que estou fazendo na escola são:
    Francês 2 (três módulos)
    Inglês (Literatura Utópica) (três módulos)
    Geometria (três módulos)
    Desenho Técnico (dois módulos)
    Educação Física (um módulo)
    Química (três módulos)

SÁBADO, 11 de setembro

O MONROE DISSE que é deprimente ficar perto de mim. Disse que estava de saco cheio porque sou uma adolescente, que pode entender o meu entusiasmo a respeito de certas coisas porque também já foi adolescente, mas que isso, no entanto, enche.

Na primeira vez que fizemos amor, não tiramos nossas jaquetas nem nossas blusas. Ele nem tirou as meias.

Ainda não sei se ele achava que eu era virgem ou não. Eu nunca tinha beijado ninguém. Ele disse: "Não acredito que você era virgem." Não sei se estava brincando, espero que estivesse brincando, por favor, me diz que ele estava brincando, do contrário não significou nada tudo está perdido não existe amor não existe nada...

Aproveitei que ele não estava na sala e olhei na sua jaqueta e encontrei a sua carteira. Eu queria ver se ele tinha feito um desses cartões que o Earl

SEGUNDO COLEGIAL

Realmente, ele tinha um cartão.

Nightingale diz que você deve ter quando faz o teste de trinta dias. Esperava poder aprender algo sobre ele, algo mais profundo do que Monroe me mostrava. Realmente, ele tinha um cartão e o que estava escrito era que queria começar o seu próprio negócio e ganhar um milhão de dólares antes dos quarenta anos. Isso é tudo o que ele quer. E eu já sabia porque ele tinha falado a respeito. Ele não quer nada espiritual.

Por que estou chorando? Quero contar para ele que o amo, mas do que isso adiantaria? Parece que só está interessado em si mesmo. Eu me sinto tão sozinha. Os rapazes da minha idade me cansam. Não consigo me interessar realmente por eles. Não quero joguinhos.

Gostaria de me mudar para a Índia.

Gostaria de morar numa fazenda com o Robert Crumb e a Aline. Gostaria que fôssemos bons amigos. Eu poderia ir morar com eles, observá-los trabalhar, aprender coisas e cuidar dos afazeres para ajudar. Acho que eles são felizes. Gostaria de conhecer alguém que fosse feliz.

Querido Monroe,

Sinto muito por ser tão infeliz. Sei que isso te aborrece, mas eu simplesmente não posso viver assim. Também não posso não viver assim. Sinto tanto a sua falta às vezes. Acho que te amo. Eu tento mesmo esconder isso — talvez tenha medo da rejeição —, mas, agora que já fui rejeitada, acho que posso te dizer. A minha vida, a minha energia, está toda direcionada de uma maneira errada. A minha juventude não pode ser evitada. Cada minuto que gastei pensando em você foi inútil.

SEXTA-FEIRA, 17 de setembro

ONTEM À NOITE perguntei para o Monroe se ele estava ocupado durante todo o fim de semana. Queria saber se ele estava a fim de fazer amor. Ele me respondeu que não apenas estava ocupado mas também doente e não conseguiria arranjar tempo para fazer tudo o que precisava fazer.

Fiquei tão irritada e com tanto ódio que atirei a minha máquina de escrever longe. Eu não sabia que fazer. Chorei, mas aquilo não parecia de modo algum aplacar a minha angústia. Então fui dormir com a intenção de visitá-lo na manhã seguinte antes da escola. Eu queria gritar, bater nele e contar para todo mundo o que ele tinha feito. Mas de manhã eu havia mudado de ideia e atravessei o dia destilando o ódio... inclusive no meu trabalho... não conseguia desenhar... não conseguia controlar as linhas, elas se esparramavam furiosamente por toda a página.

Sentei na biblioteca e escrevi uma carta expressando os meus sentimentos, matei a aula de matemática e tomei o bonde para a casa dele. Toquei o interfone e deixei a carta na sua caixa de correspondência, achando que não estaria em casa, mas ele abriu a porta por meio de um botão no seu apartamento. Prendi a respiração e entrei. O meu coração batia tão rápido.

Monroe tinha tirado um cochilo. Contei para ele como eu estava infeliz, mas tentei não parecer infeliz demais.

— Claro, claro — ele disse. — Eu entendo. Faz com que eu me sinta um merda ver você tão infeliz.

Estava sendo engraçadinho. Disse que eu parecia uma moleca, mas não me importei, porque eu sabia que parecia e não me importava mesmo.

Depois de um tempo ele me falou que achava que havia sido um grande erro termos feito amor porque aquilo tinha me afetado demais.

— Ou eu te amo ou eu te odeio, Monroe. Só não posso ficar indiferente, no meio-termo, como você parece ficar nos seus relacionamentos.

Nós conversamos e ele não parava de puxar o meu cabelo, o meu braço. Daí me abraçou. Eu protestei um pouco, mas depois deixei, não sei por quê. Então tiramos uma soneca. Logo depois eu acordei porque detesto dormir à tarde. Caminhei por trás da cama, me aproximei da mesa e, de repente, ele saltou e me agarrou.

— Não dá para você ficar xeretando as minhas coisas!

— Eu sei! — gritei. — Eu não estava xeretando. Só estava tomando um pouco de ar. Não consigo dormir à tarde.

— Vem dormir! — ele disse.

Eu não fui, então, Monroe me agarrou, me arrastou até a cama e colocou as suas grandes pernas ao meu redor. Eu não podia levantar, só me contorcer. Sabia que ele podia sentir a minha cintura, a minha bunda e as minhas tetas enquanto eu me esfregava nele, mas o que eu podia fazer? Eu não queria ficar naquela posição. Finalmente, relaxei. Eu estava deitada por cima do seu peito, então formávamos um X. Ele não parava de me apalpar as costas e a bunda.

— Olha, você está me deixando excitado, você tem um corpo tão bom... — ele disse.

Então perguntei se nós só iríamos continuar fazendo aquilo.

— Se a gente fizer amor, isso vai te deixar mal?

— Não, não vou ficar com ciúme, não vou ficar triste, não vou me envolver — respondi.

Estávamos tentando decidir se deveríamos ou não deveríamos, então ele colocou a minha mão entre as suas pernas. Já estava duro. Esfreguei o seu peito, daí tiramos as nossas roupas eu chupei o seu pau transamos o telefone tocou duas vezes finalmente gozamos e então fomos dormir. Ele acariciava as minhas costas de uma maneira tão quente e forte que quase não falamos nada. Já tínhamos feito e provavelmente não deveríamos ter feito.

Monroe disse que, se eu pudesse esperar e não nos separássemos, poderíamos namorar quando eu tivesse dezoito anos. Poderíamos ir ao cinema juntos sem paranoias. Poderíamos viajar no seu veleiro. Com certeza ele terá um veleiro até lá.

Roubei dois dólares e setenta e cinco quando ele foi ao banheiro.

DOMINGO, 19 de setembro

FAZ MUITO TEMPO, eu estava sentada no Bob's Grill na Polk Street e uma garota do lado de fora, no ponto de ônibus, me soprou um beijo. Lembro bem dela e tenho quase certeza de que a vi ontem à noite.

Fui assistir a *Rocky Horror Show* com o Chuck e a Kimmie no Strand, um pulgueiro na Market Street. É um filme bastante estúpido sobre um casal inocente que se envolve com um grupo de alienígenas travestidos e viciados em sexo. No entanto, foi divertido, porque tinha tanta gente que parecia saber tudo aquilo de cor. Cantavam todas as músicas e acendiam fósforos e isqueiros em determinadas partes, por exemplo na canção que diz *"There's a light... over at the Frankenstein place..."*. O cinema inteiro brilhava.

Foi muito, muito divertido. Ficamos chapados e jogamos Fascination numa grande galeria de fliperamas antes de entrarmos. É um jogo em que você deixa uma moeda cair em cima ou ao lado de um monte de outras moedas que estão numa prateleira de vidro dentro de uma caixa de vidro. Tem um braço que empurra os montes de moedas e o objetivo é fazer com que a sua moeda seja uma das que

SEGUNDO COLEGIAL

Havia tantas pessoas fora do cinema

fazem com que o braço empurre os montes de moedas para fora da prateleira e, nesse caso, você as ganha.

A Kimmie comprou duas folhas de ácido do Chuck porque acha que pode vendê-las em South City.

Havia tantas pessoas fora do cinema esperando a sessão da meia-noite: muitos gays usando lingerie e salto alto. Nunca tinha visto tanta beleza! Eu estava tão feliz. O Chuck conhecia alguns deles porque vende ácido por ali... Estou falando, o Chuck deve ser bi, porque parece bem à vontade nesse ambiente. Mas, claro, ele diz que não é.

Conheci o Richie, um gay incrivelmente bonito de uns dezenove anos, com cabelo castanho ondulado e olhos escuros. Ele é alto, magro, branco como papel e estava praticamente pelado, num espartilho preto, meia-calça preta, plataformas de quinze centímetros, batom e rímel no seu rosto angelical. Estava na fila bem na nossa frente e foi tão legal comigo — queria trançar o meu cabelo e eu deixei. Foi tão gentil, e a sua voz soava morna e delicada aos meus ouvidos.

A garota do ponto de ônibus estava mais adiante na fila. O Richie disse que o nome dela era Tabatha e que era uma sapatão encrenqueira.

— Por que "encrenqueira"? — perguntei.

Ele me olhou com o dedo apoiado no queixo e riu.

— Ah, esquece, linda!
Disse que ela está sempre pela Polk Street, foi lá que eu a vi.

SEGUNDA-FEIRA, 20 de setembro

QUERIDO DIÁRIO,

Hoje não tenho que ir à escola porque estou doente. E não vá dizer que eu sempre finjo...

Esta manhã o sol brilhou pela minha janela aberta, inundando de luz o lixo, o entulho e a sujeira resgatável soterrada debaixo disso tudo.

Pulei da cama às oito e meia. Sonhei que eu andava rio acima em direção ao topo de uma montanha, as árvores ao nosso redor se tornando mais e mais abundantes. O Monroe e eu estávamos nus, de mãos dadas, salmões escorregando entre as nossas pernas.

Levantei e lavei o rosto, escovei os dentes e coloquei as lentes de contato. *Je me suis maquillé*, daí vesti meia-calça vermelha e me enfiei num vestido em tons de rosa da minha mãe, depois suas sandálias Capezio de couro rosa e uma jaqueta de seda roxa estilo Mao. Fiz do meu cabelo uma adorável coroa de tranças que eu nunca exibiria fora de casa.

Estou aqui sentada, vestida assim, o gato aos meus pés aproveitando o sol da manhã.

Estou aqui sentada, vestida assim.

10h02: agora a mentira se torna um obstáculo. Eu não deveria fazer nada com tanto ânimo; isso geraria suspeitas. Devo tirar as minhas roupas espalhafatosas e colocar a camisola ou serei acusada de estar "boa demais para um doente". Não posso tocar os meus discos alto, nem andar de bicicleta.

QUARTA-FEIRA, 22 de setembro

O MONROE largou a bebida. Está tomando Dilantin e Antabuse, e a minha mãe tira sarro dele, chamando-o de beata abstêmia. Ele disse não se importar, o médico tinha lhe dito que precisava cortar a bebida. Se beber quando toma essas pílulas, vai vomitar e ficar vermelho, com urticária. E se tentasse parar de beber sem tomar as pílulas, o médico disse que teria convulsões.

Ele diz que só tem que se acalmar um pouco e não ter muitos aborrecimentos ou distrações porque vai fazer um segundo fim de semana de treinamento e palestras e quer estar realmente sóbrio, não apenas parar de beber na noite anterior.

QUINTA-FEIRA, 23 de setembro

A ANDREA, amiga da minha mãe, passou por aqui e a mamãe fez um delicioso prato de tofu, mas eu não comi. A Gretel e eu detestamos tofu, mas a minha mãe sempre faz.

A Andrea tem um cabelo ruivo tão comprido.

Depois do jantar elas estavam na sala e eu perguntei se podia colocar o meu disco do Doors. Disseram que sim, claro. Estavam fumando maconha e, quando começou a tocar *Crystal Ship*, eu as ouvi gemer e gritar. Quando a música acabou, me chamaram e pediram que a colocasse de novo. Agora estão deitadas com as cabeças em almofadas, as luzes baixas, fumando um baseado. Na última meia hora fiquei entretendo as duas, colocando a agulha de volta na sua música favorita depois que ela acabava para que pudessem ouvi-la de novo e de novo.

> *Before you slip into un-con-scious-ness*
> *I'd like to have another kiss,*
> *A-no-ther flashing chance at bliss,*
> *Another kiss, another kiss.*

Ainda estão na sala, rindo. É melhor eu ir dizer que vou dormir.

... estão deitadas com as cabeças em almofadas...

DOMINGO, 26 de setembro

MINHAS AVENTURAS SOZINHA, SEM AMOR, SEM NADA PARA COMER

ACORDEI ESTA manhã e decidi não comer nada o dia todo. A minha mãe e eu percorremos a Lake Street na nova ciclovia, bem cedo, quando ainda estava escuro, neblinoso e tranquilo.

Estou triste.

Quando o Monroe veio à nossa casa depois do fim de semana de treinamento, agiu como se mal me reconhecesse, e o que eu podia dizer? Eu me sentia fraca, não erguia os olhos e não conseguia rir. "Pelo menos, não estou comendo", pensei.

Então, quando anoitecia, no banco de trás do nosso pequeno fusca verde-limão, me senti insegura e definitivamente estranha. A mamãe e o Monroe estavam sentados na frente. "Isso pra mim é grego", o meu coração suspirou enquanto eu afundava no banco e me afastava da adulta conversa noturna deles... Eu já tinha ouvido tudo aquilo nas notícias da tarde...

"Patty Hearst sentenciada... campanha presidencial... Legionella... Werner Erhardt... lavagem cerebral..."

Eu entendo, mas não estou realmente envolvida. "O tempo vai passar rápido", pensei, "por que eu o amo?". E "Não comer nada, nada, nada, não é emocionante? Ah, se pelo menos isso pudesse ser permanente".

— Terça — ele disse depois que a minha mãe estacionou e entrou no Cala Food Market para comprar a sua garrafa de Almaden Chablis branco, o seu Benson and Hedges mentolado e a minha barrinha de Abba Zabba, se tiver alguma, se não um Bit O' Honey. Ali estávamos nós, sozinhos por um momento. — Terça, vamos ao cinema. Ou quarta.

— Ok — eu disse. — Espero que sim.

Estou pensando agora que também gostaria de ir jantar. Sim, jantar e cinema. Estarei com fome até lá e, sim, jantar seria maravilhoso.

Vamos fazer amor então?

A escola está tão chata. Detesto aquilo. Queria estar no Egito. Gostaria de estar nas alturas dos Alpes suíços cuidando de um rebanho de cabras. Gostaria de estar chapada. Gostaria de estar nos braços dele gostaria de estar na sua cama.

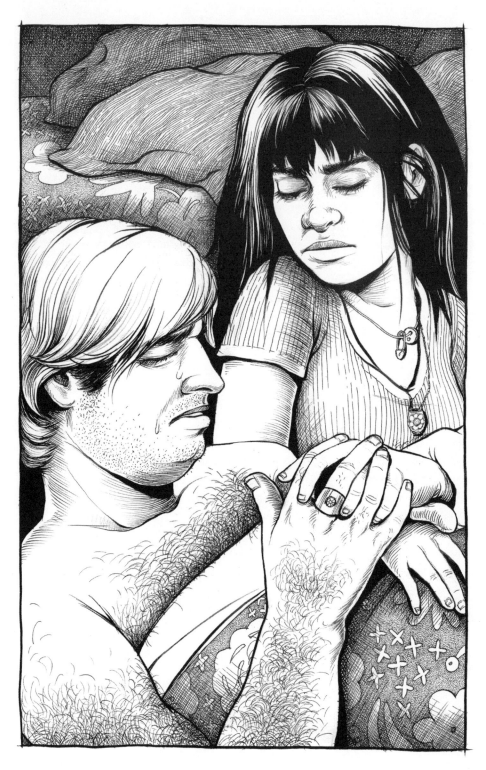

O Monroe teve alucinações, foi ficando cada vez pior e começou a chorar.

SÁBADO, 2 de outubro

ONTEM À noite tomei um pouco do ácido do Chuck com o Monroe no apartamento dele. Antes ele ficou se gabando sobre como costumava tomar ácido na universidade todos os fins de semana.

Pensei que era um ácido fraquinho porque não sentia nada, mas depois de um tempo vi cores na parede se movendo, como um papel de parede projetado, mas não era exatamente interessante nem divertido.

No entanto, o Monroe teve alucinações, foi ficando cada vez pior e começou a chorar. A princípio pensei que estava brincando. Nunca o tinha visto chorar. Ele estava com medo de ficar na cama porque ela estava no mesmo nível que as janelas e isso o deixava nervoso. O Monroe fez eu me deitar com ele sobre umas almofadas e umas mantas no chão. Não queria que eu fosse embora, nem sequer ao banheiro, e continuava me perguntando se eu o amava, se não o amava, se ainda o amava. Então falei que o amava várias vezes, mas nunca era o suficiente. E ele chorou e chorou e disse que me ama me ama me ama, de novo e de novo.

Estava assustado e fraco e precisava de mim, mas eu me sentia distante e confusa, numa espécie de excitação indiferente, um prazer perverso, porque, finalmente, tinha encontrado o que andava procurando, mas agora não o desejava.

DOMINGO, 3 de outubro

QUANDO VI O Monroe hoje, ele me disse que teve uma *bad trip* e que não se lembrava de nada. "Não me diz o que eu falei nem o que eu fiz, não quero nem pensar." Que ele se dane.

Mais tarde

A KIMMIE LIGOU. Vamos encontrar o Chuck na Polk Street.

SEGUNDO COLEGIAL

TERÇA-FEIRA, 5 de outubro
Trabalho de Literatura Utópica
As viagens de Gulliver
Minnie B. Goetze

Questão do trabalho:
    Leia atentamente o fim da Quarta Parte, desde o trecho no qual Gulliver deixa os Houyhnhnms até o final.
    Examine detalhadamente as atitudes de Gulliver.

    Quais você acha que eram as intenções de Swift ao fazer Gulliver reagir dessa maneira? Qual é seu objetivo satírico? Lembre-se de que Swift não é Gulliver.

DROGA!

    E então ele vai e diz:
    — Que coroa safado como eu não daria qualquer coisa para transar com uma garota de quinze anos com frequência?
    E depois acrescenta (enquanto eu chorava):
    — Vamos até a esquina um minuto.
    Estacionamos em alguma área menos iluminada a algumas quadras de distância e ele pediu que eu o chupasse. Eu pedi que ele transasse comigo.
    — Pensei que você ficaria satisfeita me dando uma mamada.
    Continuei soluçando e ele repetindo que sabia como eu me sentia, que sabia como doía porque tinha se apaixonado uma vez. Se tinha estado apaixonado, então por que não podia entender que eu não queria só fazê-lo gozar? Passou a mão pelo meu cabelo e guiou a minha cabeça em direção à sua virilha. E eu o chupei, engasgando e soluçando o tempo todo. Eu queria fazer amor, mas, depois que ele gozou, fechou o zíper e me levou de volta para casa. E ficou puto porque eu ainda estava chorando.
    Tudo é tão carente de amor e medíocre.
    Talvez eu seja apenas uma fracassada no amor. Amo as pessoas, mas não consigo demonstrar isso, então elas nunca me amam. Estou tão triste.
    Acho que vou ficar louca.
    Acho que quero fugir.
    Sinto que o Monroe é um desgraçado, mas, daí, nunca tenho certeza disso... às vezes acho que estou sonhando. Ele diz que estou exagerando, eu fico confusa e não sei se estou exagerando ou não. Não sei exatamente o que estou pensando nem como me sinto nem o que fazer depois. Tenho vontade de dar uma surra em alguém.
    Talvez eu possa encontrar uma garota como a Tabatha.

Tudo é tão carente de amor e medíocre.

Ah, cara, estou cansada, esgotada. Como acabei assim, esgotada? E se eu olhar para o sol, com os lábios entreabertos, sem comer, sem dormir, sem dizer uma palavra? Amanhã será outro dia.

Acho que o Monroe não me beijaria se tivesse acabado de gozar na minha boca. Sempre tento evitar uma situação em que essa pergunta possa surgir.

Detesto os homens. Detesto a sexualidade deles a não ser que sejam gays ou assexuados ou de alguma maneira diferentes dos homens que conheci. Detesto os homens, mas transo com eles forte forte forte e sem nenhuma consideração porque os detesto tanto. Pelo menos quando estão transando comigo não me olham. Pelo menos posso fechar os olhos e apenas detestá-los. É tão difícil de explicar.

Boa noite.

QUINTA-FEIRA, 7 de outubro

Querido Joe,

Estou preenchendo este relatório sobre a tutelada número 6789, Minnie Goetze.

Ela está agitada, esporadicamente desatenta e não tem vontade de fazer a lição de casa.

É uma garota solitária e deseja que alguém expresse com um abraço qualquer amor que possa sentir por ela. Não está segura se alguém a ama de verdade e eu também não estou, embora não tenha investigado isso a fundo.

E por que o Monroe não a ama, nem sequer um pouco, nem sequer imperceptivelmente, como ele amaria uma irmã ou uma filha? Realmente não a ama? Não sabe que ela só quer abraçá-lo, beijá-lo, dormir com seus corpos juntos, não de um modo sensual, apenas juntos? Ela adoraria cozinhar para ele (e sabe cozinhar bem — mas por que nem mesmo quer cozinhar na sua frente? É quase como se tivesse medo de mostrar seu lado adulto para ele). Mas ela o ama, gostaria de estar com ele, mostrar-lhe as coisas de que realmente gosta, ler para ele e que ele a escutasse. Quer sentar na praia e beijar sua cabecinha loira, porque realmente o ama.

Vou ficar de olho nela.

Não deixemos que a Minnie enlouqueça, pelo menos, não agora.

Muito obrigado, Joe.

Abraços,

Mickey.

SEXTA-FEIRA, 8 de outubro

Querido Joe,
    Sou eu de novo. Desta vez, sem relatório sobre o número 6789.
    Vou permanecer em contato.

DOMINGO, 10 de outubro

VI A TABATHA no *Rocky Horror Show* e ela dividiu um baseado comigo. Ela disse: "Eu te encontro em todos os lugares, garota!" Ela tem um jeito durão, mas feminino. Sentou comigo durante os desenhos animados, antes do filme. É sempre o mesmo desenho, Betty Boop com a música *St. James Infirmary Blues* interpretada por Cab Calloway.

Quando estava sentada ao meu lado, eu fiquei tentando olhá-la com o canto do olho enquanto ela assistia ao filme. É tão bonita que a sua beleza parece impossível. Quero descrevê-la, mas tenho medo de não conseguir fazer isso e estragar tudo. Sua pele é tão lisa e sem poros, parece irradiar um brilho interior. Sua boca é grande e tão expressiva que tragar o baseado parece algo sensual. É só um dia mais velha que eu, mas vive em todos os lugares, e em nenhum lugar, não vai à escola, mas sabe tudo. Não quero nem falar dos seus olhos — quando brilham nos meus pensamentos, fico tonta. Quero apenas consumi-la. Quero ser ela.

Eu fiquei tentando olhá-la com o canto do olho.

A Tabatha foi embora assim que a música da Betty Boop acabou. Precisava encontrar as pessoas com quem tinha vindo. Ela me beijou na bochecha e eu pude sentir o seu hálito quente na orelha quando disse que queria mesmo me ver de novo, que deveríamos fazer algo...

TERÇA-FEIRA, 12 de outubro

ESTOU NA BIBLIOTECA da escola.

Tenho várias queixas, como por exemplo:
Detesto a localização desta escola. Perto da rodovia num bairro deprimente.
Detesto o Roger e o John e um monte de outras pessoas.
Deixei o John transar comigo nos arbustos atrás do campo de hóquei por quê:
Porque fiquei chapada e não sei bem, mas senti que me odiaria se eu não transasse, pensaria que estava lhe dando esperanças porque fiquei chapada com ele... parece tão estúpido escrever isto, escrever deixa claro que atraio coisas horríveis porque sou uma idiota
Não quero voltar para a escola nunca mais
Sei que ele vai contar para todo o mundo
Ele é tão feio e estúpido
Eu me odeio eu odeio o John
Nunca mais quero ver esse cara

QUARTA-FEIRA, 13 de outubro

NÃO AGUENTO mais matemática. Cheguei a um ponto em que levo dez minutos para resolver cada problema e simplesmente não vejo qual é a vantagem de acabar os deveres. Seria mais fácil escolher problemas ao acaso para estudar para a prova.

A escola é tão cansativa. Volto para casa física e mentalmente esgotada, me sentindo mal, vazia e ansiosa. A escola acaba com o meu dia. Ela me deixa num estado de depressão catatônica. No geral, mato algumas aulas e volto para casa mais cedo. Não suporto aquilo, sabe? É chato, chato, chato.

Estou ficando completamente fora de forma. Passo muito tempo sentada, o corpo fica rígido, os pés dormem e as costas doem. Então ando tentando fazer mais exercício. Amanhã irei à escola e vou piorar só mais um pouquinho.

QUINTA-FEIRA, 14 de outubro

A MINHA MÃE conversou com o diretor da escola e ele disse que precisavam me colocar num "período probatório" porque matei aula muitas vezes. Disseram que queriam que eu fosse a um terapeuta como condição desse período de teste.

A minha mãe chorava no carro e dizia que era muita, muita sorte eles não terem me expulsado porque agora não existe nenhuma outra escola que iria me aceitar.

SEXTA-FEIRA, 15 de outubro

O MONROE FOI para Nova York de novo.

SÁBADO, 16 de outubro

FUI DORMIR muito tarde, me sentindo estranha por causa daquele pó de anjo. Gostaria de não ter fumado aquilo. Queria falar com a Tabatha, mas eu estava muito chapada.

Hoje à noite vou jantar fora com o Robert, o cara da Cosmo. Vou encontrar com ele no Miz Brown's Feed Bag, na Califórnia, com Laurel, porque não quero que veja onde moro. Tchau.

Mais tarde

O ROBERT PARECIA gostar mesmo de mim ao telefone, e acho que eu gostava dele, tínhamos conversas tão longas, mas na metade do tempo eu fingia ser alguém que não era, e era fácil porque ele não podia me ver. Às vezes eu era só um pouco diferente, a Minnie que eu gostaria de ser, mais confiante. Menos triste. Mais bonita. Mas, quando o conheci, percebi que ele era exatamente como eu pensava que seria, nunca fingiu, foi honesto.

Comemos no Geary Boulevard, num tailandês de salas pequenas, com madeira trabalhada por todos os lados e buracos onde você enfia os pés quando senta no chão. Eu simplesmente não conseguia conversar com ele. É como se eu não conseguisse pôr a cara correta. Não podia refazer as minhas feições nem mudar de expressão para que combinasse com a pessoa que eu sentia que devia ser. Eu não sabia quem eu era, não sabia o que ele queria.

Ele tem vinte e quatro anos, já terminou a faculdade e trabalha. Acha que eu tenho dezessete anos, quase dezoito. Serviram vinho para mim. Ele fala devagar e pensa no que está dizendo, não é sarcástico, ficou me olhando muito e eu estava com medo de que estivesse pensando que não sou tão bonita quanto imaginou que eu fosse. É bem branco e tem um aspecto delicado, com cabelo castanho-claro, meio sem sal, na verdade, mas com uns olhos castanhos que eram bonitos e me encaravam como se me fizessem perguntas, mas eu simplesmente não era ninguém, não podia ser alguém. Tentei lhe devolver o olhar, mas o seu era profundo demais.

Depois de jantar fomos de carro até a Ocean Beach. Ele queria caminhar pela praia no escuro, mas não fizemos isso porque estava chovendo. Já estive ali à noite antes. Quando o tempo está bom, as pessoas acendem fogueiras ao longo da praia e fazem luaus.

Estacionamos na Great Highway num ponto com vista para o mar e assistimos à chuva cair ao nosso redor. Era uma situação um pouco embaraçosa porque havia um monte de outros casais nos carros estacionados ali. É um lugar para dar uns amassos. Conversamos um pouco e ele colocou uma fita pra tocar, o volume bem baixo.

Nights in white satin, never reaching the end...
Ele me beijou e eu retribuí o beijo.
Ninguém podia ver o que acontecia dentro do carro porque chovia forte.

Deixei que ele transasse comigo no banco da frente e o tempo todo fiquei com a sensação de que ele pensava que deveríamos parar e que aquilo estava indo longe demais, mas que era *eu* quem deveria dizer que parasse. Eu já não queria mais falar com ele, simplesmente não podia. Eu só queria que aquilo tudo acabasse, queria ir para casa. Logo depois comecei a chorar. Tentei não fazer isso, mas não pude evitar.

Ele me levou de carro até o Miz Brown's e eu voltei para casa andando debaixo de chuva. O Robert disse que era uma bobagem que eu não o deixasse me levar para casa. "Você pode acreditar que eu sou quem digo ser", ele disse, e me mostrou a sua carteira de motorista. Perguntou se eu sairia com ele amanhã e eu disse que sim, não sabia mais o que dizer.

DOMINGO, 17 de outubro

COMI TRÊS GRANDES caixas de doce, tamanho cinema. Por quê? Porque o filme me dava medo. *A mansão macabra.* E o Robert estava segurando a minha mão. Eu não sabia como fazer com que ele a soltasse sem que a agarrasse de novo. Eu não queria ser tocada. E o Robert cheirava à mesma loção pós-barba de ontem. Eu só queria ir embora e o filme me dava medo.

Tomei um monte de laxante, então, talvez, não me sinta como se tivesse comido todo aquele doce.

Tenho estado obcecada, acho, por cozinhar e ser organizada com o meu bloquinho de notas. Tenho me sentido nervosa e quieta. Preciso planejar todas essas refeições, comprar tudo e cozinhar. Mal falei durante toda a semana. Eu me sinto como se tivesse dormido sob o sol e acabasse de acordar... você conhece essa sensação?

Acho que as mulheres são bonitas. A Tabatha é bonita.

Mas, então: eu estava com medo agora há pouco e só tinha ao meu lado alguém que era praticamente um estranho. Só transei com ele uma vez. Acho que estava muito bêbada. Não quero ficar bêbada nem chapada e não quero mais transar. Tentei dizer para o Robert que não podia vê-lo mais. Disse que andava muito ocupada na escola e que não podia mesmo fazer nenhum plano agora. Acho que ficou um pouco zangado.

Eu gostaria que o Monroe nunca mais voltasse. Não quero pensar nele nem em nenhum outro homem me tocando. Não sei por que deixei o Robert transar comigo. Não vou vê-lo nunca mais.

Não gosto que os homens me olhem quando ando na rua. Não quero encará-los.

Continuo pensando na Tabatha. Posso imaginar como seria beijá-la e parece muito mais puro e doce do que beijar qualquer homem.

TERÇA-FEIRA, 19 de outubro

UMA CARTA MUITO maldosa do Robert:

"Querida" Minnie,

Você é uma garota muito atraente. Eu sabia disso antes mesmo de pôr os olhos em você. Agora que te conheço, posso dizer que sim, você é muito atraente fisicamente, mas a sua personalidade não está à altura.

Nunca conheci ninguém tão negativo com respeito a tudo. Tenho a impressão de que você não sente nenhuma alegria na sua vida. Quando estou triste ou irritado, olho a menor flor ou a cara de uma criança inocente e, de repente, me sinto feliz. Não acho que você possa fazer isso. Sinto pena de você.

Você é tão fria. Não posso acreditar que já "fiz amor" com você. Se não queria estar comigo, por que não disse? Você me magoou.

Quando olho nos seus olhos, vejo um vazio. Isso me assusta.

Fico feliz por você não fazer parte da minha vida.

Boa sorte sempre,

Robert.

Hoje fui ao psiquiatra. Dr. Alfred Wollenberg. Ele costumava visitar o Pascal e a mamãe quando eu estava na Castilleja. Perguntou se eu me importava com isso. Eu disse que não me importava, desde que nunca mais voltasse a falar com eles. É um homem muito, muito velho, com um consultório pequeno, escuro e atulhado no número 450 da Sutter Street, no centro.

— Comecemos pelo princípio — ele disse. — Primeiro vamos conversar sobre por que você está indo tão mal na escola.

Tenho que ir vê-lo uma vez por semana. Contei-lhe sobre o Monroe e ele prometeu que não iria falar para a minha mãe, mas o motivo que me deu é que isso não me ajudaria.

SEXTA-FEIRA, 22 de outubro

UMA CARTA DO Pascal:

Querida Minnie,
    Não sei por que você não pode se organizar e comprar um selo de quinze centavos. Incluí na carta um dólar, para o caso de você estar sem dinheiro.
    Quais as novidades? Você já está pensando em qual universidade quer entrar? Nunca é cedo demais para começar a pensar nisso. Meu Deus, tem sido uma luta. Agora a Gretel está na berlinda. Sabe, cheguei à conclusão de que tentar enfiar a educação à força na cabeça dos jovens de classe média é ridículo. Qual o sentido disso? Você pode me dizer? Se a pessoa é curiosa, vai reagir e procurar se ilustrar. Se não, é apenas doloroso... e caro.
    Starsky e Hutch falam de seus interesses sobre música, teatro, arte, literatura, ciência, matemática, evolução, sociobiologia, economia, história das ideias ou gastronomia? Minha nossa, não! São homens de ação que lutam contra a praga do crime. E são bem-apessoados — mas você já viu como se parecem os policiais de verdade? Corrente de ouro, jeans apertados, tênis Adidas, produtos que podem ser comprados e fazem com que alguém se pareça com Starsky e Hutch. Até mesmo bonecos Starsky e Hutch.
    Sabia que eu sempre tive interesse por "arte"? Acabo de comprar uma serigrafia do LeWitt. Você vai vê-la; com certeza irá gostar dessa serigrafia. E comprei um tríptico (três gravuras) do Arakawa. Depois comprei algumas litografias de um "desconhecido". Ele é professor de litografia no Pratt Institute. Antes, adquiri dois retratos de desocupados do século XVIII; esses de Florença. Então não ache que não estou interessado na sua arte, porque estou sim.
    No entanto, você não precisa do meu conselho sobre educação. Se precisar, "buscai, e encontrareis".
    Como a maioria das pessoas, acho, sou escravizado pela minha própria experiência. Quando eu estava crescendo — pobre e cercado por uma enorme ignorância —, precisava de conselho. E não consegui nenhum. Agora eu tenho uma cabeça repleta de coisas boas, e os meus filhos — biológicos e de criação — não dão a mínima. Isso é a evolução social humana em ação.
    A razão pela qual trabalho com edições internacionais é oferecer minhas ideias e experiências para a educação — colocá-las a serviço da educação. O que eu daria para ter um filho que estivesse "ligado" em interesses similares. Você e eu podemos ao menos nos comunicar com sinceridade. Talvez você use esse seu talento para inspirar todos nós.
    Lembre-se de que eu te amo, embora você seja negligente.
    Pascal.

SÁBADO, 23 de outubro

UMA CARTA PARA mim mesma:

Querida Minnie,

Você é mesmo a melhor. Adoro a sua comida; sobretudo aquelas *enchiladas* de frango com poucas calorias e os bolinhos de cereais. Você também faz torradas muito boas.

E desenha realmente bem. Nem preciso te dizer isso. Minha nossa! Você acaba de finalizar outra história em quadrinhos de uma página! Parabéns! Acho que você é muito inteligente e esperta, ainda que aqueles à sua volta não sejam. Acho que são mesmo uns babacas. Gente esquisita. Quem precisa deles? Que se danem!

Eu me esqueci de te contar. Robert Crumb passou na sua casa com a banda dele para visitar a sua mãe porque eles estavam tocando na cidade de novo e queriam praticar em algum lugar por algumas horas — e, sem você saber, ele, furtivamente, deu uma olhada no seu caderno de desenhos. Lembra como você esteve copiando alguns dos desenhos dele para aprender como ele faz sombras com caneta e tinta? Bom, ele viu os seus exercícios e olha o que ele fez:

E eu tenho que te cumprimentar por você tomar a iniciativa de aprender sozinha a cozinhar. Você está aprendendo mesmo, não apenas a cozinhar, mas tudo

Bom, ele viu os seus exercícios e olha o que ele fez!

o mais, preciso te dizer isso. Pelo menos você está começando a ver onde quer estar, o que você quer fazer e como vai conseguir isso, e você está construindo uma série de princípios morais à medida que aprende. Aqueles bundões não parecem saber aonde querem chegar.

Mas você, você escolheu uma vida simples como objetivo. Você quer encontrar um homem bom, sossegar, ter filhos, cozinhar, desenhar e pintar ou morrer tentando. E talvez até criar histórias em quadrinhos. Você quer amar alguém, amar a sua vida e expandir os seus talentos ao máximo. Isso é admirável.

Você está se saindo bem. Está tentando não beber nem ficar mais chapada. E você tem motivos legítimos, pessoais. Era uma escolha sua. E agora você escolheu uma vida sexual sem promiscuidade na qual aquele que você ama e aquele que te ama é o único que vai receber o que você tem para dar. Você aprendeu isso pela experiência. Dói muito, mas essa dor te coloca na direção correta. Eu te desejo força.

Você está ansiosa por algumas coisas. Não está apenas seguindo o fluxo. Amanhã vai andar de bicicleta e aprender como fazer maçãs assadas e arroz refogado com camarão. Na próxima semana, espera ter perdido mais um quilo e vai começar o seu próprio livro de receitas ilustrado. No próximo ano, será o momento de começar a procurar uma universidade. A vida é boa e você a ama. É bonita, como um quadro.

Boa noite.
Beijos,
Sua Fada-Madrinha

QUINTA-FEIRA, 28 de outubro

LEVEI UM PEQUENO susto hoje.

Esta tarde fui correr pelo bairro e quando cheguei à Arguello Street, de repente, lembrei que tinha deixado o meu diário em cima da cama!

Voltei correndo. Fiquei totalmente sem fôlego. A mamãe estava na cozinha falando ao telefone. O meu diário continuava sobre a cama. Eu o enfiei entre a minha escrivaninha e a parede e peguei um band-aid no banheiro. Falei para a minha mãe que eu estava com uma bolha. Depois, saí e corri por mais ou menos meia hora.

Minha terceira história em quadrinhos: Jesus aparece nela.

SÁBADO, 30 de outubro

ONTEM À NOITE, fui ao apartamento do Monroe.
    Decidi caminhar até ali porque não vi nenhum conhecido na Polk Street. Ele me perguntou se eu queria beber algo e tomamos uma cerveja cada. Conversamos um pouco. Ele me perguntou se eu sentia falta de fazer amor e me disse que também sentia. Eu estava um pouco assustada antes de fazermos amor e, enquanto estávamos fazendo, eu ficava me perguntando: "Por quê? Por que estou transando com ele?" Fazia mais de um mês desde a última vez... eu sempre soube que transaríamos de novo, mas imaginei que seria eu quem iria sugerir isso, e pensei que havia uma chance de que ele me rejeitasse.
    Sim, mas Monroe tomou a iniciativa e fez com que eu percebesse que tinha sentido a minha falta. "A gente não se falou mais", ele disse. Foi tão carinhoso, e eu o olhava, falava com ele, mas me sentia confusa, só pensava, não sentia, e não sabia como eu o queria nem como ele me queria.
    Monroe parecia tão sozinho. Às vezes ele fala tão baixo. Acho que quero amá-lo, mas não sei se posso confiar nele. A nossa relação é tão impossível assim? Tenho quase dezesseis anos. Eu me sinto mais mulher a cada dia que passa. Só não quero vê-lo sozinho. Nem quero que ele sinta o que eu senti.
    É estranho. Dou como certo que ele fará parte do meu futuro. Às vezes tenho certeza de que vamos nos casar algum dia. Na verdade, não penso nisso, não sinto isso, apenas parece inevitável. Porque não posso me imaginar vivendo sem ele.
    Uma parte de mim sabe que ele é um bundão, um babaca, e que eu estaria melhor se ele morresse. Mas outra parte de mim não acredita nisso e tem certeza de que ainda vamos todos viver felizes para sempre, de um modo ou de outro...
    Monroe sempre diz que talvez quando eu fizer dezoito anos a gente possa ser capaz de ter uma relação de verdade. Agora, tenho quase dezesseis, mas estou tão cansada de tudo... não vejo como terei algum sentimento daqui a dois anos. Parece tão distante.

SEGUNDA-FEIRA, 1º de novembro

ONTEM, FOI Dia das Bruxas. A Kimmie e eu ficamos muito chapadas e fomos caminhando até a Polk Street. Tive que implorar e subornar a Kimmie para caminhar porque ela estava usando plataformas. Adoro caminhar, especialmente numa noite como aquela: bonita, sem nuvens e divertida. Não estávamos fantasiadas, fomos apenas para olhar. A rua estava abarrotada. Apenas homens, homens, homens, vestindo todo tipo de fantasia: Dorothy, do Mágico de Oz, Frank N. Furter ou

SEGUNDO COLEGIAL

Vimos o Richie no Buzzby's com o namorado.

Magenta, de *Rocky Horror Show*, Village People e, claro, um monte de caras com calças de couro abertas atrás deixando as bundas à mostra.

Todas as discotecas estavam escancaradas e as bolas de espelho giravam e refletiam luz por toda a rua. A música soava muito alta, música disco... Nós nos espremíamos para entrar no Buzzby's, no Kimo's e no White Swallow. Sempre quis entrar nesses lugares, mas sempre tínhamos que mostrar o documento antes. Mas ontem à noite estava tão lotado que ninguém reparou. Vimos o Richie no Buzzby's com o namorado, que tem pelo menos trinta anos e é muito macho... o Richie usava uma peruca loira e mal o reconhecemos no começo... ele está tão apaixonado... a música tocava tão alto que você não podia ouvir nada que alguém dissesse... a Kimmie e eu estávamos gritando com toda a nossa força.

I feel looooooooooove.

Estávamos passando por aquele beco onde as pessoas ganham mamadas e sempre cheira a xixi... tem aquela cafeteria cafona na esquina... e um homem usando fralda e uma máscara saiu correndo em direção à multidão com uma motosserra ligada no máximo! Ficamos com muito medo, pensamos que ele ia matar alguém. Mas, no final, a motosserra não tinha uma lâmina ou uma corrente ou sei lá o quê.

Como sempre, eu esperava ver a Tabatha, mas isso não aconteceu.

QUARTA-FEIRA, 3 de novembro

EU DISSE PARA o dr. Wollenberg que achava que queria o Monroe fora da minha vida. Ele falou que não achava que eu teria muita sorte com isso por causa da dinâmica entre a minha mãe e o Monroe.

O dr. Wollenberg me deu um novíssimo vibrador laranja! Eu nunca tive uma coisa dessas antes. Havia uma pilha de caixas atrás da sua mesa. Ele se abaixou para pegar uma e no começo pensei que ia me dar uma caixa de sapatos. "Por que ele me daria isso?", pensei. Uma rápida imagem de sapatos rosa tipo boneca me veio à mente. Eu estava preparada para passar vergonha. Mas abri a caixa e dentro havia um panfleto colorido com a foto de uma mulher esfregando o vibrador na bochecha… do outro lado, um rapaz esfregava um modelo diferente na bochecha. "Relaxe…", dizia, "tire um tempo para si mesmo com um massageador pessoal Sunbeam".

Ele me disse que, se eu realmente queria me separar do Monroe, o vibrador poderia tornar as coisas um pouco mais fáceis, como um substituto do sexo. Ele me perguntou se eu já tinha tido um orgasmo, mas eu não lhe contaria isso.

— Bom, você poderá ter um quando aprender a usar esse vibrador — disse o doutor.

Fiquei encabulada, mas aceitei o presente. Tenho medo de usá-lo porque faz muito barulho. Se a minha mãe ou a Gretel o encontrar, poderei dizer que é para as minhas bochechas.

O dr. Wollenberg é um homem bem velho, deve ter uns setenta anos, e me ocorreu que poderia ser um pervertido. Mas, conforme esclarece as suas ideias, parece mais provável que não seja nada disso. O seu consultório está num edifício do centro, perto do túnel Stockton. É pequeno, o estofado é vermelho-escuro e ele mantém as persianas fechadas.

QUARTA-FEIRA, 10 de novembro

COMO É QUE uma mãe e uma filha sentem, secretamente, ciúme uma da outra por causa do mesmo homem? A minha mãe, *realmente*, sabe sobre mim e o Monroe? Ela acredita, *de verdade*, que o Monroe é apenas um companheiro gentil e platônico de sua filha, a levando para jantar fora como se fosse um serviço público?

Eu estava sentada na sala com o Monroe. Pensamos que a minha mãe dormia. O telefone tocou. Corri até a cozinha para atender. E lá estava a minha mãe: tinha ficado sentada no escuro, na copa, nos espiando. Ela ficou sem jeito e recuou, fingindo que acabara de acordar.

SEGUNDO COLEGIAL

SEXTA-FEIRA, 12 de novembro

EU ME ENCONTREI com a Kimmie e o Chuck no Nito Burrito da Polk Street por volta das cinco. Sentamos a uma mesa perto da janela e tomamos café. Eles estavam me contando como a Tabatha é uma sem-vergonha... tinham ouvido que ela passou por sérios problemas porque apareceu em filmes pornô quando era criança. Disseram que ela é uma drogada e que engana as pessoas. Discuti com eles, mas eles sabem que tenho uma queda pela Tabatha e que o amor é cego... eu deveria escutá-los e ficar longe dela.

Bem nessa hora, quem bateu no vidro?

Bem nessa hora, quem bateu no vidro ao lado da minha cabeça? A Tabatha.
Ela entrou e perguntou se eu queria ir fazer compras com ela. Eu disse que sim. Deixamos o Chuck e a Kimmie ali. A Tabatha disse que não gosta muito deles.
Ela me iniciou no mandrix, fomos até a Market Street e fizemos fotos numa dessas cabines da Woolworth's. Cada uma ficou com duas fotos. Parecíamos tão chapadas. Eu me sentia realmente bem com esse mandrix. Você se sente feliz e é como se o seu corpo estivesse flutuando...
Atravessamos a rua até a Kaplan's, uma loja que vende produtos descartados pelo exército. Sentei no chão perto do provador enquanto a Tabatha roubava

239

algumas calças. Tudo que ela fez foi provar as novas e depois colocar as suas no cabide. Eles nunca reparam, ela disse. Desde que você coloque alguma coisa no lugar.

É assim que ela faz compras.

A Tabatha queria que eu fosse ao *Rocky Horror Show* com ela amanhã, mas a Elizabeth está para chegar.

DOMINGO, 14 de novembro

A ELIZABETH SÓ ficou uma noite. Ela voltou para Los Angeles esta manhã. A Castilleja tem umas férias no meio do semestre para todos, menos para os alunos do segundo colegial, que têm três dias de provas preparatórias para a universidade.

O Pascal se encontrou com a Elizabeth em Nova York faz algumas semanas, quando ela esteve na Costa Leste dando uma olhada nas universidades. O encontro foi no apartamento novo dele. Ela disse que o edifício é bonito, perto do Central Park, com porteiro, latão polido e mármore no hall de entrada. Ele a levou a um elegante restaurante francês para jantar.

Eu deveria ficar com ciúme? O Pascal é obcecado por garotas loiras com tetas pequenas. Como a Elizabeth. Ele acha que o David Hamilton é um grande fotógrafo. Não acredito que na verdade ele fosse tentar transar com a Elizabeth, mas o Monroe com certeza quis isso quando ela ficou bêbada e vomitou no carro dele.

A Elizabeth diz que o Pascal lhe escreve cartões-postais quando viaja para lugares interessantes.

Ela está tentando ser admitida na Sarah Lawrence.

Ontem à noite, compramos bebidas na Manwell's, que fica perto da minha casa na Sacramento Street. Na Manwell's nunca pedem documentos. O dono é um árabe calado e barrigudo de meia-idade. A minha mãe até me manda ir ali para comprar vinho. A Elizabeth sugeriu Hereford's Cows. Parece *milk-shake*, mas leva um monte de álcool... tem vários sabores. Escolhemos banana e café.

Demos uma volta e acabamos na Alta Plaza. Sentamos num muro e bebemos. Como aquilo tem um gosto tão bom, você não percebe que está ficando bêbado. Nós ficamos muito, muito bêbadas. A Elizabeth ficou chorosa e com medo de voltar para casa andando. Disse que não estava acostumada com as cidades grandes. Pegamos um táxi na California Street e ela chorou durante todo o trajeto. Ela estava com vergonha de entrar em casa: pensou que a minha mãe se zangaria porque ela ficou bêbada. Assim que o táxi parou para descermos, Elizabeth saltou para fora gritando "Você me odeia, você me odeia!" e saiu pela rua soluçando. Ela fica assim quando está bêbada; chora, ameaça se suicidar e, no dia seguinte, não se lembra de nada. Não fui atrás dela, estava cansada daquilo, então eu entrei, mas a Elizabeth não aparecia. A minha mãe chamou a polícia porque se sentia responsável e temia que a Elizabeth tivesse se suicidado. A polícia chegou e usou os seus holofotes na frente do nosso prédio, ao longo do quarteirão, e a encontram perto da esquina uma meia hora depois.

A minha mãe estava brava, mas nos deixou ir fazer compras no centro. Não tínhamos nenhum dinheiro, então apenas caminhamos e conversamos. Paramos numa lojinha para comprar refrigerante e doces e vimos que vendiam giz. Compramos uma caixa, depois achamos um bom local na frente de uma das vitrines da Brooks Brothers e pintamos no chão o Papai Noel, renas e um sino grande com um laço. Escrevemos "Boas Festas!". As pessoas ficaram nos olhando e começamos a cantar canções de Natal, mesmo que ainda não fosse nem Dia de Ação de Graças. As pessoas nos davam dinheiro como se fosse a coisa mais natural do mundo. Elas sorriam. Conseguimos uns dezesseis dólares em uma hora e ficamos muito animadas. Foi incrível que a Elizabeth tenha superado a sua timidez, que é enorme.

A mamãe nos pegou no portal de Chinatown e levamos a Elizabeth para o aeroporto.

... começamos a cantar canções de Natal.

TERÇA-FEIRA, 16 de novembro

CARTA DO PASCAL:

Querida Minnie,

Você vai fazer dezesseis anos em uma ou duas semanas. Isso é outro marco. Os adoráveis dezesseis anos. No limiar de se tornar mulher, e no limiar da vida. Se não me falha a memória, eu te conheci quando você tinha quatro anos. Então, faz doze anos. Você é uma das pessoas que conheço há mais tempo. E, claro, nós compartilhamos alguns natais! Estou feliz de te conhecer. Se eu fosse piegas ou sentimental, diria que você é uma das minhas amigas mais antigas.

Valorizo imensamente toda e qualquer comunicação com você. Só gostaria que fosse mais abundante.

Tenho certeza de que você sabe que sempre encontrará um lar no meu domicílio, onde quer que ele seja. Aconteça o que acontecer, você será sempre bem-vinda. Na verdade, isso não expressa o que quero dizer. Você sempre terá o direito de compartilhar o que eu tiver, sempre terá um teto e um prato de comida. Enquanto eu estiver por aqui, posso dizer que você, bem ou mal, é minha "filha". Considere-se uma daquelas pobres crianças pioneiras capturadas por uma tribo apache, liderada por outro renegado: um escocês maluco.

Nova York está na sua temporada de inverno. A cidade está cheia de vida: arte, música, teatro, livros e literatura. São Francisco é bonita, admito, mas já não é para mim — até eu me aposentar. Acaba de nevar: em mim, nas árvores, nos edifícios. Agora, parou.

Logo você vai receber a *Human Nature*. Isso vai entreter a sua mente sagaz. Alguns dos futuros artigos — o lado positivo — são muito interessantes. Por exemplo: "A atração". Entendeu? Quem nunca se sentiu atraído por alguém? Estou enviando para a Gretel aquela revista para adolescentes: *Seventeen*.

Devo mencionar a escola? Não. Eu já disse tudo que havia para dizer. Mas não desperdice essa sua bela mente. É uma das melhores e precisa se desenvolver.

Jantei com a sua amiga Elizabeth quando ela veio visitar as universidades. Ela me contou que está trabalhando como louca na Castilleja. Espero que se saia bem. Está interessada na Sarah Lawrence. Muito difícil e competitiva. Mal posso esperar para ver aonde você vai chegar.

"AMO VOCÊ". Pascal.

QUARTA-FEIRA, 17 de novembro

ESTAREI NO psiquiatra em mais ou menos uma hora. Vou dizer que não posso usar o vibrador que ele me deu na semana passada porque é tão triste e tão intenso que quase dói. Prefiro ter contato físico com *pessoas*, o vibrador me deixa fria.

Acho que a Kimmie vai ver *Rocky Horror Show* comigo na semana que vem. Na última vez peguei no sono durante o filme, mas... tinha tomado bolas a noite anterior e não havia dormido muito.

SÁBADO, 20 de novembro

PRIMEIRO, ELA pensava que os homens eram detestáveis e nojentos e andava com a cabeça baixa para que os seus olhos não se cruzassem. Pênis flácidos balançando livremente nas suas calças, olhares maliciosos e pernas finas... Mas daí ela transava com eles, não os olhava e, na verdade, só os desejava por um instante... depois os odiava mais do que antes e não queria vê-los nunca mais... às vezes chorava porque se sentia tão perdida, confusa e cheia de ódio.

E ficava mais e mais bêbada porque se sentia engraçada e beber a fazia esquecer.

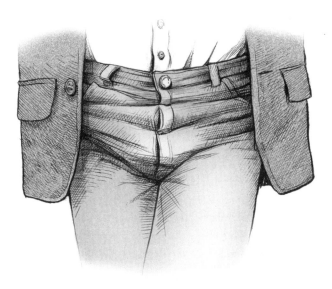

... balançando livremente nas suas calças...

Certa noite, ela e a Kimmie ficaram bêbadas, comeram comida chinesa e foram para a Broadway ver se algum cara iria pensar que eram putas. Entraram numa sex shop, olharam revistas pornô, assistiram a um filme horrível numa cabine pequena e fedida e deram em cima de dois rapazes suburbanos que pensaram que elas eram putas. As garotas deixaram que os rapazes pagassem algumas bebidas em Chinatown e então foram até o furgão deles e transaram.

De repente, a situação ficou feia: os caras não acreditavam que as garotas não eram prostitutas e diziam: "Com quem vocês acham que estão brincando? Sabemos que vocês são putas. *Putas, putas!*"

As garotas não aceitaram nenhum dinheiro, mas, enquanto o carro partia, os rapazes jogaram um punhado de moedas nelas.

A Minnie não sentiu nada. Nem mesmo chorou. Já não se importava se alguém a amava ou não. Percebeu que estava sozinha e já não ligava. Só sentiu ódio. E daí soube que estava realmente fodida.

Foi para o apartamento do Monroe e tentou explicar isso tudo sem contar nada em particular. Ao explicar, chorou. E ficou contente por chorar porque se sentia mais ela mesma e não tão entorpecida. Ele a abraçou. Ela podia sentir o coração dele batendo e soube que ele era o único homem que ela já amara, junto com o seu pai, o seu avô e o seu professor da oitava série.

Mais tarde

ACABO DE TOMAR dois Valiums da mamãe para ver se me fazem sentir melhor. Ela chama o Valium de "vitamina V".

Car Dieu a tant aimé le monde
Qu'il a donné son Fils unique,
Afin que quiconque croit en lui
Ne périsse point,
Mais qu'il ait la vie éternelle.

Porque Deus amou o mundo de tal maneira
Que deu o seu Filho unigênito,
Para que todo aquele que nele crê
Não pereça, mas tenha a vida eterna.

DOMINGO, 21 de novembro

EU COSTUMAVA imaginar que nos abraçávamos, aconchegados na sua cama, e que eu descansava a cabeça no seu peito, ouvia o seu coração bater. Mas isso nunca aconteceu dessa maneira. Só transávamos e transávamos e isso partia o meu coração. Agora me sinto mal.

Mais tarde

VOU ME ENCONTRAR com a Kimmie na Polk Street. Ela também se sente assustada e deprimida por causa do que fizemos e nós prometemos não fazer nada assim de novo. NÃO vou contar isso para o dr. Wollenberg.

A Kimmie tem algumas anfetaminas.

TERÇA-FEIRA, 23 de novembro

O ANIVERSÁRIO da Tabatha é no sábado. Acho que estou apaixonada por ela.

Um nome bonito...

QUINTA-FEIRA, 25 de novembro
Dia de Ação de Graças

FOMOS À CASA da Andrea para passar o Dia de Ação de Graças. Fizemos tortas de abóbora para levar. Foi deprimente. A mamãe bebeu muito vinho à tarde e gritou com a gente porque estávamos brigando para ver de quem era a vez de limpar a areia do gato.

Por volta das quatro da tarde, decidimos ir andando com as tortas até a casa da Andrea, em vez de ir de carro. Ela vive na Baker Street. A mamãe pegou um copo

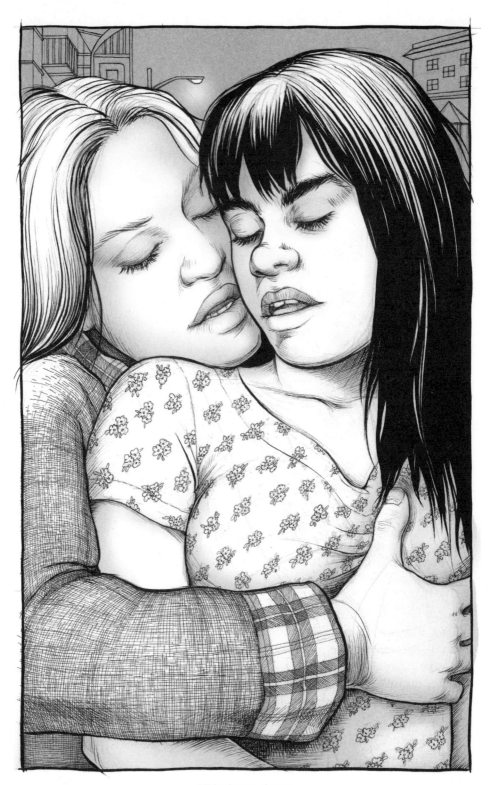

A Tabatha me abraçou.

de plástico com gim-tônica e nós todas saímos para o jantar de Ação de Graças, a Gretel e eu levando uma torta cada.

No meio do caminho, a mamãe decidiu que não queria mais beber, então ela jogou o copo meio cheio na caixa do correio. Tinha cartas lá dentro.

Fiquei chocada. Eu nunca faria aquilo. E se houvesse uma carta de uma avó para o seu neto? Ou de uma garotinha, uma carta com adesivos de corações, na qual pedia desculpas para a sua melhor amiga? Seja como for, acho que é contra a lei interferir no correio dos Estados Unidos.

O jantar foi ainda mais deprimente. O Monroe estava lá, mas bem impaciente, e disse que precisava ir embora cedo para ver um jogo com os seus amigos no Washington Square Bar and Grill.

SEXTA-FEIRA, 26 de novembro

SÃO DUAS E doze da manhã. Acho que isso quer dizer que na verdade é sábado. Por volta das dez e meia, fui até a Polk Street de ônibus — a mamãe tinha ido ao cinema e eu só queria sair do apartamento. É estranho caminhar pelas ruas à noite sozinha, então andei rápido, entrei na Sukkers' Likkers e comprei doces e uma caneta. Depois, cruzei a rua até o The Bagel, tomei um café e desenhei um pouco no meu bloquinho de notas. Ergui a vista e vi a Tabatha passar correndo, daí levantei, percorri a Polk Street como se não a tivesse visto e lá estava ela na esquina da California Street sob a luz do poste de iluminação falando com uma bicha.

Quando ela me olhou, eu, de repente, senti um calor, um formigamento, vergonha, timidez...

— Oi, Tabatha.

— Ei, Minnie! O que faz por aqui? Cadê a Kimmie? Não me diga que você está sozinha! Vamos dar uma volta?

Deixamos o seu amigo e ela me levou até esse edifício de uma velha escola na Sutter Street, uma escola pública de quatro andares toda de tijolos; daí, subimos pela escada de incêndios até o telhado. Era uma noite agradável, refrescada pela neblina, e nós nos beijamos, sentimos os nossos corpos, mas eu não queria fumar maconha, só queria olhar para ela com os olhos bem abertos é tão bonita que quase não consigo encará-la é como se a minha mente rejeitasse a possibilidade de tamanha perfeição.

Nossa, eu só queria transar com ela, mas... o que significa isso com uma garota? Ela iria me ensinar o que fazer? Iria pensar que sou uma idiota? Ainda posso sentir suas mãos nas minhas tetas e os seus lábios nos meus todo mundo todo mundo diz que ela é tão má mas isso é bobagem o que ela poderia fazer comigo?

Eu me sinto tonta e não consigo dormir.

SÁBADO, 27 de novembro
Aniversário da Tabatha

ESTOU TRISTE, como se não restasse nenhuma pureza.

Hoje, o Monroe me levou com ele para ver carros. Disse que precisava do meu conselho de especialista.

Primeiro, comemos uns sanduíches enormes no Geary Boulevard, porque ele come feito um porco.

Então, eu disse que queria ir para o seu apartamento antes de olharmos os carros e ele disse: "Você só pensa nisso?! Talvez a gente possa ir depois. Se sobrar algum tempo."

Eu disse que queria ir *antes*. Ele se zangou e disse ok, mas que tinha que ser bem rápido. Eu estava fazendo bico e ele dirigiu com raiva o seu fusquinha bege caindo aos pedaços. Fomos até o seu apartamento e, quando chegamos, ele só queria que eu chupasse o seu pau. Ele gozou bem rápido, mas eu queria transar e comecei a chorar. Daí ele começou a gritar comigo e daí me abraçou e daí fomos embora, mas eu me sentia muito mal.

Ele diz que é para o meu próprio bem. Acha que eu não vou ficar tão emocionalmente envolvida se apenas chupar o seu pau em vez de transar.

Percorremos toda a Van Ness olhando os carros das concessionárias. O Monroe só queria ver Honda Civics porque, segundo ele, eram novos e eram os melhores. Eu disse que eram horríveis.

— São horríveis?! Que merda de gosto você tem!!!

Em todos os lugares a que íamos, eu odiava os carros. Odeio carros de qualquer jeito. Daí, na frente de um lugar, eu estava puxando o seu braço e ele se virou e, de repente, me deu um soco na barriga, ali mesmo, na rua.

DOMINGO, 28 de novembro
Meu aniversário

AGORA EU TENHO dezesseis anos.

Prepararam uma festinha para mim. A minha mãe estava ali, e o Monroe, a Gretel, a Kimmie e a Andrea.

Trouxeram um bonito bolo cor-de-rosa e compraram o novo álbum do Ringo Starr com aquela música que me dá vergonha: *You come on like a dream, peaches and cream, lips like strawberry wine, you're sixteen, you're beautiful, and you're mine.* (Você saiu de um sonho, pêssegos e creme, lábios como vinho de morango, você têm dezesseis, é linda e minha.)

O Monroe estava bem-comportado, sem ser nada sarcástico, me tratando com reverência, como se o meu aniversário fosse um rito sagrado de passagem. Ele me puxou de lado e se desculpou por ter me dado um soco na barriga.

DOMINGO, 5 de dezembro

A TABATHA NÃO está por perto.

Vi o Richie, na Polk, e ele me contou que ela havia sido presa por porte de drogas há alguns dias. Eles a enviaram para um pequeno centro de recuperação, um centro de segurança máxima em Valle, mas ninguém sabe por quanto tempo vai ficar lá.

Ele disse que estava contente porque tinha me dito que não passasse muito tempo com ela. Não falou exatamente por que, como se não quisesse fazer fofoca. Sei que são amigos. Ele age como se gostasse da Tabatha quando ela está por perto.

O Chuck já não vive mais com o irmão dele, mas ainda não se emancipou, então tem que morar num centro social na cidade. Detesta isso porque ali existe uma espécie de toque de recolher bem cedo à noite. Eu ainda o vejo muito na Polk Street. Ele continua afirmando que não é gay ou bi. Talvez esteja falando a verdade... ainda tem o cabelo comprido, muitos caras que eu conheço o cortam assim que saem do armário.

DOMINGO, 12 de dezembro

ALGO RUIM aconteceu comigo... quase.

Chovia enquanto estávamos assistindo ao *Rocky Horror Show*. A chuva tinha parado quando o filme acabou e a Market Street estava molhada, escura e fria à uma e meia da manhã, ou quase duas, com alguns poucos ônibus fazendo suas últimas viagens. A Kimmie ia a uma festa em South City, mas eu não queria ir, então decidi voltar para casa andando.

Estou tão cansada, de ressaca, vejo luzes piscantes e tenho dor de estômago. Estava dando uns goles no refri de hortelã de alguém e depois acho que fumei um baseado com pó de anjo ou paraquat ou sei lá o quê.

A minha mãe está passando furiosamente o aspirador pelo corredor, batendo o aspirador com agressividade na minha porta.

Sempre caminho pela rua, não pela calçada, do lado onde estão estacionados os carros, daí ninguém pode sair correndo de um edifício e me atacar.

"Entra no carro, sua puta!"

Fui do cinema até a Larkin pela Market. Quando alcancei a Clay, virei à direita em vez de à esquerda porque, de repente, decidi passar no apartamento do Monroe, ainda que já fossem duas da manhã. Então eu andei em direção a Russian Hill: esquina da Green com a Taylor, onde ele mora.

As ruas estavam desertas e molhadas e a iluminação pública produzia reflexos brilhantes em todos os lugares, nas ruas e nos carros molhados. Ouvi um carro subindo a ladeira atrás de mim com esse som molhado que é como bacon numa frigideira, mas não me virei para olhar. Pensei que ia passar por mim, mas parou bem ao meu lado e a porta do motorista se abriu, bloqueando o meu caminho. Girei a cabeça e um homem, de repente, agarrou o meu braço, tentando me puxar para dentro do carro, direto no seu colo. Ele disse: "Entra no carro, sua puta!" Olhei para baixo, para a sua mão no meu braço, para os seus compridos e ossudos dedos negros. Vi uma arma brilhante e azulada no banco do passageiro, mas mal me fixei nisso. Com a minha mão livre consegui de alguma maneira me agarrar a um ponto de ônibus ou a um sinal de trânsito, e tive sorte de alcançá-lo porque eu estava entre dois carros estacionados. A barra de metal estava fria e úmida e era grande demais para que eu pudesse fechar os dedos ao seu redor, mas eu estava decidida a não me soltar, e senti os meus dedos se fecharem como por instinto, então pude olhar em volta, acho que em busca de ajuda, mas a minha voz congelou. Pensei em gritar, mas a minha garganta não se abria.

Algumas vezes o carro escorregou um pouco para trás porque acho que o homem levantou o pé do pedal do freio, de propósito ou não, não sei, mas pensei que iria arrancar o meu braço.

O homem disse: solta, sua puta burra, vou te matar se você não soltar, sua puta. Puxava tão forte que senti como se já estivesse morta, mas não me soltei da barra. A minha mão fria tinha se tornado uma garra de ferro soldada à barra de metal, e então, de repente, um táxi passou pela rua transversal no topo da colina e ele nos viu ou ouviu. Os seus pneus cantaram quando ele freou e virou para descer a Clay; veio na contramão ou era o outro homem que estava no sentido errado. O negro viu o que estava para acontecer. Ele disse: merda. Tinha uns trinta e cinco anos e era meio deformado. Ele me soltou, mas me deu um empurrão, e eu quase caí quando ele bateu a porta do carro e foi embora.

O taxista anotou o número da sua placa. Eu estava atordoada, mas ele me colocou no seu táxi, me deixou sentar no banco da frente. Era bem jovem e italiano e estava ofegante por causa da agitação. Ele havia me salvado, isso estava claro, mas eu não sabia o que dizer, estava *muito* atordoada. Ele me levou à delegacia da Vallejo, perto do túnel da Broadway. O taxista contou aos policiais a situação tal como a encontrara, e eles me fizeram todo o tipo de perguntas e preencheram um relatório. Fizeram com que eu arregaçasse as mangas e tiraram fotos do meu braço onde o homem me agarrou. Havia marcas escuras do tamanho de moedas grandes por todo o braço onde os seus dedos negros e ossudos tinham afundado. O estranho foi quando me pediram que arregaçasse a manga... eu esperava que não tivesse nada. Senti como quando você está esperando que tomem a sua temperatura e torce para que tenha pelo menos um pouco de febre ou ninguém vai acreditar na sua doença. Mas havia um monte de provas por todo o meu braço e eles tiraram várias fotos.

Disseram que o homem, provavelmente, teria me matado, que o taxista tinha salvado a minha vida e que eu não deveria ficar andando por aí à noite desse jeito. Eu disse que sabia que tinha tido muita sorte e agradeci ao taxista.

Dois policiais me sentaram a uma mesa e me perguntaram se eu estava bêbada ou se estivera bebendo e eu disse que não, que só tinha dado um golinho. Perguntaram de onde eu vinha e para onde ia e eu disse que vinha do *Rocky Horror Show* e que ia para a casa de um amigo.

Disseram que um monte desses garotos do *Rocky Horror Show* se metem em encrencas.

Deixaram que eu ligasse para alguém vir me buscar. Eu falei que a minha mãe não estava em casa e que precisava ligar para outra pessoa, um amigo dela, daí liguei para o Monroe.

O Monroe estava bastante bravo quando veio me buscar, xingava um monte e dizia que eu tinha sido muito burra de zanzar por aí à noite. Não gostou nada que ligassem para ele de uma delegacia às duas e meia da manhã: por que eu não tinha ligado para a minha mãe, pô? Acho que, na verdade, estava nervoso porque os policiais podiam perguntar quem era ele e por que viera me buscar. Comecei a chorar e ele parou o carro em Pacific Heights, na Jackson ou algo assim, disse que não queria ter que se preocupar comigo, cacete, e que se sentir responsável por mim já era demais. Ele se importa comigo e não quer que eu morra nas mãos de algum idiota, mas ser tirado da cama no meio da noite é demais. Eu tentava não chorar mais e me abraçava com força, não o olhava, mas ele me agarrou e eu disse que estava machucando a droga do meu braço. Daí ele me deu uns tapinhas na cabeça, falou vamos, me deu uma espécie de beijo na bochecha, eu meio que olhei para ele e ele disse vamos de novo. Não chora. Passou um sermão durante dez quadras mais e então estávamos em casa. Subiu as escadas comigo, acordou a minha mãe e, de repente, voltou a ficar todo sério e bravo. Contou para ela tudo sobre o ocorrido e lhe deu os números da polícia para o relatório. Ela ficou puta da vida. O seu rosto estava todo lustroso e inchado porque estava dormindo e do creme noturno que ela usa. Vestia um longo roupão branco e luvas brancas de algodão para que o creme das mãos não saísse.

Ela queria que o Monroe dormisse ali. Mandou que eu fosse para a cama. Acho que ele dormiu no sofá.

A Gretel está chateada porque ela ouviu a mamãe me repreendendo pelo que aconteceu na noite passada. Estávamos na cozinha. A mamãe estava me dando uma bronca por beber ou fumar maconha ou algo assim...

A Gretel, muito brava, me chamou de maconheira idiota e começou a chorar porque disse que eu provavelmente acabaria morta.

— Você é uma retardada nojenta! Como eu posso te respeitar? Eu odeio você!

Ela correu para o quarto e bateu a porta.

SEGUNDA-FEIRA, 13 dezembro

A POLÍCIA LIGOU e disse que o carro em que o homem negro tentou me fazer entrar era roubado. A placa era da Flórida. Então era provável que eles nunca pegassem o homem, a não ser que ele viesse a fazer algo mais no mesmo carro.

Mais tarde

UMA CARTA DO Pascal:

> Athenaeum Hotel
> 116 Piccadilly
> Londres
>
> Querida Minnie,
> Sua carta deve ter se extraviado: até eu viajar para Londres, não havia sinal dela. E lá vamos nós: começando de um modo complicado.
> Bom, como você está? Ainda tentando conhecer a si mesma? São Francisco. Depois o mundo. Isso poderia te paralisar. Que tal pensar em começar a universidade? Uma vez ali, você veria um monte de seres humanos mais ou menos no mesmo estado em que você se encontra. Não é que você encontraria alguém exatamente como você — você é única —, mas outras pessoas de dezessete e dezoito anos "descobrindo" lado a lado com você. Você não está sozinha. Sonhe com isso. Você precisa crescer para gostar da ideia.

De qualquer modo, você é amada por muita gente: quer que eu faça uma lista?

A próxima pergunta é: quem você acha interessante? Todo o mundo? Ou talvez a pergunta devesse ser: o que você acha interessante?

Há sempre a arte. E não me refiro a rabiscar ou a desenhar histórias em quadrinhos ou a matar o tempo escapando do trabalho que está em suas mãos. Eu me refiro a litografia, pintura, colagem, escultura, gravura, cerâmica e outras disciplinas sujas mas produtivas.

Há os negócios. Nossa, droga, eu quero ser rico e daí vou ser o bonzão (expressão da Gretel). Eu me refiro a que, quando despojado de fantasias, você sempre pode fazer dinheiro. "Não, meu, isso não é pra você."

Estude literatura. Hummm. Francesa, alemã, russa (a primeira paixão da sua mãe), polonesa (não há muita coisa aí), italiana (pelo menos, Dante) ou apenas inglesa mesmo. Comece com *Orgulho e preconceito*. Tanto faz; não se esqueça de escrever tudo.

Por que eu me preocupo com você? Bom, por que eu me preocupo comigo ou com a Gretel ou com a sua mãe? Quer dizer, é natural, sem esforço. O que eu posso fazer por você além de te oferecer um lugar no meu suntuoso alojamento? É bom se preocupar com alguém tão importante quanto você.

E o que você está fazendo? Enquanto eu estou aqui sentado neste hotel maçante esperando para ir ao Cairo, depois Florença, Londres e então casa, penso em como você gostaria de visitar todos esses lugares. De algum modo, você parece tão distante.

Tem visto a Elizabeth? Ela é uma garota inteligente e divertida como você.

Pronto. Outro comunicado oficial do Pascal. Beijos. Diga oi para a Gretel e para a sua mãe. Etc. etc. etc... Pascal.

∽∞∾

Suponho que seja melhor eu começar a prestar atenção na escola. Acho que mato aulas umas duas vezes por semana. Às vezes nem sequer compareço e às vezes vou embora na metade do dia. Tento distribuir as faltas de modo uniforme porque daí a minha ausência não fica tão óbvia.

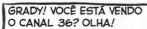

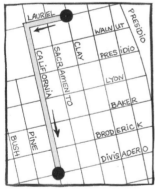

TERÇA-FEIRA, 14 de dezembro

QUERIDO, QUERIDO ferido diário,
A minha mãe xeretava as minhas coisas e encontrou você, o meu diário.
Ela ligou para o Monroe.
Eles me ligaram.
Estavam bêbados quando fui encontrá-los no bar.
Planejaram me casar com o Monroe.
Algum nódulo primitivo no meu cérebro começou a pulsar de alegria.
"Oh, sim, meu amor, ele me ama, quer cuidar de mim, até a minha mãe quer o que for melhor para mim, agora, no fim desta longa e dolorosa estrada devo, finalmente, ter a minha aconchegante felicidade, o reluzente amor rosado de que eu tanto necessitava — e de que nunca mais voltarei a necessitar!"
Então algo se rompeu e eu fiquei muito, muito mal.
A vida se desfaz em sangue e escorre entre os meus dedos cerrados. Não posso salvar ninguém e não posso salvar a mim mesma...
Salve-se quem puder!
Sauve qui peut!

∽∝

Vi muitas coisas feias na minha vida. De qualquer maneira, o efeito nunca é suficiente. Vou sempre retornar à cena do crime que não cometi, porque me sinto responsável.

Eu deveria ter vergonha de admitir que para mim a deterioração humana é uma eterna fonte de fascinação?

A sordidez é convidativa para mim e eu adoro me colocar em situações potencialmente perigosas. Minha imprudência não me agrada. Sei que os meus gostos sórdidos são a expressão de um desejo de morte... quero castigar a mim mesma... quero castigar outras pessoas... desejo estar sozinha, mas desejo ser amada. A dor que eu sinto está me conduzindo para a escuridão.

QUARTA-FEIRA, 15 de dezembro

O DR. WOLLENBERG não se surpreendeu com a reação da mamãe quando ela descobriu sobre mim e o Monroe. Ela ligou para ele. Estava histérica e o culpou por não ter contado nada para ela.

Ele diz que faz todo o sentido que ela queira que o Monroe case comigo, porque ela acha que assim tira dos seus ombros toda a responsabilidade pelo que aconteceu.

QUINTA-FEIRA, 16 de dezembro

O MONROE e eu transamos, mas isso não tem importância para mim. Passei a noite na casa dele e a minha mãe não deu a mínima. Acho que ela quer que eu faça isso. É como se ela pensasse que, se estou tão fodida, tem que ser por culpa do Monroe, então ele deve sofrer as consequências.

Tudo isso fez com que eu me sentisse um pouco mal, como se eu estivesse numa peça que se tornou real.

Eu não poderia ir à escola. Estava deprimida demais.

Todos os homens vão ao bar e tomam uma cerveja depois do trabalho.

Eu, realmente, gostaria de estar chapada.

SÁBADO, 18 de dezembro

ESTOU CARREGADA de uma energia preocupada, nervosa e assustada. Não sei.

Às vezes eu gostaria de ser forte e atrevida. Gostaria de poder dançar como um crioulo e gostaria de ter coragem para usar roupas que me fizessem parecer um violino com pernas. Gostaria de andar como uma prostituta. Gostaria de poder beijar as garotas e fazer com que me quisessem por ser durona. Gostaria de poder me aproximar das garotas e agarrar as suas tetas, meter as minhas mãos nas suas calcinhas e fazê-las rir e gritar.

A Tabatha voltou. Ela disse que não estava num centro de recuperação, mas em Los Angeles visitando uns amigos.

Vou te contar, essas garotas que falam alto deixam o meu coração a mil.

De certa forma, a Tabatha é pura. Nunca teve uma espinha e é magra, enquanto as suas irmãs são gordas e sebosas.

Bacana, bacana.

Cerveja, bola, erva e sedativos: isso é realmente um modo horrível e triste de ser?

Adorável e colorida luz do dia. Como se pode trocar isso por uma noite de bebedeira?

TERÇA-FEIRA, 21 de dezembro

OI.

Estou no Lambo's e não sei para onde vou. A Tabatha simplesmente me deixou aqui. Ela foi embora com um cara. Acho que não me disse se ia voltar. Não vou para casa. Não há nada ali. Nada.

Estou no Lambo's... Lambo's... Lambo é uma pessoa de carne e osso. Eu teria pensado que era o nome de algum palhaço de mentirinha. Vendem-se cachorros-quentes aqui e eu vi uma máquina de algodão-doce, mas está parada. Tem alguns velhos bebendo café e olhando pela janela. Sempre fico no canto, gosto dos cantos, ninguém pode ver o que estou escrevendo e eu posso ver todo mundo. A Tabatha disse algo para a mulher do Lambo — elas estavam olhando para mim. A Tabatha nem falou tchau. O Lambo's é apenas um lugarzinho na esquina, em algum ponto de Tenderloin, acho que estou no Geary ou na O'Farrell, talvez na Turk Street... O Monroe me ama?

Que horas são? Não posso ver o relógio daquele homem. Talvez sejam três da tarde ou seis e quinze ou meio-dia e meia ou oito e quarenta e cinco. Parece que são seis e quinze.

Vou ficar sentada aqui e desenhar um pouco.

Cinco minutos mais tarde

A MULHER do Lambo me trouxe um hambúrguer embrulhado num papel amarelo de um lado e de alumínio do outro. E umas batatas fritas numa engordurada cesta de plástico vermelho forrada com o mesmo papel amarelo e de alumínio. E um *milk-shake* de creme. Ergui a vista e olhei para ela assim que se pôs ao lado da minha mesinha revestida de fórmica vermelha.

— Não tenho dinheiro — eu disse.

Alguns desenhos do meu bloquinho de notas.

Ela tem tetas enormes e um manchado avental branco bem apertado ao redor do peito, abaixo das tetas. Acho que o avental ajuda a manter as tetas no lugar.
— A Tabatha pagou tudo isso. Você conhece bem essa garota?
— Não sei.

Outro dia

ACHO QUE fugi porque faz três ou quatro dias que não volto para casa. Não tenho certeza, mas imagino que poderia descobrir isso se tivesse um calendário.

Estou na casa do Richie agora. Tem um monte de caras que conheço vivendo aqui: o Brandy, o Randy e o Tommy. O Richie disse que uma bicha velha paga o aluguel e os rapazes têm que fazer michê para ela. O Richie falou que posso ficar aqui por um tempo. Disse que eu *tenho* que ficar aqui até o barato passar. Mas é meio estranho porque não há mais nenhuma outra garota além de mim. Não sei se os outros me querem aqui. O Richie estava bravo comigo porque tinha me dito várias vezes que a Tabatha não era flor que se cheirasse. Aposto que o Chuck vai ficar bravo comigo também.

O Richie saiu para ganhar a vida nas ruas.

Ainda tenho toda a metanfetamina que a Tabatha me deu. E não lembro como, mas tenho vinte e cinco dólares no bolso.

QUINTA-FEIRA, 23 de dezembro

QUERIDO DIÁRIO,
 Eles descobriram onde eu estava. Eu disse para a minha mãe que não voltaria para casa. Ela chorava. O Monroe falou que eu poderia ficar na casa dele se a minha mãe quisesse. Mas, no fim das contas, acabei indo para casa. Eu me sentia tão mal. Tomei três comprimidos de Valium faz uma hora e agora me sinto muito melhor.
 Todos pensaram que eu tinha fugido... mas eu não tinha essa intenção... é que tudo junto acabou dando essa impressão. O que aconteceu foi o seguinte:
 Percorri a Polk com a Kimmie no sábado e cruzamos com a Tabatha no Nito Burrito. Ela me escolheu como de costume: me deu dois mandrix e disse pega, mas não deixe a Kimmie ver, não tenho nenhum para ela. Eu os tomei com café e ela disse: sabe estou fissurada por você, gata. É assim que ela fala, como um cara durão tentando te conquistar, mas, se um cara falasse comigo assim, eu diria: esquece, querido. Ela me beijou um pouco. Disse: vamos nos divertir, gata. Eu disse: ok.
 Ficamos chapadas por um tempo e fomos buscar mais mandrix na casa de uns amigos dela na Franklin, perto da Market. Subimos dois lances de escada daquele lugar caindo aos pedaços e o amigo da Tabatha, Arthur, um negro, abriu a porta e nós entramos. O irmão dele também estava ali. Estavam vendo TV em cores. Só havia uma sala, com duas camas, algumas cadeiras, uma mesa e uma TV. Sentamos e eles nos deram Southern Comfort com gelo, meio a meio, bem doce. Tinham montes de mandrix, toma outro, boneca, disse um dos caras. Claro. A Tabatha precisava sair um pouco, mas prometeu que voltaria rápido. Vi TV com os caras. Eram ambos calados e pareciam legais. Vimos *Hee Haw* e depois *The Jeffersons*. Eu estava tão cansada; deitei na cama e peguei no sono escutando a TV e o Arthur e o irmão dele rindo do programa.
 Acordei depois de um tempo. Algumas das minhas roupas tinham sido tiradas e eu estava metida embaixo das cobertas. O Arthur disse que eles tentaram me deixar confortável. A Tabatha havia voltado e saído de novo, ele disse, porque me viu dormindo. Ele me fez um sanduíche de queijo quente com tomates. Foi a melhor coisa que já comi, derretia na boca. Eu não fazia ideia de por quanto tempo havia dormido, mas ainda sentia um formigamento por causa dos mandrix, bem aconchegada nas cobertas com aquele sanduíche. Nessa altura, estávamos vendo o noticiário.
 A Tabatha voltou de novo e estava muito apressada. Disse que eu me vestisse rápido porque íamos ficar chapadas.
 Saímos e o Arthur me deu um pedaço de papel com o endereço dele. Disse que eu poderia voltar quando quisesse. E meteu algo no bolso da Tabatha, quando pensaram que eu não estava olhando. Assim que ele fechou a porta e nós descemos as escadas, a Tabatha sacudiu um frasco de mandrix quase cheio.

Ele me fez um sanduíche de queijo quente com tomates.

— Uau, ele te deu isso? Ele é bem legal — eu disse.

— É, você acha? Não sabe o que eles fizeram? Me deram isso porque eu deixei que transassem com você — ela afirmou, dura como de costume.

Não fiquei chateada porque não acreditei nela. Eu saberia se eles tivessem transado comigo, eu teria acordado.

— Nada disso, você desmaiou — ela disse.

Ainda não acreditava nela porque eu estava menstruada, usando um Tampax, e eles não poderiam ter transado comigo. Ela me falou que eles tiraram o Tampax e o jogaram no lixo. Disse que eu mesma poderia comprovar isso. Disse que estava lá enquanto transavam comigo e que ficou olhando durante um tempo.

— Os seus olhos estavam abertos. Você não estava acordada? Pensei que estivesse, você parecia estar se divertindo.

Eu continuava sem acreditar nela, mas estava confusa.

Fomos para a casa do Hippie David em Tenderloin, na O'Farrell Street. Ele vive no porão do Crystal Ball Apartments. Era algo como *"crystal ball"*, a Tabatha o chamava de *"crystal ball"*, ela disse vamos ao *"crystal ball"* encontrar a cidade das esmeraldas, mas se escrevia diferente... Crystobal? Kristobahl? Eu me lembro de ter visto a placa, mas não consigo recordar o que havia de errado com a ortografia...

O apartamento do David era muito escuro e ele era alto, magro e tinha um longo cabelo castanho preso num rabo de cavalo; estava sem camisa.

— Aí, Minnie, vamos tomar um pico — Tabatha disse.

— Não, eu não quero me picar.

— Você quer acordar, não quer? Isto é *crystal meth*! *Crystal ball, crystal meth*!

O David sentou ao lado da mesa e havia uma caixa de cereais Chex — fiquei surpresa que ele comesse comida normal porque parecia frio, branco e úmido como uma salamandra albina debaixo de uma pedra numa caverna. Revirou os olhos, parecia impaciente e começou a amarrar um torniquete no seu braço.

— Vai, Tabatha, deixa a garota beber — ele falou.

Havia baratas na parede.

— Isso — eu disse. — Quero beber.

O David despejou um pouco de pó branco num copo de plástico, derramou Coca-Cola por cima e eu bebi aquilo. Daí eles se picaram. Eu nunca tinha visto alguém se picar antes: o sangue é puxado para dentro da agulha, se mistura com as drogas e depois você o injeta de novo. Era como se estivem transando consigo mesmos.

O David se picou e depois picou a Tabatha. Logo depois ela começou a me olhar e parecia brava. Agarrou o meu braço, me chamou de puta cretina e gritou comigo.

— Você vai provar só uma vez. Vai ver que é muito melhor assim.

Eu não queria brigar. Estava com medo. Nunca tinha visto esse lado perverso dela antes, então deixei que ela fizesse; você precisava sentir aquilo. Foi uma sensação que me tirou da cadeira: uma rajada que fez os meus braços voarem, o meu coração disparar, eu podia sentir o sangue zumbindo no meu corpo e os meus pelos se arrepiaram.

A Tabatha me levou até o sofá e eu deitei. Ela tirou as minhas roupas. Eu não podia me mexer, só sentir o que estava acontecendo. O David se aproximou e tirou a roupa, começou a me tocar. A Tabatha estava ali em pé e ficou dizendo "é muito, muito bom quando você está chapada".

E, realmente, era bom ser tocada. O David me apalpava por todos os lados, mas não conseguia ficar duro. A Tabatha estava lá me dirigindo, dizendo toca nele, você tem que brincar com ele, não sabe como se faz, porra? Mas ele não ficava duro. Eu me senti mal e perguntei para a Tabatha se a culpa era minha. Ela estava na mesa fumando um cigarro.

— Não, gata, você é linda — garantiu.

Fui ao banheiro porque o David ia nos levar de carro a algum lugar. Olhei o meu corpo no espelho e ele estava mesmo lindo, magro e branco como um fantasma.

Comprovei que não estava usando o Tampax e tentei lembrar se eu mesma o tinha tirado ou não, porque eu não acreditava na Tabatha. Mas eu não conseguia lembrar e comecei a ficar meio paranoica.

E, depois, não me recordo de mais nada. Não me lembro de ter saído do apartamento.

Imagino que não posso me lembrar de dois dias inteiros.

Lembro quando a Tabatha me deixou no Lambo's, mas isso foi dois dias depois da nossa visita ao David.

SEXTA-FEIRA, 24 de dezembro

A MINHA MÃE teve uma conversa telefônica tensa com o diretor. Ele diz que eu não posso voltar para a Lick-Wilmerding depois das férias de Natal. Deu para a minha mãe o nome de uma escola para alunos que abandonam os estudos aonde eu posso ir. Ela está superbrava comigo, mas eu não estou nem aí. Ela acha que o dr. Wollenberg e o Monroe têm quase toda a culpa.

Imagino que se eu tomar um Valium logo depois de acordar, daí outro a cada espaço de tempo, me sentirei bem. Do contrário, vou me sentir uma merda.

A mamãe também está brava porque ouviu falar da Tabatha e agora acha que sou lésbica, diz que isso lhe dá nojo. Diz que as lésbicas são doentes porque querem ser homens.

Mais tarde

A MINHA MÃE pediu que eu mostrasse os meus braços e eu saí correndo do quarto, fingindo um ataque. Tentei fazer com que parecesse uma brincadeira. Como se ela estivesse louca por achar que eu fosse me picar. Acho que ela já se esqueceu disso.

Tenho marcas roxas por todo o corpo. Mal posso dobrar o braço e a minha mão dói muito, está inchada por causa do pico.

Natal

TENHO UM furúnculo terrivelmente doloroso na barriga. Eu o notei ontem quando estava muito pequeno. Quando acordei esta manhã, ele estava enorme, vermelho e ardia. Há alguns outros aparecendo nas minhas pernas. Doem muito. Tenho que ir ao pronto-socorro porque os médicos não atendem nos seus consultórios no Natal.

SEGUNDO COLEGIAL

Fiquei deitada numa mesa de aço coberta com papel branco olhando o teto durante meia hora, com a mamãe sentada ao meu lado numa cadeira de plástico laranja lendo a *Redbook*. A Gretel ficou em casa fazendo um bolo de Natal. O médico me deu uma injeção e receitou alguns antibióticos. Disse que eu tinha contraído uma infecção por me picar. E eu perdi quase cinco quilos e nem tinha percebido. Ele falou que eu estava fazendo algo muito perigoso e que era o momento de parar. A mamãe choramingava, dizia para o médico que não tinha ideia do que estava acontecendo e no que eu andava metida, que achava que eu vinha me picando, mas que eu tinha mentido para ela.

Tenho um furúnculo terrivelmente doloroso na barriga.

Noite feliz! Noite feliz! Oh, Senhor, Deus do amor, pobrezinho nasceu em Belém.
Ganhei roupas, livros e discos. David Bowie, Pink Floyd, Donna Summer.
Agora, estou bebendo vinho de ameixa. Estou muito bêbada. Tim-tim. Dei doces para todo o mundo porque só tive tempo de ir à loja logo depois da esquina. Mas eu embrulhei todos eles!

DOMINGO, 26 de dezembro

O MONROE ESTÁ aqui e sinto medo dele. Vou passar a noite na sua casa e não acho que ele realmente queira isso… Eu disse que não ia ficar com a droga da minha mãe, de jeito nenhum, então ela falou para o Monroe que ele tinha que me deixar ficar lá. Ela falou que eu era problema dele agora.
Estou no meu quarto e posso ouvi-lo falando com a minha mãe: ela pediu que ele me levasse até a farmácia e eu o ouvi dizendo que se sentia insultado por ela lhe pedir isso… Ele deve detestar a minha aparência. Estou usando os meus sapatos sem

275

salto e, provavelmente, pareço diferente. Acho que ele é o tipo de homem que detesta esse tipo de mudança.

Ah, meu Deus, o Monroe acaba de dizer para a minha mãe que está nervoso porque tinha planejado se divertir com alguns companheiros e que pensava que eu iria amanhã à noite, por isso está tão bravo. Você entende — estou ouvindo tudo isso, então sei de que se trata da mais pura verdade, sem mentiras — que o Monroe nunca me diria algo assim porque ele adora esconder a verdade.

Acho que talvez eu precise ficar bêbada ou algo assim. Não sei aonde posso ir. Estou doente, infectada e cheia de ódio, mas vou tentar agir como se isso não me afetasse... daí vou jogar tudo na cara dele e dizer que escutei toda a conversa.

∞

Tomei mais alguns comprimidos de Valium e falei para eles que vou ficar no meu quarto, não vou para a casa do Monroe. Não me sinto bem. O Monroe foi até a farmácia.

A Gretel está muito chateada. Não sei quanto ela sabe. Fica no quarto dela a maior parte do tempo. Mais cedo veio até o meu quarto e disse:

— Estou muito decepcionada com o seu comportamento, mocinha.

Ela me escreveu um bilhete me convidando para ver TV no seu quarto. Talvez eu vá até lá daqui a pouco.

Um desenho que eu fiz na casa do Richie.

SEGUNDA-FEIRA, 27 de dezembro

QUERIDO DIÁRIO,
    Hoje, tivemos um jantar muito especial. Comemos *scrapple* e ovos mexidos — vovô enviou o *scrapple* fresquinho direto da Filadélfia numa embalagem térmica. *Scrapple* é de longe a minha comida favorita. Vou tentar guardar um pouco para a Kimmie.
    A Andrea esteve aqui. Disse que eu tinha uma aparência ótima. Comparada com o quê?
    Os furúnculos começaram a diminuir, mas agora estão coçando. O meu braço ainda está fodido.
    Agora, a mamãe me deixa tomar vinho. Ela diz qualquer coisa para me acalmar e evitar que eu me drogue.

QUARTA-FEIRA, 5 de janeiro

AS ADORÁVEIS FÉRIAS ACABARAM!

COMECEI NA NOVA escola. A Independent Learning School. Preciso ficar lá até as três da tarde, mas, se a sua frequência for perfeita por duas semanas, você fica livre e pode sair ao meio-dia se tiver feito todo o seu trabalho. Não há lição de casa. Há apenas uns cinquenta alunos, a maioria é hiperativa da sexta série com aspecto piolhento, os outros são mais da minha idade, tipo skatistas chapados, mas também com aspecto piolhento. Não vejo ninguém com quem eu possa fazer amizade.

QUARTA-FEIRA, 12 de janeiro

A MINHA FREQUÊNCIA na escola foi perfeita por uma semana. Se eu continuar assim até sexta-feira, vou ganhar uma estrela ao lado do meu nome no mural.

QUINTA-FEIRA, 13 de janeiro

O DR. WOLLENBERG me mandou fazer um teste num consultório perto do Stonestown para ver se as drogas danificaram o meu cérebro. Foi divertido. Acho que o meu cérebro parece mesmo um pouco confuso. Não consigo me lembrar de algumas coisas.

Às vezes eu realmente não sei por que ou o que estou fazendo. Tornou-se um pensamento consciente: estou tentada a entrar em contato com o Hippie David e perguntar quanto custa o seu *crystal*. Se ele souber que eu quero *crystal*, talvez dê alguns de graça para mim e para a Kimmie. Mas estou um pouco assustada. Há baratas no apartamento dele e eu tenho um pouco de medo de agulhas. E ele talvez espere que a gente transe. Se ele conseguir.

Talvez eu seja uma viciada em *crystal*.

SÁBADO, 15 de janeiro

OH, DIÁRIO, você não imagina como tenho sido má. Não venho sendo honesta com você nem comigo nem com o meu psiquiatra nem com nenhuma outra pessoa. Na realidade, quando pronuncio palavras que são a verdade, elas parecem estranhas e não penetram em mim. A verdade é como uma piada leve porque tudo está ligado a um dia com poucas horas de colégio e nenhuma lição de casa.

Adoro a Polk Street. Adoro drogas. Adoro disco music. Adoro bichas, sapatões, café e cigarros.

Eu deveria ter dito isso antes, mas tenho que dizer para mim mesma várias e várias vezes... Adoro drogas. Adoro CRYSTAL. Adoro cheirar, injetar, beber *crystal*, *ice*, tina... chame como quiser.

QUARTA-FEIRA, 19 de janeiro
Aniversário da Janis Joplin

EU ME SENTI mal na escola e vim para casa. Senti cólicas. Acho que hoje o meu aspecto está muito bom, selvagem, misterioso e sexy. Fiquei chapada com duas baganas (pequenas!). A erva devia ser boa: estou ligadona. Quero praticar para ficar bem chapada e aprender a me manter nesse estado. Estou ouvindo Pink Floyd.

Acho que sou uma pessoa linda e complexa. Não quero morrer, mas daí, às vezes, não me importo se isso ocorrer e, às vezes, sou dominada por um desejo de morrer. É tão fácil se divertir muito muito muito quando você é capaz de dizer que não se importa.

Na Polk, à noite, todas as pessoas andam para lá e para cá, do Geary para a Califórnia e da Califórnia para o Geary. Pensar sobre isso me faz rir, mas é divertido se você conhece todo o mundo, o que é quase o meu caso. Parece que mais pessoas me conhecem do que eu as conheço. Muitas vezes elas se aproximam e dizem "Oi, Minnie" e eu digo "Ah, oi", mesmo não as reconhecendo!

Sei que, quando eu encontrar a Tabatha, ela vai estar fria como a droga do Polo Norte, mas mesmo assim mal posso esperar. Sei que todo o mundo está lhe dizendo que fique longe de mim e sei que eu deveria estar brava com ela, mas ela me fascina tanto e sei que de qualquer modo eu nunca poderia chegar perto dela. Eu só gosto de observá-la e o que ela faz.

Você acha que estarei viva aos trinta?

SÁBADO, 22 de janeiro

ESPERO QUE A Kimmie venha aqui hoje à noite para podermos sair e nos divertir. Agora, aonde se pode ir em São Francisco numa noite chuvosa assim?
1. Polk Street.
2. Festa no parque Julius Kahn entre os arbustos atrás da cerca de arame: quem convidar?
   a) Alguns veados.
   b) O Chuck.
   c) Qualquer um pode ir.
3. Podemos ir à casa de alguém se os seus pais tiverem saído.
4. Podemos ir a um bar e ficar bêbadas, se nos servirem.
5. Podemos ficar bêbadas em qualquer lugar mais barato.
6. Podemos ir ao cinema.
7. Podemos ir à Polk e procurar drogas.
8. Podemos pegar carona até a Baker Beach e dormir lá.
9. Podemos dar uma olhada num bar de lésbicas e ficar com medo.
10. Podemos encontrar uma festa.

DOMINGO, 23 de janeiro

POR QUÊ? Por quê? Por quê?
Por quê? Por quê? Por quê?
Nunca mais.
Nunca, nunca mais.
Como posso?
Por que a Tabatha me atrai tanto? Ela é uma gata e tudo nela é sexy. Ela faz coisas como me encostar numa parede e empurrar os seus quadris contra os meus quando me beija diz que sou bonita empurra a sua coxa entre as minhas pernas me provoca e provoca o amor que sinto por ela é como o amor que sinto por mim mesma, misturado com ódio e violência.

SEGUNDA-FEIRA, 24 de janeiro

HOJE À NOITE eu estava beijando a Tabatha numa festa em Upper Market e um cara que está sempre me paquerando nos viu. Acho que ele ia à Lick-Wilmerding, não consigo lembrar como o conheci. Quando percebi que ele nos encarava, eu ri e falei que gostava de garotas... e de garotos, acrescentei, mas ele não sorriu e nem sequer me olhou depois disso.

Mas, na próxima festa dessa noite, num apartamento na parte agitada da Castro Street, a Tabatha primeiro me ignorou, daí ficou mais visivelmente irritada, me disse que eu fosse me catar e deixasse de encher o seu saco. Era óbvio que queria paquerar outra garota que tinha visto ali, a Tara, que a Kimmie disse que é uma putinha mimada. Ela é bem magra e bonitinha e acho que tem só catorze anos. A Kimmie conhece o irmão dela da escola em South San Francisco.

TERÇA-FEIRA, 25 de janeiro

BRIGA FÍSICA COM A TABATHA NA NOITE PASSADA

O DOC É UM veterano de guerra e não tem as pernas. Ele me acusou de ser uma provocadora e uma puta.

Estou de volta ao quarto dele no Donnelly Hotel. Só queria ver se a Tabatha ainda estava viva. A Tabatha preferiu a Tara. Agora, elas estão dormindo. Nós estamos ouvindo o ronco das duas. A Tabatha pode dormir em qualquer lugar, a qualquer hora. Mas tome cuidado caso você a acorde. É como perturbar um animal que está dormindo... ela acorda chutando e arranhando, como se você estivesse tentando matá-la.

Todos nós estávamos no quarto do Doc na noite passada, ficando chapados com tudo o que ele tinha. O Doc queria se excitar, então a Tabatha começou a beijar a Tara como uma louca num colchão jogado no piso do quarto. Aquilo me irritou tanto que eu dei um chute nela. Nós duas nos atracamos de verdade. Ela é forte, mas eu sei que lhe dei uma surra daquelas. Ela me mordeu o braço até tirar sangue, mas eu coloquei as minhas coxas em volta da sua cintura, por trás, para que ela não pudesse me agarrar com as mãos, puxei o cabelo dela, puxei a cabeça e mordi o seu ombro até o osso. Senti o gosto do seu sangue na minha boca. Então dei um salto e a chutei quantas vezes eu pude antes que ela conseguisse se levantar. Depois cuspi nela. Cuspi o seu próprio sangue.

A pequena Tara chorava, buá, buá, buá, buá.

Passei a noite com um negro compassivo e cheio de tesão num quarto ao lado. Depois da luta, bati na porta dele e perguntei se podia dormir ali. Ele disse que sim.

Ela é forte, mas eu sei que lhe dei uma surra daquelas.

Eu me encolhi na sua cama com as roupas que estava usando. Ele ficou empurrando o seu pau contra a minha bunda, mas eu o ignorei e ele não me fez transar nem nada assim. Se ele tivesse feito isso, eu teria vomitado.

Ainda estou muito chapada e machucada. Tenho uma das mãos inchada por causa do pico e terríveis manchas roxas pelo braço. Sei que deveria ir para casa. Sinto uma dor tão cansativa. Ontem à noite, lancei algumas pragas pesadas — não me pergunte se elas foram lançadas de volta. O meu braço dói.

O Chuck vai ficar puto comigo. Ele disse que se eu quisesse me picar assim poderia procurá-lo, caso eu estivesse tão desesperada. Está chateado porque eu ainda quero a companhia da Tabatha.

Ontem à noite, quando eu estava vomitando pela janela do quarto do Doc, a Tabatha a fechou com força contra as minhas costas, ai.

SEXTA-FEIRA, 28 de janeiro

QUERIDO DIÁRIO,
Tomei uma decisão: nunca mais vou me drogar. Vou até ligar para a Kimmie e dizer que não quero ir ao *Rocky Horror Show*. É um ambiente doentio. Estou muito tentada a ficar chapada, paquerar e fugir de casa. Não sei se consigo me corrigir. Ainda tenho um pequeno papelote de *crystal* na minha bolsa e não quero jogá-lo fora. Vou dar o papelote para alguém.

SÁBADO, 29 de janeiro

TENHO SONHOS com a Tabatha. Sonho que ela me vê no Strand um sábado à noite, se aproxima de mim com passos largos, murmura algo incompreensível, inclina ligeiramente a cabeça em direção ao peito, olha para mim com os seus enormes olhos de gata e me dá um soco na barriga.

Estou constantemente num limbo entre dois mundos, talvez três, e mal posso esperar para me embebedar no sábado à noite. Mas tenho ido à escola, quase todo dia. Já estou livre e só fico ali até o meio-dia. É estranho; não tenho nada para fazer depois disso. Eu poderia ir para casa, mas é deprimente. Se eu for para a Polk Street cedo assim, ainda não vai ter ninguém que eu conheça.

SEGUNDA-FEIRA, 31 de janeiro

A MINHA mãe viu "vibrador" na fatura do dr. Wollenberg e quis saber por que diabos ele tinha me dado aquilo. Eu disse:

— Não sei, ele me deu e pronto.

Uma hora depois, quando eu estava trancada no meu quarto, ela bateu na porta.

— Espere um pouco — eu disse, porque estava pondo a minha camisola.

— Eu sei o que você está fazendo aí dentro — ela resmungou.

— Vá se danar! Estou trocando de roupa, embora não seja da sua conta!

"Eu sei o que você está fazendo aí dentro."

Mais tarde

RECEBI UMA carta do Pascal:

> Querida Minnie,
>
> Foi maravilhoso ouvir essas suas oitavas agudas ontem à noite. Sua voz — apesar da sonolência — sempre se eleva um pouco com a emoção. É uma característica sua. E é agradável como nenhuma outra para um padrasto malvado como eu. Sinto saudade de você.
>
> Este fim de semana em Nova York foi uma mudança de ideia. Eu tinha planejado passar o fim de semana na Escócia. A recuperação de uma forte gripe e o tédio generalizado diante do pensamento de compartilhar a monótona existência do meu irmão me fizeram reorganizar os planos de viagem.

Agora, os planos são esses: Londres na segunda e na terça; Frankfurt da quarta até a próxima quarta, uma semana, como você pode notar; de volta a Londres por um dia ou dois e, então, casa; Nova York. O principal objetivo da viagem é a Feira do Livro de Frankfurt. O estranho é que todos os meus colegas são diretores, vice-presidentes ou presidentes: todos caciques. Eu sou o índio.

Fiquei sabendo pela sua mãe que você parece estar começando a se dedicar à escola. A escola parece mais emocionante agora que você está no segundo semestre do segundo colegial? Que disciplinas está estudando? O que está passando pela sua mente? Rapazes? Não se esqueça de que as garotas que começam cedo nessa área às vezes terminam nos últimos lugares. Trabalhe seu cérebro e encontrará um homem inteligente.

Pronto, aqui estou eu de novo te dando conselhos desnecessários, você está tão crescida. É apenas um conselho paternal. Mas, Minniezinha, conheci tantas mulheres que foram escravas de seus inferiores em um mundo de homens. Espero ter te criado, sobretudo, para respeitar essa sua mente genial. Naturalmente, eu me pergunto qual influência foi maior em você e na Gretel: a da sua mãe ou a minha. Acho que foi um pastiche de ambas. Agora, você é você.

Trabalhar para uma grande empresa tem seus inconvenientes. Por um lado, criam-se burocratas. Muito pouco é feito entre o assistente e o vice-presidente. É muito frustrante. Contudo, há vantagens, óbvias, que equilibram a equação. Eu me sinto estimulado a fazer coisas que deixava de lado quando estava na F..., na Califórnia. Quase todas as pessoas ao meu redor escreveram livros. Ontem, almocei com E. H., editora-chefe da... Sou um editor-sênior dessa revista. Ela escreveu vários livros. Outro dia, uma das minhas colegas esteve no *Good Morning America* para promover seu livro. Olha, é um ambiente muito estimulante. No entanto, acho que nem todo mundo iria querer isso. Por que você não escreve uma história?

Bom, minha querida, preciso seguir com as atividades do dia.

Com amor, Pascal.

SÁBADO, 5 de fevereiro

EU NUNCA SOUBE o que é ter alguém que realmente me amasse. Ter alguém que me ame é o que eu sempre quis, acho, alguém que me ame aconteça o que acontecer e que me deixe saber disso, alguém que eu poderia amar... Eu gostaria de saber como receber amor e dar amor livremente.

De algum modo, ainda amo a Tabatha. Sei que ela é má, mas eu a quero mesmo assim. Sei que a Kimmie me ama. E eu a amo. Sei que precisa de mim, e eu preciso dela. Mas quero estar perto de alguém fisicamente também — e acho que a Kimmie e eu nunca faríamos amor.

Sabe, tenho pensado no Pascal. Ele disse que sempre vai haver um lugar para mim na sua casa e que sempre me oferecerá um "domicílio".

Talvez eu pudesse me mudar para Nova York, viver com ele e terminar o colegial lá.

Sei que a minha mãe não lhe contou tudo o que está acontecendo aqui. Está envergonhada, com medo de que alguém pense que é sua culpa. Quero contar tudo para ele e ver se vai me acolher. Eu acho, de verdade, que estou pronta para mudar.

A Elizabeth vem aqui no próximo fim de semana. Quer ver como eu estou. Diz que vai trazer as fotos que tirou de Nova York e do bairro do Pascal. Vou perguntar o que ela pensa da minha ideia.

Faz tanto tempo que não fico acordada até tarde, sozinha, sem fazer nada ou trabalhando no meu quarto. É uma sensação boa. Isso me faz lembrar que estou sozinha. Sozinha como indivíduo. Mas, quanto mais sozinha, mais eu tenho para compartilhar com os outros.

QUARTA-FEIRA, 9 de fevereiro

ESTA MANHÃ, me senti meio mal, então não fui à escola.

Na verdade, eu apenas não queria ir.

Estou no ônibus agora, indo para casa. O dr. Wollenberg me deu um atestado para justificar a minha ausência das aulas. Mentiu por mim. O meu senso de responsabilidade em relação a mim mesma está reforçado agora, porque preciso ser responsável por ele também, já que se preocupa o suficiente a ponto de me ajudar. Depositou sua confiança em mim. Ele acha que vale a pena arriscar a sua integridade porque acredita que posso ter sucesso.

Disse que preciso parar de me drogar. Contou que o teste que me passou mostra que o meu QI baixou dez pontos, se comparado com os resultados do teste que fizeram na escola um ano atrás. Ele me falou que no geral o QI volta a subir de dois a seis meses depois que uma pessoa para de se drogar. Disse que eu era extremamente inteligente e que não deveria comprometer a minha inteligência.

Sério, ele às vezes faz com que eu me sinta estranha. Como se eu fosse uma cobaia.

Falei para ele que eu acho que gosto mais de garotas do que de homens e ele disse que não acreditava nisso.

— Feche os olhos e imagine um pênis ereto — ele sugeriu.

Daí me perguntou se eu me sentia "excitada". Eu não podia acreditar que estivesse me perguntando isso. Só dei umas risadinhas como uma idiota e falei que não iria contar para ele.

Fiquei na cama o dia todo.

Perguntei o que achava da possibilidade de eu ir morar com o Pascal no próximo ano. Ele afirmou que via vantagens e desvantagens. Disse que falaríamos mais sobre isso.

DOMINGO, 13 de fevereiro

TENHO SIDO BOA?

Acho que tenho me portado muito bem ultimamente, tentando me manter na linha, tentando ir à escola e fazer coisas que são boas para mim em vez de ferrar tudo.

Muito bom.

Mas as coisas estão muito mal, muito pior do que eu imaginava e, olhando para trás, eu deveria ter sabido disso o tempo todo.

A Elizabeth veio e trouxe todas as suas fotos. O apartamento do Pascal parecia bem bacana. Havia algumas fotografias do pessoal da Castilleja. Algumas da Sarah Lawrence.

Ela disse que o porteiro do Pascal tirou a última foto, na frente do edifício dele. O Pascal abraçava a Elizabeth, como um pai. Eles sorriam. Claro que senti uma pontada de ciúme. Pensei que parecia orgulhoso de estar com ela, uma garota precoce. Ela terá dezessete anos quando começar a universidade.

Estávamos sentadas ali, na minha cama, olhando essa foto, e ela começou a berrar. "Sinto muito! Sinto muito!" Lágrimas, nariz escorrendo. Eu não tinha ideia do que estava acontecendo com ela. A única coisa que eu podia pensar era que se sentia culpada por ser uma CDF nota dez já que eu era um desastre.

Mas esse não era o motivo pelo qual se sentia culpada.

Ela dormiu com o Pascal naquela viagem para a Costa Leste. Não tinha me contado antes porque sabia que eu ficaria louca.

Dormiu com ele de novo quando voltou para a Califórnia no Natal. Acho que ele estava em Los Angeles para negócios. Como ele pôde fazer isso?

A Elizabeth está ferrada. Acho que se apaixonou pelo Pascal ou algo assim. Nós sabemos como é isso... Ela agora foi embora.

SEGUNDA-FEIRA, 14 de fevereiro
Valentine's Day

FIQUEI NA CAMA o dia todo. Estou na cama agora. Não quero sair da cama.

Por isso o Pascal sempre suspeitou do Monroe. Porque ele estava pensando em transar com a Elizabeth.

O roto falando do esfarrapado.

Roubei um frasco inteiro de Valium da minha mãe. Ela nunca vai notar. Tem receitas de três médicos diferentes.

QUARTA-FEIRA, 16 de fevereiro

O DR. WOLLENBERG diz que não está surpreso com o Pascal.

A minha mãe também não ficou surpresa com o Pascal. Diz que quando viviam na Filadélfia e ele era professor de cálculo o Pascal dava aulas particulares para uma garota do colegial da Shipley que tinha dezesseis ou dezessete anos. Ele transava com ela. É assim que ele é. Oh!

Por que eu sou a única que está surpresa? Todos sabiam como ele era e simplesmente não me contaram nada? Odeio todos eles, incluindo o Monroe. Eu me sinto traída por todos. Pela Elizabeth também.

Odeio o Pascal. Estou feliz por ter guardado todas as cartas dele. Agora as vejo com outros olhos, vejo, claramente, o vigarista de merda que ele é. Alguém que te seduz com falso interesse enquanto faz você acreditar que te aceitou no mundinho pretensioso e exclusivo dele. É igual ao Monroe; pior, porque é mais esperto e compreende as próprias intenções. É um mentiroso da cabeça aos pés e eu pensava que me amava como um pai.

QUARTA-FEIRA, 23 de fevereiro
Bob's Grill, Sacramento, esquina com a Polk

CARA, EU ADORO a jukebox daqui. Preciso de um Tampax.

> *I've never seen the inside of a barroom,*
> *Or listened to a jukebox all night long,*
> *But I see these are the things that bring you pleasure,*
> *So I'm going to make some changes in our home.*
> *I've heard it said if you can't beat 'em, join 'em,*
> *So if that's the way you've wanted me to be,*
> *I'll buy some brand new clothes and dress up fancy,*
> *From now on you're gonna see a different me*
> *Because your good girl's gonna go bad,*
> *She's gonna be the swinginest swinger you ever had, blahhh...*
> Tammy Wynette

Ah, meu Deus, o que posso escrever? Estou cansada.

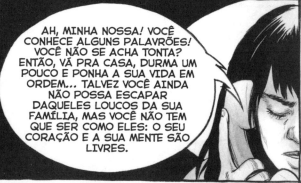

EPÍLOGO

No qual eu derroto por um momento sentimentos que me amarram e percebo que não importa quão perigosamente perto do fim eu possa me sentir, a minha vida, na verdade, apenas começou

SÁBADO, 26 de março

ESTE DIÁRIO está quase cheio. As argolas do fichário aguentam apenas mais algumas poucas páginas, mas ainda não comprei um fichário novo. Talvez eu vá ao centro, até a Patrick's... eles devem ter um bonito fichário de aparência séria com argolas resistentes que não vão se abrir. É isso o que eu quero. Quero comprar um de qualidade.

Não tenho escrito nada porque estou esperando para começar o novo diário. Um diário novo é como uma vida nova, e estou pronta para deixar essa para trás. Mas, como eu não tenho um fichário novo, fazer o quê?, vou ter que afixar algumas páginas na minha vida antiga.

Bom, quais são as novidades???

Faz quase um mês que não uso nem maconha.

A mamãe preparou um grande jantar para que todos pudessem conhecer o seu novo namorado, B..., o outro cartunista da banda do Crumb. Ele é um cara incrivelmente simpático e espero que a minha mãe fique com ele por um bom tempo. Ele toca guitarra havaiana e serra musical (uma lâmina de aço e um arco de violino!). A maioria dos caras da banda mora fora da cidade, no campo, perto de Sacramento. Nós já estivemos lá algumas vezes: faz muito calor e B... vive numa velha casa de fazenda no meio de um pomar de amendoeiras. Uma tarde sentamos na varanda bebendo cerveja enquanto B... e os amigos dele tentavam acertar esquilos com as suas armas. Mesmo não sendo os donos do pomar (a casa é alugada), eles se irritaram porque os esquilos estavam sempre atrás de amêndoas. Eu fiquei um pouco chateada, mas não demonstrei nada. Rezei para que eles não matassem nenhum esquilo — e eles não mataram! Erraram todos os tiros.

Pela manhã, quisemos fazer panquecas com ovos frescos que a galinha tinha posto, mas, quando a minha mãe pegou um ovo para acrescentar à massa e o bateu na borda da tigela, ele explodiu! Estava verde por dentro e fedia, estragou a massa e empesteou a casa.

Mais tarde nesse dia, um amigo de B... levou a mim e a Gretel na sua picape até um velho armazém, uma expedição em busca de doces. Cada um dos três gastou cinco dólares em todos os tipos de doces.

Gosto desta canção da banda:

Larguei o meu emprego
E passei três meses deitado na cama

Pensei em me tornar um grande artista, quem sabe
Comprei algumas telas e três tubos de tinta
Cinco minutos de trabalho e eu me tornarei eterno

Refrão
Baby, eu sou um grande artista
E baby, eu mereço ser beijado

Não tenho visto o Monroe. A mamãe finalmente concordou em não recebê-lo em casa, pelo menos por um mês. Mas ela continua se encontrando com ele. É como se eles ainda fossem grandes amigos ou algo assim. Ela não entende por que não o quero por perto. Isso, de certa forma, me irrita. Ela disse que ele está renovando a licença de agente imobiliário porque talvez se mude para o Leste. Monroe dará mais seis meses para que o negócio dos suplementos nutricionais comece a gerar lucros. Se não tiver sucesso, vai abandonar o negócio e vendê-lo. Espero que se mude logo.

O Pascal telefonou algumas vezes e eu desliguei na cara dele.

A escola está indo bem. Tenho dado aulas particulares de francês para algumas crianças. Ainda que eu não consiga me lembrar da gramática, isso não importa porque estão apenas aprendendo palavras simples e coisas como "*Je m'appelle Warren*" e "*Ou est le chien*".

Continuo indo ao dr. Wollenberg, e ele acha que, mesmo eu tendo feito tantas besteiras, vou entrar em alguma universidade porque os resultados das minhas provas são bons. E tenho ainda mais um ano para tentar tirar boas notas...

A Gretel vai para a University High School no próximo ano. É realmente muito difícil ser aceito nessa escola.

Não tenho visto a Kimmie nem a Tabatha nem ido à Polk Street nem feito sexo durante todo esse tempo. É estranho ficar tão isolada, mas é isso que quero agora. Vou, no entanto, ver o Chuck amanhã, porque ele ligou para saber como eu estava. Disse que andava muito preocupado comigo depois de toda aquela merda da Tabatha. Ficou feliz por eu não estar usando nenhuma droga e garantiu que está limpo há duas semanas.

Estamos planejando fazer uma longa caminhada até a praia.

DOMINGO, 27 de março

ONTEM, FIQUEI chapada pela última vez. Sei que foi a última vez... me sinto diferente... Eu tinha um papelote de *crystal* guardado e o Chuck e eu decidimos usar a droga. De qualquer jeito, nós não a injetamos, cheiramos um pouco e misturamos o resto com refrigerante, e agora não resta mais nada.

Fazia um dia lindo lá na praia e eu estava louca para desenhar ou escrever... tivemos a ideia de escrever um monte de poemas e tentar vendê-los para os turistas na frente da Cliff House, então passamos mais ou menos uma hora escrevendo e depois nos plantamos numa mureta perto do totem. Vendemos alguns por cinquenta centavos cada... uma senhora comprou um de cada um de nós e parecia muito preocupada com o que estávamos fazendo... um gay comprou um do Chuck e deu para ele o seu telefone.

O meu melhor poema:

> Transei com o chinês
> Transei com o velho
> Transei com o pequeno chicano de olhos pretos
> E o negão transou comigo.
>
> Transei com o branco às vezes
> E, às vezes, ele transou comigo
> O negro estava sempre olhando
> Mas eu não podia vê-lo.
>
> Vi o vômito na Polk Street
> Rapazes de braços dados
> Seus olhos arregalados, revirados
> Suas mãos nos bolsos do outro
> Rindo, histericamente, do vômito.

Um poema do Chuck:

> "Ruas"
> Fugi de casa
> Fui para as ruas
> Estava completamente só,
> Andando com gente estranha.
> Agora estou escrevendo um poema
> Ficando amalucado
> Sou muito ordinário.

EPÍLOGO

Num determinado momento, o Chuck saltou a mureta e foi até a praia para fazer xixi, então eu fiquei sozinha por um minuto. Sentei ali, agradavelmente chapada, aproveitando o calor do sol, ergui a vista e... quem eu vejo lá longe? O Monroe, correndo pela Great Highway na minha direção, ainda sem notar a minha presença. Foi engraçado vê-lo daquele jeito, em público, como se fosse apenas mais um desconhecido, apenas um cara de meia-idade fazendo seu *jogging*, desajeitadamente abrindo caminho entre os turistas na frente da Cliff House, parecendo meio desconfortável no seu novo calção de corrida azul-claro. Na certa pensou que era mais escuro, mais azul-marinho, quando o comprou.

No momento em que o vi, antes de pensar a respeito, o meu coração quase saiu pela boca e eu me debati entre o desejo e o nojo. O Chuck voltou justo na hora em que o Monroe chegava aonde estávamos, distraído, sem me notar. Eu quase tive que derrubá-lo para fazer com que parasse. Pareceu muito surpreso. Ele e o Chuck não se conheciam, então eu me levantei e os apresentei.

— Foi com o Chuck que eu consegui o ácido... Lembra? Quando você teve aquela *bad trip*...?

Eu disse isso sabendo que era uma das muitas coisas que o Monroe preferia esquecer.

— Ah, é. Claro. Legal.

Ele olhou para o Chuck como se ele fosse um morador de rua, como se estivesse sujo ou algo assim. Acho que moradores de rua assustam o Monroe.

O Monroe estava correndo sem sair do lugar, então o Chuck e eu começamos a fazer isso também, só por diversão.

O Monroe estava correndo sem sair do lugar.

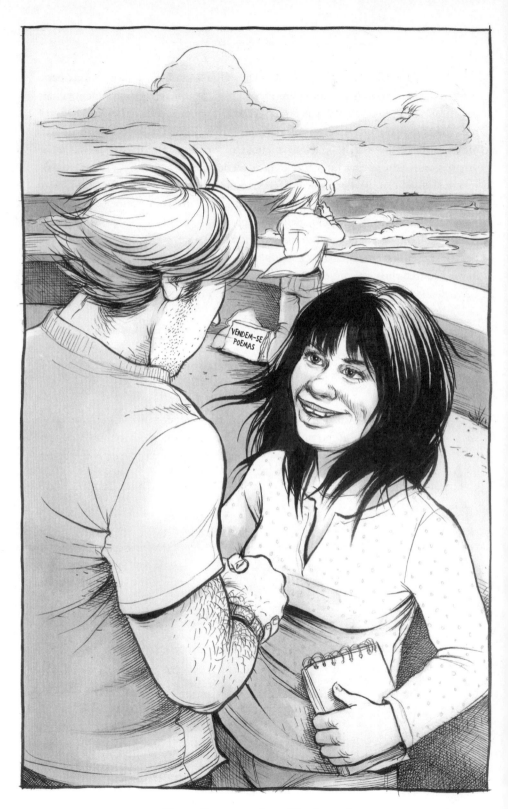

"Sou melhor que você, seu filho da puta."

Convencemos o Monroe a comprar um poema, mas ele não levava nenhum dinheiro no seu calção novo. Prometeu me pagar da próxima vez que visse a minha mãe, e apertou a minha mão para selar o trato. Ergui os olhos para o seu rosto loiro, seus olhos nervosamente estreitados por causa do sol, e senti que ele queria se afastar de nós o mais rápido possível.

De repente, me lembrei de algo que o Pascal tinha me ensinado anos atrás. Olhei para o Monroe nos olhos enquanto apertava forte a sua mão e disse a mim mesma: "Sou melhor que você, seu filho da puta."

Com esse pensamento na cabeça, foi fácil esquecer o amor que uma vez tive por ele. Eu me senti estranhamente poderosa e no controle da situação, apesar de que estava meio chapada e de que o Monroe é bem mais alto que eu e tem mais que o dobro da minha idade. Foi estimulante. Depois que o Monroe foi embora, contei aquilo para o Chuck e ele vai experimentar fazer o mesmo quando voltar a encontrar a sua cunhada.

O poema que vendi para o Monroe (setenta e cinco centavos) era um dos últimos que eu tinha, e não era o melhor. Era um que escrevi na quarta série e eu o sei de cor:

    Mabel Rushmore, com pressa,
    Não viu a luz amarela.
    Os pássaros cantam,
    Um carro bateu nela!

Espero que ele goste.

Que Deus nos abençoe.

Despedindo-me para sempre, querido diário…

Minnie Goetze

NOTAS

CRÉDITOS DAS IMAGENS:

PÁGINA 25: desenho de David Gloeckner, "All Loads Lead to Bethlehem", ilustração para um panfleto de propaganda para o *The National Association of Watch and Clock Collectors Northeastern Regional Meeting in Bethlehem*, PA. © 1962: propriedade de David Gloeckner.

PÁGINA 96: desenho © 1972: Justin Green de *Binky Brown Meets the Holy Virgin Mary*, publicado por Last Gasp, São Francisco, CA, 1972. Usado com permissão.

PÁGINA 133: desenho © 1976: Diane Noomin de "The Fabulous World of Didi Glitz" no original *Twisted Sisters*, publicado por Last Gasp, São Francisco, CA, 1976. Usado com permissão.

PÁGINA 151: desenho © 1976: Aline Kominsky de "The Young Bunch" no original *Twisted Sisters*, publicado por Last Gasp, São Francisco, CA, 1976. Usado com permissão.

PÁGINA 233: desenho © 1976: R. Crumb. Usado com permissão.

NOTA: Tentamos de todas as maneiras localizar os autores das seguintes publicações com a finalidade de obter a permissão para reproduzir suas imagens que são usadas neste livro. Por favor, entre em contato com a Faro Editorial se você for um desses autores ou tiver informação sobre como localizá-los.

PÁGINA 134: desenho © 1975: Rene e Rich, *Amputee Love nº 1*, publicado por Last Gasp, São Francisco, CA, 1975. Permissão pendente.

PÁGINA 135: desenho © 1975: Wiley Spade (Larry Fuller), *White Whore Funnies nº 1*, publicado por Yentzler & Goniff/Last Gasp, São Francisco, CA, 1975. Permissão pendente.

Muitos dos quadrinhos mencionados neste livro podem ser encontrados em: www.lastgasp.com.

MÚSICA/POEMAS/GRAVAÇÕES DE PALAVRAS FALADAS:
(dá-se o crédito para músicas quando mais de três linhas são citadas)

PÁGINA 5: Abby Hutchinson, cantora e sufragista, extraído de *Kind Words Can Never Die* (por volta de 1880), publicado em *The Book of a Thousand Songs*, editado por Albert E. Weir, World Syndicate Co., Nova York, 1918.

PÁGINAS 80 e 152: poema que começa com "Teria sido melhor", autor desconhecido. Por favor, entre em contato com o editor se tiver alguma informação sobre sua autoria.

PÁGINAS 99-102: extraído de *The Strangest Secret and the Mind of Man*, 1972, fita de áudio, gravada por Earl Nightingale, Nightingale-Conant Corporation. Para mais informação sobre a obra de Earl Nightingale, visite o site www.nightingale.com. Usado com permissão.

PÁGINA 104: poema que começa com "A natureza, igual em toda parte", autor desconhecido. Por favor, entre em contato com o editor se tiver alguma informação sobre sua autoria.

PÁGINA 119: versos da canção *White Punks on Dope*, interpretada por The Tubes no álbum *The Tubes*. © 1975: Evans, Spooner, Steen. Bern Doubt Music, Pseudo Songs, Irving Music, 1975. Usado com permissão.

PÁGINA 147: versos da canção *Freight Train*, de Elizabeth Cotten, Smithsonian/Folkways Records. Gravação original por volta de 1959. Permissão solicitada.

PÁGINA 184: versos da canção *Baby Boy*, interpretada pelo personagem Loretta (Mary Kay Place) no programa *Mary Hartman, Mary Hartman*. Letra e música © 1975: Mary Kay Place.

PÁGINA 213: versos da canção *The Crystal Ship*. Letra e música de The Doors. © 1975: Doors Music Co., copyright renovado, todos os direitos reservados, usados com permissão.

PÁGINA 248: versos da canção *Sixteen*, interpretada por Ringo Starr no álbum *Blast From Your Past*, 1975. Letra e música © 1975.

PÁGINA 288: versos da canção *Your Good Girl's Gonna Go Bad*, interpretada por Tammy Wynette no seu álbum *Your Good Girl's Gonna Go Bad*. Letra e música © 1967: Billy Sherrill. Permissão solicitada.

PÁGINAS 295-296: versos da canção *Fine Artiste Blues*, interpretada por R. Crumb e His Cheap Suit Serenaders no álbum *Chasin' rainbows*. Letra e música © 1975: Watts, Armstrong, Dodge.

PÁGINA 298: "Streets" ("Ruas"), um poema © 1976: Paul, também conhecido como "Randy" (o nome completo do autor foi omitido para preservar seu anonimato).

AGRADECIMENTOS

Agradeço a D. Noomin, B. Griffith, R. Crumb, Elizabeth Robichaud, Amy Williams, Thaddeus Suits, P. Orenstein, K. Glass, todo o pessoal da North Atlantic Books, Georgiana Goodwin, Jon Buller e Susan Schade, J. Kuramoto, S. Rood, B. Goldberg, N. Auerbach, L. Lubeski, K. Killian, K. Hargreaves e Zosia Turek.

E especialmente a:
A. G. S., A. S. L. M. G.-K. e P. V. F. G.-S.

**ASSINE NOSSA NEWSLETTER E RECEBA
INFORMAÇÕES DE TODOS OS LANÇAMENTOS**

www.faroeditorial.com.br